U0931373

罗江乡村记忆

LUOJIANG XIANGCUN JIYI

陈修元　王波　著

中国文联出版社

图书在版编目（CIP）数据

罗江乡村记忆 / 陈修元，王波著 . -- 北京：中国文联出版社，2024.11. -- ISBN 978-7-5190-5685-8

Ⅰ .I267

中国国家版本馆 CIP 数据核字第 2024J3L731 号

罗江乡村记忆

作　　者：陈修元　王　波
责任编辑：黄雪彬
责任校对：邹　莲
装帧设计：成都惟文文化传播有限公司

出版发行：中国文联出版社
社　　址：北京市朝阳区农展馆南里 10 号　　　邮编：100125
网　　址：http：//www.clapnet.cn
电　　话：010—85923091（总编室）　　010—85923058（编辑部）
　　　　　010—85923025（发行部）
经　　销：全国新华书店等
印　　刷：成都市昇华印务有限公司

开　　本：710 毫米 ×1000 毫米　　　　1/16
印　　张：18.5
字　　数：225 千字
印　　量：2000 册
版　　次：2024 年 11 月第 1 版
　　　　　2024 年 11 月第 1 次印刷
书　　号：ISBN 978-7-5190-5685-8
定　　价：78.00 元

▌（序）

乡关何处

张成明

如果我没记错的话，“乡愁”一词源于两千多年前中国第一部诗集《诗经》。由此可见，作为身负几千年农耕文明的民族，乡土、乡村、乡情、乡愁，历来是我们挥之不去的集体记忆和文化情结。特别是近年来，随着国家乡村振兴战略紧锣密鼓地加速推进，附着于乡村一脉的乡愁、乡情等语汇，已成为公众热词。

“日暮乡关何处是，烟波江上使人愁。”那些春雨笼罩下炊烟缭绕的大小村落，不仅是我们世代相传的生产生活空间，还是我们追终怀远、寄托乡愁、延续乡情的重要依凭。然而，我们可以预料的是，随着时间推移，一些蕴含着中华文化神韵的传统村落将消失于异地搬迁或重建中。

因此，深入挖掘、认真梳理全省乡村历史文化，留下乡村记忆，重塑乡情乡愁，不仅是我们文化自信的培根固本之举，还是我省乡村文化振兴的一项基础性工作，也必将推动全省乡村文化创新性继承和创造性发展。

为乡村立传，为乡愁塑形，正是四川乡村文化艺术院启动《四川乡村记忆》这一全省首部乡村历史文化丛书的初衷。我们寄望于这部丛书以跨界写作的笔法、文学叙事的方式、图文并茂的文本，让乡愁有形可依、乡情有章可循，从而助力全省乡村文化振兴。

我看青山多妩媚，料青山见我应如是。

聊此为序。

（作者系四川省县域经济学会名誉会长、四川乡村文化艺术院院长。）

目录

CONTENTS

罗江乡村记忆

001　何以罗江——万安溯源

001　引子：万安——罗江的前世今生

010　罗江，历代主政官员多有建树

024　万安揽胜：罗江人文荟萃地

029　万安近代人物：双峰耸立

036　罗江风景诗中赏

043　尾声：走进中国幸福家园——罗江

046　白马关：烽烟散尽景如画

046　白马关前话蜀道

060　白马关：慷慨悲歌壮士关

079　白马关：勇毅精神代代传

089　吟诗览胜白马关

091　尾声

目录

CONTENTS

罗江乡村记忆

094　调元故里望文星

094　引子
095　上篇：调元故里话古今
108　中篇：李氏文星耀天庭
132　下篇：纪念李调元，我们在纪念什么？
139　尾声：不是题外话

145　略坪：一方山水养多方人

147　略坪风物依稀在
160　略坪人物精神在
177　略坪：一方水土养多方人

目录

CONTENTS

罗江乡村记忆

186　鄢家：文化铸就乡村魂

186　星光村里看星光
200　嫂子歌舞新时代
207　鸽哨吹出幸福曲
212　柚子花开好运来
215　鄢家岭上览胜景

224　新盛：拨开迷雾故事多

224　艾家坝的传说：有人性的张献忠
233　昔日土城与周家祠堂：家风家训千古传
245　寓意独特的罗汉寺童儿会
247　经历复杂的“罗江新派”人物米庆云
250　“八零后”剪纸非遗传承人刘绍富

目录

CONTENTS

罗江乡村记忆

253　金山银山蓄势正发

253　金山来历：藏金之地

256　金山遗迹：探秘寻踪

261　金山人物：青史流芳

272　改革开放：金子总要闪光

280　罗江有金山：蓄势正发，金色诱人

何以罗江

——万安溯源

引子：万安——罗江的前世今生

历史上，很少有地方像罗江和万安这样，地名让人摸不清来由。且不说外地人，即使本地人，能把罗江和万安的前世今生说个清楚明白的也不多。

作为外地写作者，笔者在历史迷雾中，通过翻阅史志、实地走访，费了很大力气，也只能说对罗江和万安的来由有一个大概的了解。

现在，让我们通过对“万安”“罗江”地名的考据及管辖疆域的变迁来进入这方神秘的土地。

罗江修撰地方志，明代以前已不可考。清代二百余年间，曾先后于乾隆十年、嘉庆七年、嘉庆二十年和同治四年修成四部《罗江县志》。在清乾隆《直隶绵州罗江县志》中，我们看到，罗江邑作为县治政权，其治所及管控疆域，历代沿袭不一。到明末，战火纷飞，县邑沦为一片废墟。清朝初年，罗江撤县并入绵州德阳县，社会逐渐发展起来。到雍正七年（1729），第二次设置罗江县，“庙宇祠坛衙署，焕然一新”。

罗江之名，最早见于晋《巴歌》：“豆子山、打瓦鼓，阳平山、撒白雨、白雨下，取龙女；织得娟、二丈五，一半属罗江，一半属玄武（今中江县玄武山）。”这首晋代四川民谣《绵州巴歌》，据罗江当地文史作家赖安海先生《绵州巴歌考辩》的研究：西晋末，巴氐賨人李特、李雄（李特子）率领流民起义，以赤祖（今略坪镇）、潺亭（今万安镇）为根据地夺取成都建立了成汉政权。在成汉政权的 44 年间以及东晋年间，由于罗江流域的万安县水草丰茂，有宕田、平稻田，为巴氐人立国之基，故为巴氐人所钟爱，多居于此。賨人信鬼巫，强悍而好歌舞，于是产生了《巴歌》，渐盛传至唐，成为蜀地及长江流域百姓祭祀求雨、僧侣说唱教化之歌，更成为民间节庆演唱或劳作信口歌唱、追求幸福美好之歌，文人雅士即兴朗诵之歌。

罗江作为江河名始于西晋，作为县名则始于唐。南宋祝穆《方舆胜览》载：“罗江，两水（泞水、瀍水）相蹙成罗纹，县因以为名。……江名早见于县名，不始于唐；江先名罗，后名县。”罗江，自西晋永兴年间至 2007 年，境内县、郡（州）治已历 1700 余年。古称潺亭，属涪县（今绵阳市地）。西汉高祖六年（前 201），涪县辖今绵阳市区、安县、江油市（县级市）南部，以及罗江、中江、三台县各一部分地区，故城在今绵阳市区涪江东岸开元场。西晋永兴三年（306）李雄据蜀称帝，迁万安县（治在今绵阳市梓潼县仙峰乡双龙村）于潺亭，仍称万安县，治在今罗江县城西万安驿故址。南朝梁名潺亭，西魏复名万安。唐天宝元年（742），改州为郡，并改万安县为罗江县，系罗江作为县名之始，隶属于绵州（今绵阳市）巴西郡。之后的宋、元、明、清时期沿用罗江县名。

罗江县建制四次撤置，政区变迭繁复。明洪武六年（1373），省罗江县并入绵州。洪武十年（1377）五月，绵州降为县，原罗江县随之再降格。洪武十三年（1380）十一月，复置绵州和罗江县，隶属于成都府绵州。清顺治十六年（1659），裁罗江县并入德阳县。清雍正七年（1729），复置罗江县。清乾隆三十五年（1770），划罗江县入绵州，并移绵州州治于罗江。清嘉庆七年（1802），还绵州州治于旧地，复置罗江县，仍隶属于绵州。1959 年 3 月 22 日，经国务院批准撤销罗江县建制并入德阳县，同时将原罗江县所属宝林、河清公社划归安县，德阳县隶属于绵阳专员公署。1983 年 8 月 18 日，经国务院批准设立地级德阳市，德阳县隶属于德阳市。1984 年 9 月 12 日，经国务院批准撤销德阳县建制，以德阳市辖城区和原德阳县行政区域设立德阳市市中区。1996 年 8 月 3 日，经国务院批准撤销德阳市市中区建制，分置德阳市旌阳区和罗江县。2017 年 7 月 18 日，国务院下发《关于同意四川省调整德阳市部分行政区划的批复》，同意撤销罗江县，设立德阳市罗江区。2019 年 11 月罗江区划调整为万安镇、调元镇、鄢家镇、新盛镇、金山镇、略坪镇和白马关镇 7 个镇。

罗江作为地名之前，据赖安海先生考证，是“潺亭”，其来历是，常璩在《华阳国志·汉中志》梓潼郡涪县条载：“孱水出孱山，其源出金银矿，洗取，火融之为金银。”宋《太平寰宇记》卷八十三《罗江县》载：“本汉涪县（今绵阳）地，晋于梓潼水尾万安故城置万安县。晋末乱，移就潺亭（古时‘孱’可作‘潺’，以后各志皆以‘潺’代‘孱’），今县城是也。梁置万安郡，隋开皇二年废郡为县，唐天宝元年改名罗江县。……今北三里有潺亭庙、有碑，磨灭，潺亭之字存。”从这里看出，孱既是山，也是水，也是地名，就是今天的罗江县。

至于罗江这方土地的人文历史，赖安海先生还在其撰写的《潺亭·万安县·罗江县释——兼论李雄“大成”政权与罗江》一文中，引述周家坝船棺墓大发现而把罗江的历史前推到了距今2600余年。

2011年12月28日，罗江县在城南3千米万安镇南塔村周家坝（2平方千米）修建公路时，发现巨大的船棺墓葬群，出土船棺、青铜兵器、铜印章、陶器、青铜容器、秦半两钱等文物300余件。其中青铜剑、矛多铸有古蜀图符，出土的十枚铜印章中有七枚为古蜀图符印，三枚为秦小篆印。专家确定周家坝遗址为开明王蜀时期的孱，“孱”这个地方就是蜀的封君之地。出土的铜印章即可能是孱封君及属官或奴隶主之印，兵器且为蜀王镇守蜀都门户的孱邑五丁奴隶制军队武士之兵器。

罗江历史悠久、山川壮美，自古为出入蜀都之要冲，古蜀国开明王朝于此置潺邑屯丁以镇。

公元前316年，秦惠文王遣张仪、司马错灭蜀。公元前285年，秦诛蜀侯，蜀地不再封侯，改置蜀郡，下辖19县，这时孱被降为亭（县下设乡、亭、里，秦规定：两亭之间相隔十里，设亭长），名曰“潺亭”，移周家坝北孱山，隶梓潼县（今绵阳市地）。秦汉时，亭是县直辖的治安机关，兼管市场和传递公文；公元前207年，汉灭秦，置涪县，潺亭属之。

魏晋南北朝时，代替亭制而起的是驿，之后逐渐废除。从公元前285年起直到晋末乱，蜀地“成汉国”起时，才将晋设的万安县从梓潼水尾移至潺亭，使这里建县至今。因为，潺亭这个地方既是晋时关西巴氐流民打工就食的地方，也是流民举义的根据地，可看作是成汉国的发祥地。

据此，罗江县历史可界定为公元前600年左右古蜀开明王国的孱，距今2600余年，此前罗江历史从晋朝算起为1700年，因为周家坝船棺墓大发现而把罗江的历史前推了九百余年。

就地名寓意来说，万安地名寓意很明显，战乱时期，人民渴望安全、平安、安宁，所以取名为“万安”，万般诸安，是当时人们厌恶无休止的战争，期盼休养生息，过上平安幸福生活的心愿。唐天宝十五年（756），唐玄宗逃命蜀地，恰如惊弓之鸟，看见“万安”二字，心理不适，脱口而出“一安且不可，况万安乎？”“乃移宿真明寺”（清嘉庆《罗江县》卷十二《古迹志》）。真明寺位于县城东外玉京山，原名宝明寺，相传为十三尊者游戏之地。

罗江历史漫长，值得一提的有三件事。

一是明末清初，四川30多年战乱不休，历史记载：罗江“生民凋敝，邑几为墟”。

二是清乾隆三十二年（1767），涪江发大水，绵州城被洪水冲毁。乾隆三十四年（1769）四川总督阿尔泰奏请裁撤罗江，迁绵州州治于罗江，绵州旧治改金山驿。后因白莲教起义、原州城的军事优势以及复杂的地方博弈，嘉庆七年（1802）州治复归旧州城，复置罗江县。小小的罗江县城作为绵州州治所在地，长达33年。这期间，作为州治的罗江县城建设得到很大发展，成为罗江人至今引以为豪的一件事。

三是罗江县三撤三复的历史，让人难解。罗江，汉设潺亭，晋设万安，唐定名罗江。自明代开始，历史上三撤三复，明代一次：洪武六年（1373）撤罗江县，并入绵州，洪武十三年（1380）复置罗江县。清代两次：顺治十六（1659）并入德阳县，雍正七年（1729）又置罗江县；乾隆三十五年（1770）将绵州州治迁到罗江城，撤罗江县建置；嘉庆七年（1802）迁绵州回旧地，复置罗江县。新中国成立后的一次撤复：1959年，罗江县并入德阳县；1996年8月，罗江复县。如此算起来，罗江县就是四撤四复。如此四次撤复的历史，让人难解。

罗江城址历史上也多有变迁：秦汉于罗江云盖山下设潺亭，属涪县。西晋 303 年，巴氐人李雄攻入成都称王，304 年移梓潼水尾万安县至潺亭，为罗江置县之始。西晋至隋代，万安故城治今万安驿区域。唐初修建茫江堰后，迁万安县城至罗纹江岸，改名罗江县。随后万安故城改为万安驿，明代改建为罗江王王府，清为西寺、憩亭。明代在纹江边建罗江城墙，清代重建，外附有护城河。

清嘉庆《罗江县志》卷十二《古迹志》载："万安故城，在城西一里。" 卷十二《驿传志》："万安驿，棚厂在县西，晋时置万安县于此故名。" 现存万安驿前殿石柱上有明代楹联一副："警逆惩顽不愧为承天长子，舒萌启蛰堪为辅地大臣。" 专家据此考证，万安驿在明代曾为罗江王王府。宣德七年，罗江王朱友壎袭封蜀王（第三代）。罗江自古为蜀中军事重地，明政权"特封亲王镇抚之"（清同治《续罗江县志》）。僖王朱友壎袭封蜀王后，王府闲置，后作为古道驿站供往来官员、客商使用。清代罗江万安驿设站马 30 匹，马夫 15 名，另有扛夫若干运送过境物资。在县城及白马关、大井、金山各设铺递，每铺设兵四名，归万安驿驿丞管理。

▲ 古驿道（白马关镇人民政府供图）

万安驿位于旧城西一里，川陕公路北侧有一直径约 30 米、高约

3 米的土台。土台西沿有一径约二尺的古鸡屎树。台上有二楹坐北朝南石砌大殿，后王府闲置，遂改作寺庙，称“西寺”。土台的南侧，紧挨古驿道处，原有门厅及客栈，民国修川陕公路拆除部分房屋，公路绕土台南边而过。1985 年扩建川陕路，去弯改直，拆去了土台南坡之上的房屋，今土台上仅存殿宇二栋。其殿因 1965 年第二物探大队内迁罗江，一直作为职工宿舍始得以保存。土台及殿宇位于古道旁，周围农田旧时多有瓦砾、古砖，当为万安故城所在。

我们在万安镇文化站站长罗顺多带领下，来到万安驿旧址处。旧址位于城西老川陕公路旁，十几级台阶上有一幢不起眼的上个世纪重建的老旧建筑，路过的人不注意的话，是不会驻足停留的。上台阶时，能看见仅存的条石砌成的土台，这石头的年代倒有些久远了。门前左侧，立有一个石碑，上书“罗江县文物保护单位　万安驿旧址　罗江县人民政府　一九九七年五月四日公布　罗江县罗江镇人民政府　立”。陪同的万安镇政府退休人员李成云老师说：“以前我见过‘万安驿’三字，每个字足有 30 厘米见方。”

绕到殿后，一株高大的皂角树，透出岁月沧桑，笔者估计，这株皂角树的树龄该在百年以上。

我们再来看看罗江古城历史。清嘉庆《罗江县志》卷九《城池志》：“明成化初（约 1465），知县盛昶筑土城；正德中（约 1511），知县陈尧臣包砌以石，高一丈五尺，周四里三分，计七百七十丈，门四；万历中（约 1597），知县丁泽继修，后毁于寇。国朝顺治时（1653），知县陈镐、罗纶重修，十六年（1659）并入德阳。雍正七年（1729）复设；十三年（1735），知县王荣命捐修东、西二门。乾隆三十二年（1757），知县杨周冕领项承修：周围八百四十丈七尺，高一丈三尺。顶宽七尺，底宽一丈二尺，青石砌筑；门四：东曰‘潺水’，南曰‘玉螺’，西曰‘鹿峰’，北曰‘金雁’；城门望楼有东‘望都楼’、南‘映奎楼’、西‘栖凤楼’、北‘迎恩楼’，匾系县令杨周冕题，环城有濠。”

罗江古城一直保持到二十世纪七十年代，由于修建金雁桥及防空洞，城墙和城门被逐渐拆除。

按李调元著的《梓里旧闻》（罗江复县后，李调元改其名《罗江县志》刊出，为清代罗江四部县志之一）说：“罗江，旧无城。明成化初，知县盛昶筑土城。正德中，佥事郝绾督知县陈尧臣，包砌以石，高一丈五尺，周四厘三分，计七百七十四丈，门四。万历中，知县丁泽继修，后毁于寇。国朝顺治初，知县陈镐、罗纶重修。十六年后并入德阳。雍正七年复设（罗江县），十三年，知县王荣命捐修东西二门。乾隆三十二年知县杨周冕重建估修。”这段话说明罗江县城曾几度重修和大维修。

罗江行政管辖权四撤四复的历史变迁和万安城址的迁移修造毁损再复修，正如罗纹江上的大桥，也是费尽人力财物多次重建维修，说明罗江这地方地理位置特殊，处在成都平原北部边缘丘区，为成都平原东北部生态屏障。同时也处于川陕交通要道和历代兵家争战之地，可谓战事频仍，命运多舛。

罗江作为成都北部门户，成为外来人口迁徙入川的首选之地。大量迁徙人口构成的移民文化，具有多元性、包容性、冒险性和开拓性、开放性、先导性、创新性、坚韧性以及贡献性的复合型文化特点，在罗江人文精神中体现得颇为充分。

史实表明，历代移民选择罗江定居下来，把罗江作为世代繁衍生息之地。历代罗江人不惧艰辛困苦，修城池建家园，筑桥铺路，设书院造文星阁传文脉，重教化扬家风人才辈出，形成罗江人强烈的族群聚合意识和深厚的故土情结。罗江县城千余年几经战乱浩劫，而未迁徙他方，尚属少有。

清代张问陶在《船山诗草·绵州》中写罗江："潺水依然绿，山城几易名。田腴知俗厚，民秀想时平。关拥庞侯墓，人耕汉相营。峰回乡路近，日暮马蹄轻。"是啊，"山城几易名"而我心依然，执着和坚韧的罗江人九死而不悔、矢志不渝书写荣耀而自豪的历史。

鉴于罗江丰厚的历史人文，1995 年 10 月，罗江镇被四川省人民政府评定为"省级历史文化名镇"。1999 年 10 月，四川省人民政府批复罗江为"省级历史文化名城"。

鹿头山自古以来都是东川、西川的分界线。也因为有了此山，这里不仅成为蜀都北部的重要"门户"，在古代既为交通要塞，又为军事重镇，是由秦入蜀过七盘关、飞仙关、葭萌关、剑门关之后的第五个关隘，是从陕西进入成都平原的最后一道屏障，从这里"出，可以望天下；入，可以霸四方"。正因为如此，罗江的历史就是一部中原与蜀地的战争史，不同时代的政治、经济、文化的交流融合史，也是一部浩大而持久的移民史。

罗江区域构造上位于四川台陷西部之成都断陷平原北部，为龙门山构造带的山前坳陷沉积区。地势总趋势是西高东低。沟谷宽缓，纵坡小。地貌类型以丘陵、丘间盆地、河谷冲积平原为主。由此，变化多样的自然地理及气候使罗江物产丰富，社会呈现出包容、多元的特性，因其地战争频仍和人文教化相互催发，罗江人性格中呈现出既有英雄勇毅的人格精神，又有李调元"一门四进士、兄弟三翰林"的忠义、儒侠、博物、务实的"调元文化"精神内涵。

在阅读罗江史志及走访、写作期间，笔者深深感受到罗江文化深邃、广大、富有创造力的独特魅力。

罗江，历代主政官员多有建树

系民生，解忧困

2018 年 5 月 8 日，德阳社科网发布一条消息：《罗江区社科联完成首批德阳历史名人（罗江部分）申报工作》，其中有一句：“在近两千年的建制史上，出现了何易于、白大信、杨周冕、沈潜、李桂林等循吏，为罗江增添了厚重的历史人文底蕴，成为罗江人民宝贵的精神财富。”

我们在罗江这批历史上为政清廉、有所作为的官员生平事迹中，抽取部分心系苍生、为民排忧解难的事迹来说说。

清代沈潜、阚昌言前后两任县令亲自修撰罗江历史上第一部地方志《直隶绵州罗江县志》之事，至为生动感人。难能可贵的是，这部《罗江县志》收录了沈潜撰写的《蚕桑说》。这是一部专论种桑养蚕的科学著作。该书既具有理论意义，又具有实践价值，不仅对推动当时四川蚕桑业的恢复和发展产生了重要作用，放在今天也不失其参考意义。同时，也收录了阚昌言撰写的《农事说》。全书共分三部分：一曰“因天之时”，二曰“尽地之力”，三曰“尽人之力”。该书是一本具有重要科学技术价值的农业著作。书中提出的如秋季蓄水要增加肥力等观点，都是结合四川农业气候、耕作特点总结出来的有效方法，对农业生产具有重要指导意义。

沈潜在任时还做了两件让人传颂的事：1742 年，沈潜上任不久，见罗纹江东西两岸行旅来往仅靠小船在江面通过，且随时有船倾人丧的危险，便用自己的俸禄在东西两岸各建一个木码头，并买来一只大船以渡众生；另一件事是，罗江境内的“金牛古道”年久失修，沈潜为百姓安全着想，带领县衙在职人员捐资，并号召罗江富绅和各界人士有钱出钱，有力出力，经过两年时间，罗江城以北二十里、城东三十里的驿道修葺一新。

《绵州志》中收录的嘉庆二十年《罗江县志·职官志》评价沈潜“在任三年，仁慈敬信，明察端廉”实为中肯。罗江士民感其德，特塑其像于城隍左侧，四季祭祀以表尊崇。

在农事方面，李桂林也像沈潜、阚昌言一样，认为罗江境内多丘陵，土地瘠薄，应广植林木，发展蚕桑，因此劝谕民众：“罗江地瘠瘦宜柏，十年可以树木，地暖宜桑蚕，五年可以种桑。”“地瘠宜栽柏，家穷好读书。”于是罗江境内大兴植树造林之风，农户受益不浅。同治四年《罗江县志》评价李桂林：“与民休养生息，轻徭薄赋各安耕作，元气渐厚，公培养之力为多。”

罗江城垣毁于明末兵燹，清顺治十年（1653）知县陈镐重修四门。雍正十三年（1735）知县王荣命捐修东、西二门，周围城垣未经修筑。乾隆九年（1744）知县沈潜奉文估算，共需工、料银一万一千八百六十二两八钱，造册申赍，俟议准，领项兴修。后历二十余年无果。乾隆三十二年（1767）杨周冕、忽奉文领项重修。杨周冕劳心筹划，凿石、运石、浆砌皆沿用建启运桥的方法。乾隆三十四年（1769），气势恢宏，固若金汤的罗江县城全面竣工。县城城墙周长八百四十八丈七尺，高一丈三尺，顶宽七尺，底宽一丈二尺，全用青石修砌。城垣东、南、西、北各建城门一座，城门之上造以城楼。杨周冕分别题以匾额，嵌悬于门、楼之上。东门面临纹江，纹江古称潺水，驿道出东门北上京师，故门名“潺水”，楼名“望都”；南门外天台山南塔枕玉螺之峰，门楼与南街魁星阁相对，故门名“玉螺”，楼名“映奎”；西门与鹿峰山相对，西南鹿头山白马关有庞凤雏祠、墓，故门名“鹿峰”，楼名“栖凤”；北门外双江渡古有金雁桥，门楼与金雁桥间有真明寺，唐天宝末玄宗幸蜀，县令于此造亭迎侯，接于万安驿，玄宗叹“一安且不可，况万安乎！”移宿城北真明寺，故门名“金雁”，楼名“迎恩”。沿城垣内圈有巡道宽一丈，城垣外圈有巡道宽二丈，有城濠宽二丈、深丈余，引芒江堰水周环于城，四门置吊桥以通往来。城内四街铺筑石板，街道两侧阶沿下设下水道以导污水。罗江城工因杨周冕精心策划、严格施工，又得邑中士民踊跃，城工项目资金多有结余，杨周冕于是用这部分资金修了县署，大堂上悬圣谕“清慎勤”匾额，亲笔撰书“列吾宇者，勿游手，勿比匪，勿犯法违条，便是王风第一。抚此都也，不沽名，不要钱，不徇人枉己，敢云杜母无双”，分挂门柱自警自励。又重修城隍庙，于临街庙门前修挂镜台坊，中门额刻“挂镜台”，两侧门分书“瘅恶”“彰善”，以警世人。又修白马关庞统祠西天然巨石垒叠兀然挺立的诸葛点将台石阶及将台亭。罗江城工竣，四川总督阿尔泰派亲信大员验收，验收大员问及偌大工程款项，并暗示按惯例上呈总督献金一事，杨周冕以余款修建县署、城隍庙宇事，又手指大堂楹联相对，又言挂镜台“瘅恶”“彰善”之举。验收大员以偷工减料责问，杨答以“城工坚固，确保十年以上无虞”。验收要员怒归。殊不知，由此给杨周冕带来厄运。验收要员回省上报总督阿尔泰，言罗江知县杨周冕将城工结余款项挪作他用，拒按旧规向大人进献例金，阿尔泰大怒。就在乾隆三十二年（1767）罗江城建造启动之时，涪江忽发大水冲毁绵州州城，因工程浩大两年议而未果，乾隆三十四年（1769）罗江城竣工，知县杨周冕正气凛然，顶撞总督阿尔泰亲派的验收要员不说，又拒按惯例向总督敬献项银。彼时阿尔泰正为重修绵州州城工程耗资巨大、新的城址迟迟未能选就的情况犯难，与属员商议，恰好地处州南 70 里秦蜀孔道要冲的罗江城完工，城内衙署得到重修，东门纹江要津重建的启运桥如虹横跨，誉为蜀道第一桥；城内新建的书院、魁星阁，重修的城隍庙，东西南北四街焕然一新，巍巍古城完全具备州城格局。又，绵州所辖梓潼、安县、绵竹、德阳、罗江五县中，罗江位于州域中部，秦蜀驿道纵贯，于是听取建议，奏裁罗江县，迁州治，原绵州治改金山驿并入新州（罗江县）为州直辖。绵州知州早曾向总督阿尔泰亲信进言，迁州罗江既解重建水毁州城之难，又唾手可得新州，自是十分拥护动迁之议。乾隆旨下：“允准四川总督迁州之议。”

杨周冕在罗江还积极筹资，重修县衙署，修葺观音岩、宝峰寺、三贤祠、庞统祠、张任祠墓，建白马关将台。同时，他也十分关注民生，兴修水利。罗江县因缺水，致使乡民长期以来生活困苦。杨周冕认为，“衣食足而后礼仪兴”。于是，全民动员，将纹江两岸年久失修的民堰大加修整，大量安装筒车，以水的冲力自动提水，在丘陵地带兴修堰塘和开发冬水田蓄备天然雨水，大量高塝田都得到灌溉，一批闲置土地得以耕种，使罗江由缺粮县逐渐转变为余粮县。

纹江日夜流淌的流水，见证了罗江这座小城的兴衰更替。回溯太平桥的建桥历史，从史料泛黄的文字中，我们要铭记下面一些人和事。

太平廊桥旧时被称为“川西第一石拱桥”。历史上为古渡，乾隆十八年（1753），首建启运桥，邑人谢子忠、李作美等人力请县令叶鉴在东门集资建桥，很可惜桥墩初成便被洪水冲毁，耗资千两白银而无一功。乾隆十九年（1754），民众以建桥一事围于罗江县衙，县令谢自泌怕激起民怒，答应建桥，桥址就选在今天的太平桥处。在全县人民的共同努力下，耗时一年半把桥建好。桥的东西两端建有护岸，东头建有碑亭，里面记录了建桥者、捐钱者的名字，又建潺亭一间，里面供奉了观音、水府摄神、土地神等，以保佑这桥永远稳固。该工程总耗资 5884 两白银，全部为县内民众募捐。后被冲毁。

▲ 太平廊桥（万安镇人民政府供图）

乾隆二十八年（1763），杨周冕到罗江任县令的第二年开始谋划在东门外江边重建启运桥，第二年端午节前完工。完工的第二天，天降暴雨而桥却依然如故。人们欢呼雀跃，敲锣打鼓，奔走相告。并在江里举办了盛大的划龙舟比赛以示庆祝。可惜这座大桥却在1780年被冲毁。

乾隆五十七年（1792），陈启泰到罗江任县令后，看到纹江两岸的人们依然用渡船过河，杨周冕县令建造的桥梁在江里只剩下桥墩，便招募工匠，聘请邑人姚国法为设计师，在罗纹江上重新建造“南北川陕必经之要桥”，经过全县人民三年的共同努力，于嘉庆七年（1802）夏天建成，改为太平桥；太平桥宏伟壮观，即为二百余年川陕要桥，更是秦蜀官道桥梁之最，在整个川西地区实属罕见。整座桥总长五十四丈，宽二丈四尺，高二丈六尺，共十一洞，桥两侧石柱石板镶栏，规模宏大。廊桥建成之年，适逢清朝廷平息白莲教教乱，故命名为“太平桥”，祈愿从此天下太平之意。这座气势恢宏的拱桥，誉为四川古代桥梁之最。可并行两辆汽车的川陕要桥风雨无阻使用两百多年，桥名至今依然沿用。

1998年，县人民政府在旧桥南侧建与之平行同孔同高实腹式石拱桥，宽8.5米，长223.9米，中间设间。2006年于古桥上增建廊亭，改名太平廊桥。廊桥东西两端有仿古牌坊两座，中间有楼阁数楹。所有阁楼廊房全木结构，错落有致，仿明清建筑，披檐、斜面、翘角装饰浮雕、彩绘宫灯、轮廓灯。图样自然和谐，造型生动有神，线条流畅和顺，木梯连楼顶层，可登高远眺。被称为地标型建筑，为罗江一景。

坐在穿城而过的江边，一边品茗，一边观望东西凌空跨江古色古香的廊桥，思绪沉入这座小城深远的历史中。罗江，因源于龙门山脉的泞灢二水相蹙汇聚于云盖山下，抱城而南，水面形如罗纹，罗江县也因此得名。而跨越罗纹江两岸的太平廊桥，既是城市的交通要道，也成为罗江的地标性游览景点。

20世纪30年代川陕公路通车后，作为川陕公路要道上的太平桥，更是经受住了来来往往重型车辆的检验。20世纪八九十年代，太平廊桥先后被德阳市及罗江县公布为“文物保护单位”。

修县志建书院，魁星阁开文运

在罗江，无论是查阅资料，还是走访当地老人、文化人，笔者有两个深切感受：一是历代不少主政者重视“以文化人”的教化工作，竭尽全力修建颇有地标性的文化教育设施，还与文化人来往密切，诗赋唱和；二是当地的名人大家族重视家风传承，不仅荫庇后代族人，也惠及周围百姓，成为罗江人引以为荣的传统人文精神。

李化楠（李调元之父）于乾隆七年（1742）中进士，授咸安宫教习，不久回到罗江。时任知县的沈潜已六十多岁，德高望重，礼贤下士，亲自到醒园恭请才三十二岁的年轻人李化楠出山主修《罗江县志》。李化楠不负所望，在资料十分不足的条件下撰修了罗江县至今传存下来的第一部县志。

沈潜和阚昌言为这部县志的修撰刊行前后花费了三年时间，组建了强大的编辑班子，如鉴定、纂修订稿、修志授梓、修订、采辑各 1 人，参订、校梓各 2 人，分工明确、细致。此外，阅校人员多达 19 人，合计为 28 人。其中进士 3 人，监生、贡生、举人多人。这真是一个浩大且十分慎重的文化工程。

时任罗江县知县沈潜，字亦昭，浙江秀水（今嘉兴市）人，监生，乾隆三年（1738）任四川大足知县，乾隆七年（1742）由四川大足知县调任罗江知县。1743 年，沈潜亲自撰修《罗江县志》，历时两年完成书稿。在《罗江县志序》中，沈潜写道："而志之一书，泯然无存，盖缺事也。用是潜不揣固陋，广稽博采。两年之间，草创成帙。其信而有徵者详之，疑而无据者缺之。不敢云作，亦不敢言文。爰付剞劂，以备采择云。"沈县令亲自写序，还谦虚地表示"不敢云作，亦不敢言文"，让人敬佩。遗憾的是该县志来不及刻印，1745 年，沈潜就在任上突发疾病亡故。

接任者湖北孝感人阚昌言县令就原来的县志稿，再与罗江资深文化人一起相互考订，"洗碑寻踪，广采博考，增补数帙以补其缺"，于当年底刻成面世。这部由清沈潜、阚昌言前后两任县令修撰的《直隶绵州罗江县志》，成为罗江历史上第一部地方志，其真实性、全面性和权威性自不待言。

笔者翻阅这部十万字的《罗江县志》，对付出心血的沈潜和阚昌言两位县令的敬意油然而生。

还是接着说《罗江县志》。

嘉庆二十年（1821），罗江县令李桂林主纂的《罗江县志》完稿并刊行问世。这部《罗江县志》是自乾隆十年（1745）知县沈潜主修的清代第一部《罗江县志》又 71 年之后的一部很有影响、质量很高的《罗江县志》。该《罗江县志》共三十六卷，分三十六门类，约十余万言，附有《罗江县星野图》《罗江县全境图》《罗江县城池图》《罗江县河堰图》，是至今四部《罗江县志》中流传最广、资料翔实完备、较为准确的《罗江县志》。

同时，李桂林也是一位重视文化教育和关心农事的县令。到罗江上任之初，他看到双江书院已经破旧不堪，首先拿出自己的俸银，给书院购置田产，并倡导各界集资，支持书院，奖励勤奋好学的学生。不仅如此，李桂林县令还亲自到学院讲学，还向四川学政赵佩湘反映为罗江争取到了一名贡生的名额。

在罗江清代有为的知县中，最有文名的当推杨周冕（1700—1785），云南点苍举人，乾隆丙辰（1736）举人，乾隆二十七年（1763）任罗江知县，三十四年（1770）因县改绵州而卸任。他精律体诗，工书法，著有《古华诗集》。李调元纂修的《梓里旧闻》，专门记述杨周冕在罗江县的事迹："知县杨周冕'善集黄华书，修双江书院及魁星阁'。"

而杨周冕修建双江书院的事迹，据李调元《梓里旧闻》记载，杨周冕到罗江执政后，"为政精敏而仁恕"，第二年，罗江境内就一片安定。于是，杨知县"锐意建修书院，以广教泽"，恰逢李化楠因为父亲离世回到罗江。杨周冕即请李化楠领头，谋划修书院。而李化楠向杨知县提出，罗江原来在城南有魁星阁，现在要修书院，应该同时并举修造魁星阁。杨周冕爽快同意。一年时间，大功告成。当时的魁星阁共三层（后来李桂林维修时增加了两层），上面点塑魁星及文昌像。书院四道门，大门三间，二门一间，厅三间，讲堂五间，耳房八间，房四间，亭子一座，水池一口，颇有规模，且场面壮观。杨周冕还责成县尉张朝职和职员沈文玉清理了原书院的田地产、房产和每年出租的收入，"交与值年会首，生息以济膏火，用垂永久”。

罗江本地文史研究者赖安海先生在其所撰《罗江书院兴废录》一文中写道：“乾隆三十一年孟春，杨县令立修建书院出土的‘龙楼策对三千字、金殿胪传第一人’明代罗江学宫石柱联于大门两侧，改‘纹江书院’名为‘双江书院’。……双江书院建成后，师皆名宿，经费充足，学人济济。乾隆三十四年（1769），涪江大水，绵州城毁，省罗江县，迁绵州治于罗江。改训导署为学正署，添修训导署于文庙内。改县双江书院为州双江书院。至嘉庆七年（1802）迁还绵州于旧州的四十多年间，岁、科两试，州属名县赴罗江应试生员达二千五六百人。双江书院先后培育出罗江举子刘清、李鼎元、李骥元、李本元、曾昌曙、李朝凯、冉玉嘉、杨上珍、余人凤等九人。李鼎元、李骥元先后中进士，入翰林。李鼎元官至兵部车驾司主事、马馆监督、册封琉球副使，钦赐正一品麟蟒服；李骥元官至左春坊左中允，入上书房行走，为嘉庆帝代拟文稿。鼎元、骥元诗文与从兄调元齐名，史称罗江‘三李’，并为清代文学家。”

后来的接任者也很重视双江书院的建设与发展。知县李桂林在任期间，发动本县绅士毛学宗等二百零七人捐银一千一百四十两。续置粮田一百六十七亩，旱地约二百亩，而膏火一项，有所取资。至是，扩招学生至百名，除补贴学生食宿费外，专设奖学之金。李桂林每月到双江书院考课一次，优取者，另给奖赏。双江书院旧无藏书，李桂林还自募捐后续置田业，以其余购买经史书籍，供学生们阅读。

从乾隆三十一年（1766）双江书院创建，至同治四年（1865）的一百年间，罗江官办书院几度中兴，民办和私人独办书院不断发展，罗江全县计有官办双江书院一处，民办公助乡学县东山书院、略坪丽泽堂、鄢家岭云峰书院、文星云龙书院等八处。双江书院每年出息有余，斋主举清县主补贴乡学。这一时期，名儒及立志乡学教育的士子不乏其人。

双江书院对于罗江文脉的传承和文化教育的推进，起到了极大作用，由此，双江书院也成为远近闻名的书院。这也成为罗江人文化传承的重要载体和罗江人文化自信的重要源头。

清咸丰九年（1859）到罗江任县令的马传业，看到当时罗江县称为“考棚”的房舍，只是临时用房，简陋破旧。马知县叹道：“苟不就地更新，安得广厦以庇寒士！”于是呈请上司，得专项公款新修罗江县试院（今西街小学前院部分，道德药堂后面，其试院的致远楼至今犹存），半年之后工程竣工。“公堂严严，廊庑翼翼，长埂周围，重门洞开，此则罗邑试院之巨观也！升高望远，前有‘天台秀迹’乃县中八景之一，塔影岿然，名‘文笔峰’向属试院天然屏障，后有双江书院，为都人肆业之区，璞玉久藏，铅刀求试，殆在斯乎？其左则遥接玉京挂榜诸山，昔人所登金榜迻玉京因山命名，适与试院相耀，其右则西枕鹿峰又多士歌鹿鸣于此而来者矣！”（《罗江县志·卷二十四艺文·新修试院碑记》）可见当年马传业主持新修的罗江试院非常壮观。

杨周冕建魁星阁起因是李化楠的建议。李化楠于1743年进士及第，其子李调元于1763年中进士，父子金榜接踵题名，这让罗江人激动万分，也让刚刚莅任的杨周冕兴奋不已。1766年，杨周冕在县治南街建魁星阁，聘请丁忧在籍的李化楠主持事务。现在我们见到的魁星阁位于罗江区南街中部。清乾隆三十一年（1766）由杨周冕始建，魁星阁底层大书罗江历代进士、举人名录，二层塑魁星像，画栋雕梁，雄伟壮观，凝重典雅，祈求“天开文运”，期以培文风，励后学。嗣后，李鼎元、李骥元兄弟二人又先后高中进士、入翰林，是时罗江文风蔚起，人才辈出，李氏家族“一门四进士，兄弟三翰林”，成千古佳话。

阅览资料得知，嘉庆二十年（1815），罗江魁星阁全面维修。此阁为全木结构，造型独特，精美别致，阁四面独立，为方阵塔式，通高 20 米，连底共 5 层。底边长宽均为 15 米，各 3 楹，中楹宽 5 米，原为十字通道。四角各有 5 根大柱。魁星阁底层高 5 米，以上各层逐渐递减。从第二层起每层正面均为牌坊式，中楹高于两侧，错落有序。中楹门是匾额，柱挂楹联。屋顶为八棱脊供，宝顶用朱砂、绿玉、景泰蓝等彩色瓷云瓷瓶叠压而成，用铁链四面牵引。脊楞用青色砖雕砌成，檐角高翘，兽头口含铜铃。全阁均为木结构，外用朱漆，画栋雕梁，十分华丽。每层楼都有楼梯上下通达，楼中陈列古今名人字画、花卉、盆景。登至五楼，凭栏俯视，罗江容貌，尽收眼底；远眺镇郊，山水环抱，令人心旷神怡。

笔者前往魁星阁现场考察，可惜进阁楼之门未开，只得围着阁楼欣赏对联匾额。南面阁楼底层栅栏门两侧悬挂了一副赖安海撰文、陈仕恩书写的对联：“奎文光华高射斗，紫气瑞祥邑蒙庥。”仰望上去，楼宇巍峨挺拔，气势雄浑庄重。

据古书载，魁星是天上 28 宿之一，最初在汉代《孝经援神契》纬书中有“奎主文章”之说；东汉宋均注：“奎星屈曲相钩，似文字之划。”由此后世把“奎星”演化成天上文官之首，为主宰文运与文章兴衰之神。历代封建帝王把孔子比作“奎星”，但曲阜孔庙的奎星阁却名奎文阁，专门收藏历代帝王御赐的各种书籍和墨迹，原名“藏书楼”。藏书楼在南宋绍熙二年（1191）重建时，易名为奎文阁，此后兴起建“奎星阁”，以崇祀之风气。所以在衡文选拔人才的封建社会，奎星阁总是建在文庙之旁，后又把“奎”化为“魁”。

魁星阁，在全国很多县城都有。笔者是广汉人，广汉市清代城西南隅城墙上就有一座魁星阁。可惜早就不见踪影。笔者只在书页上目睹老照片，并看文字介绍：魁星阁楼高十多米，远远看去就像一支笔，里面供奉魁星神像，左手执斗，右手执笔，雄姿庄严高插云天的气势。同时欣赏时人陈旭写的一首《诗奎楼吟》诗句“花楼通碧落，登眺远离城。彩笔从空扫，青云傍足生。铃摇风外响，窗映月边明。飘渺身何似，宛训天上人。”遥想当年广汉魁星阁的壮阔宏大。

罗江魁星阁不愧为“川西名阁”，现已是四川省文物保护单位。到罗江来的外地游人，都要到魁星阁看看，感受罗江悠久的人文底蕴。

赓续历史，继往开来

漫步罗江大街小巷，既能感受舒婷诗中“这里的风吹过都有诗歌的浓郁”的浪漫情怀，还能穿越时空与“川菜川剧之父”李调元隔空对话。

作为省级历史文化名城、国家级生态示范县，罗江旅游资源丰富。

且不说县城万安镇外的三国遗址白马关、庞统祠墓、诸葛点将台、换马沟、落凤坡、血坟、古驿道、倒湾砾石，大霍山佛教文化万佛寺、宝镜寺、李调元故里醒园、云龙山李氏宗祠遗址、李调元读书台、观音岩、宝峰寺、鹡鸰寺等古遗址和知名景点，单是作为罗江政治、经济、文化中心的万安镇，境内的潺亭水城、太平廊桥、魁星阁、景乐宫、李调元纪念馆、南塔寺（文昌宫）、张任墓、潺庙遗址、范家大院等人文、风景旅游点，已让人目不暇接。

罗江历史人文之所以相较其他区域面积相似的地区更为富集、深厚，笔者查阅史料和走访考察中，深感罗江历代主政官员对文化的情有独钟所带来的影响。这“独钟”既是来源于内心对文化的尊重和热爱，也促使其在任期与当地文化人交往密切，听从文化人的建议，与文化人一起合力挖掘罗江历史文化资源，既注重物化的文化设施建设（书院、魁星阁等），也留下了精心修编的县志和丰富的诗词、书画作品，还留下不少传奇佳话，供后人瞻仰、缅怀。

历史进入新时期。罗江主政官员承续优良传统，继续挖掘历史文化资源，加大对文化事业的支持力度，加强旅游基础设施建设，对过去的文化自然景点进行提档升级改造，助推旅游产业发展。

1998 年，罗江县政府对太平桥进行了保护性修复。为了缓解太平桥交通压力，美化城市环境，实施了拓宽设闸改造工程，在原有桥旁下方再建造一座与古桥平行、走向一致、同孔等高的新桥，与古桥合为一体，桥下设闸，蓄水成湖。

2006 年太平桥上增建廊坊亭阁，改名太平廊桥。

廊桥为错落有致的阁楼、廊坊连接组成，东西两端各建有一座牌坊，门楣上均刻有当地知名书家手书的“太平廊桥”四个大字，匾额下嵌有多副对联，如“大江流碧海，一塔指青天”，颇为生动传神。

廊桥与江西岸水城文澜塔、听月亭、古戏台、古街肆，太平闸上纹江玉京湖，江东玉京山巨大的“文峰函海”雕塑，构成恢宏的山水桥城壮丽景观。“文峰函海傲四宇，塔笔飞虹锁双江”，历经两百多年风雨的太平廊桥，依然气韵十足，神采奕奕。

2007 年，罗江县政府对太平桥进行了保护性修建。潺亭水城牌坊以晚清风格建造而成，整个建筑古色古香，巍然壮丽。牌坊上“潺亭水城”四个大字，由四川省书协主席何应辉所写。牌坊柱头上挂的两副对联，是罗江大才子、巴蜀文坛泰斗李调元的作品：“红雨欲飞惊宿鸟，碧波不动待游船。”“不拘乎山水云阵耶山月光耶水，有忘乎诗酒花酣也酒鸟笑也诗。”旁边一块褐色大石，上边刻写的是时任罗江县委书记卢也先生的《潺亭记》：“潺亭皆水也，瀍水泞水夺腔而出，细绘罗纹，故又名罗江是也……”罗江悠久的历史、深厚的文化底蕴和美丽的自然风光从字里行间娓娓道来。

1988 年投资 60 余万元动工修建的李调元纪念馆，是罗江人民为纪念清代著名的一门四进士、兄弟三翰林李氏中的佼佼者，百科全书式的先贤大儒李调元而修建在东外纹江之滨、古太平桥之首的玉京山上的一处仿古园林，计有一座六角亭，两座四方亭，重檐廊 150 米。1998 年，县文化旅游局投资 120 万元，对景乐宫、木楼进行了重大维修。1998 年起历时六年，在玉京山西侧用红砂石雕筑而成李调元与其父李化楠，从弟李鼎元、李骥元“四进士、三翰林”大型石刻“文峰函海”群雕。群雕高 21 米、长 70 米，与李调元纪念馆融为一体。“文峰函海”雕像群落是罗江作为四川省历史文化名城的重要文化地标之一。它用高大的石刻艺术美感向世人讲述着古时四川历史名人李调元及其家族“一门四进士，兄弟三翰林”的传奇故事，同时也在见证和陪伴新罗江的茁壮成长，成为所有罗江人的家乡记忆。

▲ 李调元纪念馆（调元镇人民政府供图）

此外，调元镇深入挖掘调元文化内核，精心打造调元故里景区，盘活用好醒园、李调元读书台、观音岩石刻等历史文物资源，打造顺河村“让斋”川菜院子，连续举办五届油菜花节、三届青花椒节，以及“亲子放飞”“青花椒采摘”“赶春”“帐篷音乐节”等特色节会活动，带动餐饮、住宿、农副产品销售等乡村产业蓬勃发展。

纹江灵水，滋养一方人文。水、岸、桥、城，浑然一体，成为世世代代罗江人身心愉悦之境。赖安海先生写过一首词《西江月·罗江太平廊桥即景》，抒发了对太平廊桥的赞美之情：“云盖仙峰屏北，天台绣岭南横，岫虹叠韵漾空灵。流绉罗纹濯景。东峙玉京宫阙，西滨水映潺亭。楼江影动波粼，水墨清晖画境。”

入夜，华灯熠熠，站在太平廊桥上，纹江夜月、灯光波光相映，眺望远方，天地静美。收回视线，江左岸美食一条街人间烟火气，右岸“文峰函海”四李巨型雕塑及玉京山景乐宫（李调元纪念馆）无处不透露着厚重的文化气息。移步到左岸江边，在夜啤酒摊点坐下，叫上几份可口下酒小菜，凉风习习，赏纹江夜月，神思飞越。

此情此景，笔者不禁为罗江点赞：小县城做大文章。主政者深谋远虑，将罗江历史人文与当下社会发展需求相结合，既解决民生刚需，又承续文脉传扬后世。

万安揽胜：罗江人文荟萃地

玉京山上多流连

玉京山这个名字很有来历：玉京山乃神话玄都中的山名，是上界藉天仙璧所居之虚，位于昆仑山。传说中元始天尊居住的仙山。晋葛洪《枕中书》：“元始天王，在天中心之上，名曰玉京山。山中宫殿，并金玉饰之。”唐吕岩《忆江南》词之十二：“沉醉处，缥缈玉京山。”

全国玉京山有多处，如江西庐山风景区的玉京山，云南本溪的玉京山等。而罗江玉京山则因纹江水映、风景秀雅、人文荟萃而驰名。

玉京山上有著名的罗江八景之一的景乐梵钟。唐建有真明寺，宋易释为道，改为景乐宫。此地原为罗江古代的景乐宫，始建于唐，现存建筑为清代重修。传说唐玄宗因“安史之乱”幸蜀曾居于此而得名景乐宫。清乾隆年间进士李调元曾在此与道长刘虚静唱和。宫内有“景乐梵钟”，宋大中祥符初铸，其声噌吰，音传数里，为明代罗江八景之一，此钟毁于 1959 年。现在见到的景乐宫梵钟为 2004 年时值罗江置县 1700 周年，县人民政府重铸。

玉京山上有前几年专为纪念 1939 年春迁移到罗江的国立六中四分校而设立的校史馆。国立六中四分校校址原在城中陕西馆巷。1937 年山东省 30 余所公私立中等学校西迁，1938 年成立国立湖北中学，1939 年继续内迁到罗江成立国立第六中学四分校，1942 年国立六中四分校撤销。

国立六中四分校在罗江只短短存在了三年的时间，但是早已成为名副其实的红色学校。国立六中四分校开展了一系列爱国民主运动，共产党员教师用学校讲台带领学生阅读马列著作、新华日报等进步书刊，用战时的文艺讲话唤醒群众。孙维岳、李广田、陈翔鹤、方敬四大家耕耘着这里的校园，培育出激光专家马祖光、驻外大使章署等一大批精英人才，当代诗人贺敬之就是当年从这里奔赴延安。“星星之火，可以燎原”，国立六中四分校的创立为罗江带来了抗日救国的星火，也为后来的罗江中学培养了一大批人才。国立六中四分校的办学历史，已经成为罗江现代教育史上浓墨重彩的一笔。

从大量的回忆录图书、资料、图片中，笔者沉浸到抗战时期的那一段峥嵘岁月，并从中汲取到一股追求光明、抗日图存的磅礴力量。

玉京山上有罗江博物馆，更为重要的是有李调元纪念馆，主要内容有李调元手书书序石刻馆、李调元生平馆、李调元著述陈列馆、文物陈列馆、为纪念李调元的书、画展厅，展出各地书、画名家为纪念李调元而创作的书、画佳品，供游人观赏。

因为李调元，笔者在玉京山上几度流连。在纪念馆正大门，有贺敬之题写的“李调元纪念馆”馆名。笔者欣赏大门的对联“北斗人宗黄门常纳三千履，西川物望舍此安论十二州”。

李调元纪念馆内楹联、匾额颇多。漫步纪念馆，笔者沉浸在意蕴深厚、文字隽永的楹联、匾额中。清代袁枚是李调元的知音，其所撰楹联“童山集著山中业，函海书写海内宗”，高度评价了李调元一生的功绩。

在碑林，笔者仔细辨认斑驳的石碑上有些模糊的字迹。看到李调元的诗“万卷足今古，千秋独醉醒。偕君一携手，顿觉两忘形”，为读书人李调元先贤的人生觉悟和通透心有灵犀。在李调元诗碑《清溪草堂》前，笔者轻轻吟哦：“清溪溪水清，照见溪上屋。幽人正著书，灯光映修竹。”笔者也曾自诩为读书人，读到如此清丽诗句，以及诗句所蕴含的澄明清雅意境，对照自己的心怀，不禁汗颜。

作为广汉人，笔者天然地觉得与李调元有些亲近。在广汉张家后营有个举人叫张邦伸，他文才出众，能力颇强，乡人誉他“在国为循吏，在乡为鸿儒”。李调元和张邦伸是儿女亲家，李调元经常到广汉游玩，喜欢住在城内开元寺（现大北街盛世蜀景小区），开元寺慧眼长老学识高深，与李调元经常彻夜长谈。张邦伸也常陪李调元居于寺内，开元寺内遍种桂花，每到开花时节花香四溢，李调元曾写诗赠给慧眼长老：“看山看水何时了，奔北奔南苦不休。却冒风雨寻慧眼，自怜霜雪半盈头。一窗桂影留新月，满院松声正送秋。记取去年曾到此，开元读遍藏经楼。”

罗江八景南塔寺

万安镇内的南塔寺，也是值得一游的景点。南塔寺位于罗江城南的天台山，古时候这里有墨香泉、上天梯、钓鳌台、文笔峰、南塔等古迹，这里曾是明代罗江八景之一的“天台秀色”，卢雍有诗赞曰：“城南绣岭横，岚翠入江清。晴旭霞光烂，依稀是赤城。”清乾隆五年（1740），罗江县令王会嘉因感慨罗江已间隔 80 年无一人登贤书，乃补修天台山之文笔峰，翌年秋李化楠中举；乾隆十七年（1752），罗江知县孙法祖建南塔、文昌宫以培文风，并亲自撰联：“百代蒙麻绵甲第，六村赐福眺和平。”塔、庙建成，李调元、李鼎元、李骥元陆续中进士步入翰林，钱林虎、柴邦直、李本元等先后中举，于是罗江人文蔚起，士林光彩。

站在南塔寺可以俯瞰整个罗江城：罗江城四面环山，泞水、灈水会合于城北云盖山下，整个城区就像一只“大船”；在“大船”的“中舱”也就是原老南街，建造的五层高木结构的魁星阁，恰好是这艘大船高高耸立的桅杆；船头直抵天台山，此处层峦叠嶂，山势俊秀，罗纹江水顺流而下，有一泻千里之势，而当年这里的南塔也就成了这艘“大船”定位的锚桩，但很可惜南塔在“文化大革命”期间被毁，仅存塔基在寺后。现在的南塔为近年重修。

蜀国考古大发现：周家坝船棺墓群

罗江历史久远，人文荟萃。万安镇作为罗江区行政所在地，自然是罗江历史文化中心。

2011 年 12 月 28 日，四川省罗江县万安镇南塔村周家坝惊现船棺墓群，多家媒体纷纷予以报道。专家称：“位于蜀都门户鹿头山大霍峰（海拔 727 米）东麓，紧邻白马关金牛古道的周家坝战国船棺墓群，是继巴县冬笋坝、昭化宝轮院、什邡城关、成都商业街之后，巴蜀船棺出土数量最多的地区之一，出土铜器种类丰富，保存完好，从不同角度反映了古蜀开明王朝在各方面的发展状况和完好面貌。至此，罗江的历史将由史籍所载汉代潺亭，上溯到公元前五世纪前后古蜀开明王朝时期的孱。”“该项发现被列为 2012 年中国重大考古发现。”

周家坝位于成都平原东北鹿头山麓孱水（又名罗纹江）西岸、鹿头山金牛道南侧，扼守蜀都北部要隘。在周家坝修路工地上，人们发现了距今 2300 年前开明王蜀时期的船棺墓葬群。发掘工作一直进行到 2012 年 4 月，共发现战国至秦汉墓葬 83 座，出土器物 260 余件，取得了重要的考古发掘成果。在抢救性发掘的 1.8 万平方米面积内，出土矛、剑、钺、戈、弯月刀、箭镞等青铜兵器，以及铜釜、铜鍪、铜斤、铜削、铜锯、铜镜等生活用具和生产工具数百件，古蜀图语、秦小篆铜印章 11 枚。从出土铜印章看，极可能是开明王所封护卫蜀都门户的孱侯王国城邑所在地。

为此，罗江周家坝与稍前的什邡城关，稍后的青白江大弯、蒲江盐井沟发现的船棺墓葬群一起，并称为成都平原东、南、西、北周边四大船棺墓葬群。

罗江周家坝人从古至今有着这样的传说：“祖上传下话，坝上土台有宝藏，坝北缓坡处就是古金县城的大门遗址，打雷下雨、耕地挖渠要多多留意。”

罗江文史研究者赖安海在《古孱船棺墓群探秘》一文中，详细记述了发现经过和所发掘出的文物种类、件数，以及专家座谈会研究的初步成果：2012 年 3 月 3 日，四川省考古研究院与德阳市文物考古研究所、罗江县文化局邀请了巴蜀文化研究及文物考古专家在罗江县召开了“罗江县周家坝战国墓群抢救性发掘专家座谈会”。专家认为，根据出土的船棺及青铜器、陶器等判断，周家坝墓葬群的时代当在战国中晚期，可上溯至战国早期，下延至秦。墓主为原住地蜀民族。船棺墓群之大，数量之多，排列组合规划有序，令考古界、史学界震撼。为古蜀国继三星堆、金沙后又一重大发现。这一发现，对于古蜀开明王蜀时期的政治、经济、社会、文化等各方面的研究具有重大价值和意义。巴蜀考古中首次出土的宽 3 厘米的青铜圆印章，宽 2.2 厘米、高 4 厘米的方柱五面铜纽印及罕见的铸有图语复合体符号的弯刃带柄刀尤为珍贵。周家坝遗址如此规模的战国中晚期船棺墓群，是研究古蜀开明时期的根据地之一。

周家坝船棺墓葬群的发现，印证了周家坝古老的传说，可以预见，随着周家坝近 50 万平方米船棺墓葬群的全面发掘，必将进一步揭开开明王蜀所封的孱侯国之谜，续蚕丛、鱼凫、柏灌、杜宇之余辉。

我们在万安镇文化站长罗顺多带领下，来到遗址现场，因周家坝船棺遗址未建设开发打造，被野草、芭茅、杂树遮掩，完全是一处普通无异样的河滩地，但公路边多处安装的摄像头，表明这里已严加保护。

万安近代人物：双峰耸立

范英士的故事

在万安镇走访，不得不去范家大院。早就听说罗江的范家大院，是北宋政治家、军事家、文学家、教育家范仲淹后裔聚居地，是至今保存完整、规模较大的清代民居。笔者怀着仰慕的心情驱车来到位于万安镇响石村三组，距罗（江）慧（觉）公路 800 米，距区治地城区 5 千米的范家大院。

▲ 范家大院（万安镇人民政府供图）

映入笔者眼帘的范家大院，是“湖广填四川”时范仲淹第 20 代孙范养源（四川始祖）在清雍正年间一次性建成。大院占地 3500 平方米，背枕青山，前绕清流，整个建筑以中龙门为轴线，南北对称，呈复式四合院，石木结构，是德阳市境内至今保存最为完整、规模最为宏大的清代民居和客家院落。

范仲淹治家甚严。近 300 年来，罗江范氏家族成员谨遵祖训，将范仲淹“先忧后乐”的家国情怀和“谦恭自律”的仁人志士节操融入日常规范中，并不断完善。2017 年，罗江范氏家族家规被评为首届十佳“天府好家规”，范仲淹第二十九代孙范荣明代表罗江范氏家族上台领奖。

范家大院，这座北宋名臣范仲淹后裔居住地，距今已有 300 年的历史。2018 年，罗江当地依托范家大院打造范家大院家风园。此前，笔者听闻该家风园的展陈设计出自三星堆博物馆学术研究部部长、擅长展览馆展陈设计的吴维羲之手。范家大院家风园建成开园之后，反响良好，吸引各界人士前来参观，学习范氏家族好家规。

2019年，范家大院被确定为德阳市廉洁文化基地，其所在的响石村现已被列入中国传统村落保护名录。

范氏后裔将“先忧后乐”的家国情怀和“廉俭谦恭”的家风融入日常中，代代淬炼传承发扬，引导教化当地乡风、民风，崇德守廉、向上向善。2020年，范家大院被评选为四川省级廉洁文化基地。

对于范仲淹，当年上中学时，笔者能全文背诵其名篇《岳阳楼记》，特别喜好其中名句“先天下之忧而忧，后天下之乐而乐”，把执政、掌权者的政治观讲得言简意赅，传颂千古，成为学者与执政者的座右铭。至于范仲淹的诗词，也是颇为喜欢，比如，《渔家傲·秋思》：“塞下秋来风景异，衡阳雁去无留意。四面边声连角起，千嶂里，长烟落日孤城闭。浊酒一杯家万里，燕然未勒归无计。羌管悠悠霜满地，人不寐，将军白发征夫泪。”《苏幕遮·怀旧》：“碧云天，黄叶地，秋色连波，波上寒烟翠。山映斜阳天接水，芳草无情，更在斜阳外。”还有《江上渔者》：“江上往来人，但爱鲈鱼美。君看一叶舟，出没风波里。”这更是连小学生都张口即诵的五言绝句。

在范家大院，笔者一边参观，一边想罗江范氏后裔中有哪些人物值得关注。

来到范氏后人英才及事迹展室，看到范氏后人中最杰出的第26代孙范英士。简介中说：范英士，名继森，号英士，生于光绪二十二年（1896），毕业于北京大学，1926年冬，时任川军二十八军第三师宣传科科长的范英士结识了受党组织派遣，前往合川开展对第三师改造工作的陈毅，成为莫逆之交。新中国成立前夕，范英士在成都组建民主党派，为党做外围工作，并为地下党提供了大量活动经费，营救过多名地下党员，1985年在成都病故，享年90岁。

骨灰盒安放在八宝山公墓的水利官员：何北衡

万安镇历史上知名人士还有很多。如曾任四川省咨议局议员、四川保路运动领导之一、四川大学教授叶秉诚，削发为僧、精通医术、罗江特产“豆鸡”创始人袁通儒，教育活动家叶庭槐，以及为领导工人运动而被反动派残忍杀害的中共党员孟本斋等。

在此，笔者要写一写出生于罗江在全国有名的水利建设官员何北衡。

陈渭忠有一篇文章《何北衡：国难仍殷未敢闲》（见《中国三峡》）记述了何北衡在水利建设方面的成就与贡献。

何北衡（1896—1972），字恩枢，罗江万安镇人。1924 年毕业于北京大学法律系，毕业后返川，在政界、商界活动；1937 年，爱国抗日名将刘湘任四川省主席，何北衡第一次出任四川省建设厅厅长，兼任四川省水利局（属建设厅领导下的二级局）局长；1939 年，重庆中央水利委员会聘任何北衡为川康水利贷款委员会主任，何北衡赴眉山县履职；1940 年，张群主政四川，何北衡再次任四川省建设厅厅长兼四川省水利局局长，直至 1947 年。

▲ 何北衡（何西萍供图）

1937 年 7 月 7 日卢沟桥事变，抗日战争全面爆发，国民政府迁都重庆，四川成为全民族抗战的大后方。1936 年至 1937 年四川省发生了亘古未有的特大干旱，1936 年、1937 年干支记为丙子、丁丑，民间称为“丙丁大天干”。据四川省民政厅统计，全省受灾县 126 个，灾民达 3509 万人，占当时全省人口 3/5 以上。大搞水利建设，发展农业生产，保障军需民食，成为头等重要之大事。

困难之际，何北衡两度出任四川省建设厅厅长，兼任四川省水利局局长，成为抗日战争时期四川水利建设的领头人。

何北衡肩负领导四川水利重任后，曾前往灌县（今都江堰市）瞻仰李冰遗迹，决心继李冰之志，效李冰之法，大兴水利，发展农业，支持抗战。并为自己立下座右铭“卅年奔走鬓毛斑，国难仍殷未敢闲，欲排大难须大勇，三句珍言铭座前。”何北衡以其大智大勇领导了抗战时期的四川水利建设。大搞水利建设，首先要解决集聚建设人才和筹措建设资金两大难题。当时各地水利机构纷纷迁至四川，众多水利精英陆续云集巴蜀，带来了水利建设的新理念、新技术，与四川本土的水利界优秀人才形成一股建设四川水利的合力。

为解决资金问题，何北衡多方筹集水利建设资金。他提出大型水利工程由省建设厅出面向中央、中国、交通、农民四大银行贷款，由受益县负责修建并分期偿还；小型水利工程由各县自筹资金或征调民工义务劳动修建，建设厅和水利局调派技术人员协助勘测设计，指导工程施工。

何北衡虽然攻读法律专业，却刻苦钻研水利，曾到西南实业协会发表《四川水利建设概况及其对工矿业之关系》的专题演讲，曾写下《建设四川水利复兴中华民族》一书。他对四川的治水方略有独到见解，把四川的治水问题归结为“巴山蜀水”四个字。他认为川东川北地区山丘遍布，水源短缺，应着重抓治旱；而川西川南地区水网密布、河渠纵横，应着重抓防洪。他继承四川省水资源开发的传统形制，确定农田水利工程建设以引水工程为主，蓄水工程与提水工程并重，把引水工程的重点放在涪江流域。他在任期内，建成一批引水渠堰工程，新增灌溉面积 30 多万亩。

何北衡身体力行，多次去农民银行洽办水利贷款，曾叹曰：“农民银行的门槛都被我踢断了。”在人才和资金两大难题解决后，掀起了抗战时期四川水利建设高潮。

抗日战争期间涪江流域建成了一批引水渠堰。最负盛名的为修建在三台县涪江左岸的郑泽堰。其上段工程原名永成堰，在清代乾隆、嘉庆、光绪年间曾多次兴修，却累建累塌，始终未能“永成”。1937 年，国难当头之际，四川大旱之年，郑献微临危受命，出任三台县县长，把开渠建堰、引水灌田作为头等大事。是年冬，即向省建设厅申报工程立项，在何北衡的大力支持下，该工程于 1938 年元旦开工，次年 3 月建成，只用了 14 个月的时间，一条近百里的引水渠堰奇迹般地出现在潼川大地。

继郑泽堰之后，涪江两岸又新建了一批引水堰工程，有位于江油县的龙西堰，位于三台县的可亭堰（民力堰）、大围堰，位于遂宁县的四联堰（南北堰）。可亭堰的建设因得到国民政府粮食部部长徐可亭（三台县人）的支持而命名，四联堰的修建得到中央银行、中国银行、交通银行、农民银行的联合贷款，为志其功，何北衡建议命名为“四联堰”。涪江流域还对一批已建成的旧堰进行整治、扩大效益，有江油县的涪西堰（女儿堰），彰明县的涪济堰，绵阳县的天星堰、涪翁堰等。

抗战期间，其他流域也兴建或修整了一批引水渠堰工程。岷江流域有大邑县的刘公堰、万成堰，灌县（今都江堰市）的兴文堰（导江堰），邛崃县的三桥堰，眉山县的醴泉堰，夹江县的永兴堰，峨眉县的熊公堰，乐山县的楠木堰等；沱江流域有彭县的湔江堰，绵竹县的官宋硼堰，绵竹县、什邡县的朱李火堰，广汉县、金堂县的北泽堰；青衣江流域有洪雅县的花溪渠，天全县的天全渠等。

四川省的传统蓄水工程有冬水田、山平塘、石河堰。在何北衡厅长的努力下，1935 年 10 月，省政府颁布《四川省各县掘塘蓄水标准办法》《四川省各县办理凿塘蓄水人员奖惩办法》；1943 年，省政府通令各县修塘筑坝，兴修水利，农林部颁布《非常时间强制修筑塘坝水井暂行办法》；1945 年，行政院水利委员会与社会部联合制定《利用义务劳动兴办水利实施办法》。抗战期间，各地掀起修塘筑堰的建设高潮，截至 1946 年，全省利用贷款兴建小型堵水坝 237 座，灌田 10.32 万亩；凿塘 3870 口，灌田 16.13 万亩。

四川省的传统提水工程为筒车和龙骨车，在唐宋时期就已广泛应用。1940 年年初，四川省水利局于灌县创办高地灌溉试验所，由工程师刘石卜主持试制水轮泵获得成功，省建设厅命名为刘石卜式抽水机。1943 年年初，应用于三台县可亭堰提水，随后又在三台县杨家镉、李子坝、桃子坝，彰明县长青堰等高地灌溉中推广运用。为解决成都市近郊华阳县东山丘陵区灌溉问题，利用石马堰至狮子山落差 3.25 米、流量 3 立方米 / 秒，安装刘石卜式抽水机 5 台，提水灌田 1.6 万亩。该工程于 1943 年动工，1945 年 11 月建成，为抗战期间建成的最大提水灌溉工程。

抗战时期，四川省水利建设的全面发展，促进了农业增产，保障了军需民食。据统计，1941—1945 年，四川省征收的稻谷占全国稻谷征收总量的 38.5%，为抗日战争的最后胜利做出了不可磨灭的贡献。

新中国建立后，张澜以周恩来总理的名义邀请何北衡从香港返京参加新中国的建设。何北衡加入民主建国会，任水利部参事室参事、全国政协委员。1972 年在北京逝世，享年 76 岁。

1979 年 4 月 28 日，国务院水利电力部办公厅为何北衡举行追悼会。

何北衡的骨灰盒安放在北京八宝山革命公墓第五室。

罗江风景诗中赏

明代罗江八景，因御史卢雍题诗而名。

卢雍（1474—1521），明代苏州府吴县人，字师邵。明武宗正德六年（1511）进士，与四川新都状元杨升庵为同榜进士，授监察御史。武宗北巡宣府，欲建行宫，雍疏请罢其役。正德十三年（1518）以监察御史巡抚四川，劾巡抚马昊黩货殃民。有惠政，曾至阆。后擢四川按察副使（掌管四川全省司法行政的副官职），未到任，卒。著有《古园集》。从简介来看，卢雍为官正直清廉有作为，同时喜欢诗词写作。可惜不满五十岁，早逝。

卢雍到罗江，见民风果如杨升庵所言，又见罗江县令陈尧臣颇有德政，环城包砌青石七百七十四丈，城池滨江，甚为壮美。于是遍游罗江山水，作《罗江八景诗》。于是明代罗江八景便因御史卢雍题诗而名扬天下。

卢雍笔下的罗江八景：泮林古桂、景乐梵钟、天台秀色、龙洞仙踪、马驰灵井、大霍奇峰、纹江夜月、潺水秋风。让我们依次走进卢雍的这八景诗句，领略明代罗江八景的动人之美。

泮林古桂：清代李桂林主纂《罗江县志》卷十二《古迹》记载："古泮池在治东三圣宫内，系旧学署故址。桂花林在治东三圣宫后，即《八景》所谓'泮林古桂'也。今地名响簧坝。"卷三十六《艺文·罗江八景诗》："泮林古桂，治东三圣宫后，今无存。"是以观之，古桂花林遗址早已毁于明末兵燹。其遗址之所在即上述今旧城东街人和广场后陕西馆巷面粉厂。

卢雍《泮林古桂》诗："双玉儒林秀，灵根月窟分。天香飘太远，多士共清芬。"诗中描写泮林古桂树在儒林中特别出众，充满灵气，桂花香飘散在空中，让人享受桂花独有的清芬。这泮林古桂虽遗迹无存，但充盈桂花幽香的诗句仿佛把我们带入卢雍当时的现场情景，令人陶醉。

景乐梵钟：清代李桂林主纂《罗江县志》卷三十六《艺文·罗江八景诗》：“景乐梵钟，城东一里玉京山。”该钟毁于1959年，2004年罗江县人民政府重铸。另，李桂林《罗江县志》卷五《山川》：“玉京山，县东一里，即东山，又名景乐山，列县八景之一。”今已辟为李调元纪念馆。

卢雍《景乐梵钟》诗：“苍鲸何处吼，绀宇翠微杪。余音渡空江，下界知昏晓。”诗中描写敲响景乐梵钟宛如海上苍鲸发出的声音，噌吰的钟声响彻庙宇，余音袅袅漂浮罗纹江面，听钟声即可知晓早晚时辰。可见这景乐梵钟的响声既激越神圣又悠扬悦耳，让人肃然起敬，又让人神思邈远。

天台秀色：清代李桂林主纂《罗江县志》卷三十六《艺文·罗江八景诗》：“天台秀色，城南二里天台山。”卷五《山川志》：“天台山，县南五里，乾隆十八年（1753）知县孙法祖建塔于此，又名文笔峰，列县八景之一。”有《南塔记》《南塔文昌宫碑记》。罗江南塔寺位于罗江城南的天台山，古时候这里有墨香泉、上天梯、钓鳌台、文笔峰、南塔、文昌宫等古迹，这里曾是明代罗江八景之一的“天台秀色”。清乾隆五年（1740），罗江县令王会嘉因感慨罗江已间隔80年无一人登贤书，乃补修天台山之文笔峰，翌年秋李化楠中举；乾隆十七年（1752），罗江知县孙法祖建南塔、文昌宫以培文风，并亲自撰联“百代蒙麻绵甲第，六村赐福眺和平”，塔、庙建成，李调元、李鼎元、李骥元陆续中进士步入翰林，钱林虎、柴邦直、李本元等先后中举，于是罗江人文蔚起。1970年南塔被拆毁，1991年迁玉京山下之云谷庵于天台山文昌宫，改名南塔寺。寺门额为赵朴初书。有旧题石刻联：“山丛层峦开笔阵，江翻浩浪壮文澜。”“墨香笔锐人文焕，塔竖桥横地脉隆。”“前拱云盖，后枕玉瀛；右带纹江，左环龙洞。”

卢雍《天台秀色》诗：“城南绣岭横，岚翠入江清。晴旭霞光烂，依稀是赤城。”诗中描写登上天台山看见的秀美景色，美丽的罗江城像绣在山岭边的一幅画，苍翠色的山雾氤氲在清清的罗纹江。晴天旭日高照，金光灿烂，映射下的罗江县城仿佛是一座红色的城市。作者对天台秀色大加赞美，读来让人恍如置身其中。

龙洞仙踪：龙洞位于县城西五里的鹿头山东北。洞深500余米，内有汉滩、钟乳柱、石厅，为古罗江八景之一。北宋时，罗真人修道于此，洞外常闻仙乐之声。

卢雍《龙洞仙踪》诗：“真人上升去，古洞白云间。见说月明里，龙车自往还。”诗中描写龙洞深藏在白云间，为修真得道成仙之人居住之所，听人说在明月夜，能看见龙驾驭的车在洞中自由往来。这神秘仙踪的龙洞真让人神往啊！

马驰灵井：清代李桂林主纂《罗江县志》卷五《三川》：“马驰井，县东北三十里，祷雨则应，列县八景之一。”明朝曹学佺《蜀中名胜记》卷九《川西道·罗江县》：“马驰寺有井在山谷中，四时水溢，可以灌田。近日忽枯涸，土人浚之，得龙首骨，及大珠如卵，光同水晶，闪烁夺目。众竞视之，忽然雷震，珠复坠于井中。”马驰灵井，乡人呼为“圣井”，在罗江和安州交界处，又叫彭家坝水库，据说当年李调元去过。马驰灵井在罗江县北金山镇西马驰村。井西里许有凤凰山，上有庙名马驰寺，大殿仍存，有清光绪年间《重建马驰寺碑记》。

卢雍《马驰灵井》诗：“大旱祷辄雨，应知江海通。此方常稔岁，此井有神功。”诗中描写马驰灵井的灵异之处，每逢大旱时节，附近的人们就祈祷下雨，果然灵验下雨，说明此井与江海相通。这方土地受灵井护佑，年年丰收，乡人感谢这口有神功的灵井。

大霍奇峰：大霍山地处县治南7千米，与鹿头山相连。主峰海拔726米，为境内最高峰。西麓有万佛寺、东麓有宝峰寺。山巅有松林30公顷，麓宝峰寺贵妃池下有40公顷橡树林，林中砾岩巨石伏卧，景象奇特。清代李桂林主纂《罗江县志》卷五《山川》："大霍峰，县南十五里，即罗瑰山，列县八景之一。"卷十九《寺观志》："罗真观，县西南十里，康熙间僧云海重修，邑令杨周冕题'飞来古佛'四字，寺左有银杏树一株，大十余围，中空，可容一席，树根下垂如手指，又名佛指树。"又引"《名胜志》：'大霍山，罗公远修道处，上有'罗真宫'。宋·何彦真有记：'山麓有丈余盘石，耕者每宿其上则梦云：接引殿上可卧耶？'惊以高寺僧，掘其下果得。像若天成，不事雕琢。"卷二十七《仙释志》，《仙》："唐·罗公远。邑有大霍山，公远常栖止云。宋·罗瓒，修道大霍山，即今罗真观。"今大霍山东麓宝峰下有余家庵，又名宝峰寺，唐代所建，明代重修。传为杨贵妃避难处。寺前有贵妃池，寺中有贵妃柏。每年三月初三的传统民俗活动"娘娘会"便在此地。大霍山西麓有万佛寺，即清代以前之罗真观，石盂池尚存。

卢雍《大霍奇峰》诗："灵表数峰青，闻名知大霍。神僧久化去，石钵久不涸。"诗中描写大霍山数座山峰耸立，灵气青翠，大名远播。明代和尚明本在这里坐化成佛，唐代释僧集体修造的茅庵处，石钵里的水用不干涸。作者赞美大霍山的奇峰及其庙宇中的神奇传说。今天我们登上大霍山，进入万佛寺和宝峰寺内，既赏山林清幽美景，又感受寺庙庄严清净，确实为一处旅游休闲胜境。

纹江夜月：清代李桂林主纂《罗江县志》卷三十六《艺文》："纹江夜月，县东一里东寺后。"即今玉京山"四李"雕塑下，太平廊桥北江面，夜月美景。

时近中秋，卢雍在县令陈尧臣的陪同下作城东纹江月夜之游。白天繁忙喧嚣的纹江古渡月光如洗，江面如镜，一派静谧。微风中，水面皱起罗纹细波。玉京山披洒银光，古城万家灯火。水中月，天上月，山城江天好一幅水月画图。于是“波静罗纹细，偏宜夜月明。应是江妃织，不闻机杼声”，这首脍炙人口的《纹江夜月》诗从卢雍胸中冲口而出。

想当时，卢雍在县令陈尧臣的陪同下作城东纹江月夜之游。眼前江面之景，“波静罗纹细”，一轮夜月明丽高悬，此情此景，作者展开想象，应该是江中的神女在纺织罗纹，只是听不到织布机纺织的声音。这首诗为灵感突显之作，自然天成，“诗因景成，景因诗名”。“纹江夜月”自此成蜀中之名胜。笔者到罗江，总爱坐在江边，望着一江螺纹。

潺水秋风：清代李桂林主纂《罗江县志》卷三十六《艺文·罗江八景诗》：“潺水秋风，县北三里北寺前。”即泞、灥二水交汇处，古时水面尚阔，今则筑堤围田矣。有金雁桥遗址。

卢雍《潺水秋风》诗：“潺山有澄泽，湛湛鉴毛发。时有微波动，凉风起苹末。”诗中描写秋天时节，潺山流出潺水，清明澄澈，可照见毛发。时时有微波轻漾，宛如风起苹叶动，让人心动神摇。

罗江境内有泞水、灥水、黄水河、罗纹江四条河流。其中泞水、灥水是罗纹江的两个源头，黄水河是罗纹江的支流，泞水在城北云盖山和灥水汇合后称为罗纹江，简称罗江。正是这江水，孕育了钟灵毓秀的罗江这方神奇的土地和人文。这是自然的奇迹，也是罗江人的福分。

罗江，汉为涪县潺亭，晋末置县，“为三国险阻之区，实两川咽喉之地”，它位于德阳同绵阳之间，登鹿头山，可以“北望秦岭锁八百连云；南俯益州开千里沃野”。它“虎踞龙盘，扼川陕要隘；狮蹲象伏，树成都屏障”。诗人赞美罗江是“双江合流绕古城，三山妆成水墨屏”。自古号称佳山水，人文胜迹甲它邑。清人祝芷塘满怀深情地夸耀罗江说：“凡名流入蜀必至其地，至必有诗。”

历代文人墨客为罗江留下不少诗词歌赋流传至今，而罗江本地也出了不少文人。晋代就有书写罗江的四川民谣《古巴歌》，唐代诗人杜甫由秦入蜀过鹿头山时感怀写下了《鹿头山》，宋代诗人陆游在罗江写下《罗江驿翠望亭读宋景文公题壁诗》《鹿头山过庞士元墓》等诗篇，清代桐城派主要作家姚鼐在罗江写下了《题醒园图》，清代性情派主要作家张问陶写下了《绵州》，袁枚“童山集著山中业，函海书为海内宗”指的就是罗江人、戏剧理论家、文学家、诗人李调元。

抗日战争时期，山东济南一中流亡师生在罗江成立国立六中四分校，著名作家李广田及著名诗人陈翔鹤、方敬等在此任教，著名诗人贺敬之曾在此求学。著名作家沙汀、著名诗人卞之琳等多次在罗江聚会，探讨研究“五四”以来中国诗歌的发展。

1948 年，四川第一个农民诗社——云峰诗社在罗江鄢家诞生。数十年来，诗社里走出了一代又一代农民诗人，他们用朴实的语言，抒发对生活、对土地、对生命的深刻感悟和真挚情感。

罗江坚持紧扣时代主题，在诗歌的吟诵中唱响时代主旋律。从 2006 年到 2023 年，共举办了 9 届中国·罗江诗歌节。在与时俱进中，中国·罗江诗歌节不断创新，已经成为罗江乃至德阳、全省一张响亮的文化名片。

在罗江，笔者能感受到无所不在的诗意。这诗意诠释了“中国幸福家园罗江”的独有内涵。

罗江的魅力，给外地人留下的印象深刻。赖安海先生给笔者提供的资料中，有一则《最忆是罗江》。说的是原国立六中四分校二级学生刘可牧（又名刘保全，山东兰陵县人。先后供职于山东齐鲁大学、山东师范学院、昌维师专、昌维教育学院），晚年著有长篇纪实文学《七千里流亡》回忆录一书，他在罗江古城和新校的印象一章中写道：

城垣小，城墙、城楼完整，城内房舍虽不高大，但都古朴、洁净。纹江缓缓地绕过三面，江水浅浅的，宽宽的，清澈见底。三三两两用鸬鹚捕鱼的小舟，轻轻地飘摇在江面上。渔舟实际是平连在一起的两只小船，捕鱼人撑一杆长杆，两只脚分踏在两只小船上，驱使一群鸬鹚下水捕鱼。

鸬鹚很乖巧，有时能用嘴共同抬出一条尺把长的大鱼来。横跨纹江的十一孔大石桥（太平桥，清嘉庆七年建），坚实，宽阔，壮美。载重汽车往返穿越，稳如泰山。江岸上的水车，昼夜不停地车水，吱吱哑哑，掺和着竹筒倾注的注水声。纹江外沿一圈，起伏着高高低低的丘陵，也有三五青峰兀然傲立。丘陵上郁苍的松柏，掩映着一二座青瓦粉墙的寺庙。

罗江城内有大街一条（明清时陇蜀驿道从中穿过），也是公路的一段。路面用土水泥（石灰、砂石、黄泥混合筑成，俗称三合土）铺成，路旁植有阔叶树。大街两侧排有商店、茶馆、酒肆、旅店、剧场……生意相当兴隆。每逢赶场之日，街上货摊、饭摊比比，生产、生活用品形形色色。从四乡来的男男女女，老老少少，或买或卖，或餐或饮，也有只看光景的，闹得街上拥挤不堪。罗江县的政治、文化中心离大街不远，穿过连成一片的公园，广场就到了。县政府、法院、公安局、孔庙、图书馆成为一列。广场上有旗杆、土台，当是集会的地方。公园里的桃、杏、玉兰次第开放。鹦鹉在架上学语，树下石凳上可以憩息。僻街、幽巷多有深宅大院，当是富豪之家。敌机入川的警报，似未引起居民的惊恐。读书救国，罗江确是一个好地方。

罗江是一个人杰地灵的地方。清代出过学人李调元。四川建设厅厅长何北衡的家，就在城内一条幽巷里。

第四分校安在陕西馆里。学生住宿与老乡孔夫子（文庙）及城隍老爷（城隍庙）为伴，办公、教学、饮食等方面的设备配置齐全。

1986 年，原国立六中罗江四分校老师方敬、桑常山，与四级二班学生、前全国总工会书记处书记刘实（原名藺善达）等几十位四分校同学相聚四川罗江，重回陕西会馆四分校故址，漫步纹江东大桥、白马关庞统祠墓，寻找当年的记忆。他们对这片土地和罗江小城充满着深厚的感情，在座谈会上原三级一班学生、“七月诗派”重要诗人之一的杨竹剑（原名杨镇畿，笔名朱健）激动地说：“带我们到这里，不是父母，而是老师。我是喝罗江水长大的，不怀念山东故乡，我的故乡在罗江。”更有同学题诗留云：“白马金雁落凤坡，老归故园醉酒沱。纹江水远千尺碧，不及游子乡情多。”

尾声：走进中国幸福家园——罗江

新世纪罗江主政者提出的“文化立县”方略，在区委区政府历任主要领导中得到贯彻落实。为贯彻落实中央、省委、德阳市关于历史文化保护的新要求，加强罗江文化遗产保护传承和合理利用，保护古遗址、古建筑、近现代历史建筑，更好地延续历史文脉，罗江区政府委托四川省国土空间规划研究院于 2017 年启动编制《罗江历史文化名城保护规划（2020—2035）》。规划于 2020 年 12 月 25 日通过省住建厅组织的专家评审，结合评审意见，对规划内容进行修改完善，形成正式成果，公布于社会。该《保护规划》指出罗江三项文化内容具有重要而独特的历史文化价值：蜀道文化——金牛古道上重要节点；三国文化——三国蜀汉兴亡佐证地、古蜀都北部军事要塞；诗书文化——崇文重学之地、诗歌文化之乡、李调元故里。罗江的历史文化名城特色也有重要而独特的三项内容：地域文化——三国文化主要承载地、蜀道文化带的重要节点、成都平原农耕文化的代表、传承的诗书文化、杰出的调元文化、丰富的佛教文化；山水格局——双江萦绕、环城皆山、罗纹水合、龙池山开的山水格局特色；城市布局——依水而立、纳山为园、路桥相伴、戈形船城的自然景观与人文景观相融合的布局特色。

由此，权威而具有法规性的《罗江历史文化名城保护规划（2020—2035）》对以上具有历史文化与特色的整体保护内容列出一个详表，把山体山脉、河流水系、自然生态区、古道、特色村镇、历史文化景观、历史文化街区、文物古迹、非物质文化等 9 大类型、21 个分项、192 个具体保护对象以及在册的 326 株古树名木都列入了保护对象名单。并分别对以上保护对象提出了保护要求以及规划实施建议。在“总则”中特别提出规划的法律地位：“本规划是实施历史文化资源保护和城市建设管理的依据，自本规划批准公布之日起，保护范围内一切建设活动，必须符合本规划。”在规划审批、实施与管理要求中也严肃指出：“本规划经四川省人民政府审批，由罗江区人民政府规划行政主管部门依法按照本规划进行规划管理，如需修改，须按规定程序报批。”

我们有理由相信，罗江这座千年古城，在全面有效保护的基础上，定会文脉传扬，像秀美清澈、潺缓流淌的罗纹江一样，焕发出更加迷人的风采。

在高速公路罗江入口处，有一块巨大的牌子，上面用中、英、日、韩四国文字写着“中国幸福家园，罗江欢迎您”。这个于2009年启动，旨在用十年时间，把罗江打造为“出如画，入有余，大和谐，同快乐”的规划，也来源于时任罗江区委主要领导建设罗江的构想。

罗江，建设“中国幸福家园”，这个口号既响亮又引人注目。一个只有20多万人的区县打造“幸福家园”，而前面冠以“中国”二字，这在全国都不曾见过。或许有人会认为夸大其词，不以为然。笔者倒以为，这体现出罗江人的心胸和气魄。作为全国首批生态示范县，罗江拥有丰富的旅游资源，良好的生态、人文环境，以及独特的区位优势。近年来，罗江以“三圈”发展定位，推进环境综合提升、产业持续发展和社会事业全面进步，走生态绿色农业、低碳生态工业和生态旅游发展之路，倾力打造生态良好、生产发展、生活富裕的“三生有幸”新罗江，努力打造“中国幸福指数最高的县”。

十三年过去了。罗江人民的获得感、幸福感、安全感正不断增强。当前，站在新的历史起点上，勤劳勇毅的罗江人民正以建设高质量“中国幸福家园”为统揽，坚定不移实施“工业强区、科教兴区、文旅活区、生态立区”四大战略，朝着“大和谐，同富裕，予自信，共筑梦”的社会主义现代化罗江奋勇前进。

一个“中国幸福家园”的诗意罗江，正在成为现实。

白马关：烽烟散尽景如画

白马关前话蜀道

新闻回放：2023 年 7 月 25 日至 27 日，习近平总书记在四川考察调研，先后专程看了两个地方：在广元市，总书记考察了翠云廊古蜀道；在德阳市，调研了三星堆博物馆。

从“三百里程十万树”的古道古柏群落，到“沉睡数千年，一醒惊天下”的古城古国古文化遗址，沿着总书记的足迹，可以清晰看到总书记对生态文明建设和文化传承发展的深度关切，而这两者攸关中华民族永续发展和根脉传承。

贯穿在川陕之间的古蜀道，曾经是千百年间进出两地的交通要道。“噫吁嚱，危乎高哉！蜀道之难，难于上青天！”唐代诗人李白这首脍炙人口的《蜀道难》，描绘了蜀道行路之艰难，也佐证了蜀道历史之悠久。

“一条古蜀道，半部华夏史。”当天承担讲解工作的广元蜀道文化研究会蔡东洲教授告诉《时政新闻眼》，蜀道的历史可以追溯到先秦时期。秦并巴蜀时，古蜀道中最重要的金牛道就正式开通了。

李白诗中所写的，也正是古蜀道金牛道这一段。

而作为古蜀道金牛道段的一个重要节点——罗江白马关，再次进入世人视线。

白马关，笔者是熟悉的。因我们所在的广汉与罗江同属于德阳市，曾多次到过白马关，对白马关的历史和传说也颇为知晓。此时，笔者再次缓步行走在白马关庞统祠内的一段古蜀道，岁月和风雨磨洗的石板砌成的窄窄小道，道路中间车辙斑斑，苔藓密布，让人不禁生发怀古思幽之情。别看这窄窄的石板小道，在古代可是自秦入蜀的大道。罗江县境内现今存古蜀道约 4.7 千米，为四川保存最完好的金牛古蜀道之一。

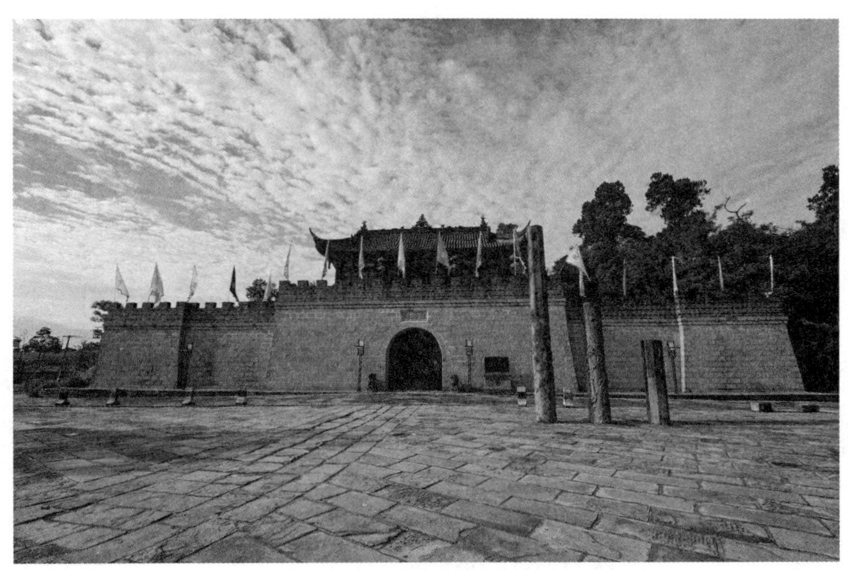

▲ 白马雄关（白马关镇人民政府供图）

让我们来捋一捋蜀道的前世今生。广义的古蜀道是一个交通体系，巴蜀大地，崇山峻岭雄峙，古人打通道路以通四方。狭义的古蜀道则专指“秦蜀古道”，是古代由长安通往蜀地的道路，翻越秦岭、巴山，途经众多雄关险隘。

金牛古驿道，开凿于公元前三世纪的古蜀国开明王朝时期（早于长城），被称为世界交通史上的活化石。

金牛古道又名石牛道，是两千多年前巴蜀地区通往中原的一条重要道路。它南起成都，过广汉、德阳、梓潼，越大、小剑山，经广元而出川，穿秦岭，出斜谷，直通八百里秦川。金牛古道是迄今为止人类最早的大型交通遗存、世界上历史最悠久的官道，比古罗马大道还早，人们熟知的剑门关、翠云廊、明月峡，都是金牛古道上的历史遗存。古驿道由一块块青石板拼接而成，路面一般宽 2 至 3 米，最宽处有 5 米。经历几百甚至上千年行人、马匹、车辆的踩踏和碾压，这条古代“高速公路”上留下了车辙痕、马蹄痕和行人足迹。

据《华阳国志》《蜀王本纪》《水经注》等古书记载，战国中后期，秦惠文王见古蜀第十二世开明王朝国力衰退，蜀王荒淫无道，便欲伐蜀，但苦于崇山阻隔，无路可通。大约秦惠文王深知蜀人有崇信巫术鬼神的迷信传统吧，于是心生一计，请人凿刻了五个巨大的石牛，以赠送蜀王。秦王派人在石牛尾下放置黄金，每头牛还像模像样地安排了专门的饲养人员。蜀人一见之下，以为是天上神牛，能屙黄金。蜀王大喜，便派国中五个有移山倒海之力的著名大力士，开山辟路，一直将石牛拖回成都。这就是“五丁开山”的传说，而这条拖送石牛的道路，就是古金牛道，亦称剑门蜀道的最初来历。后来人们把这条路称为“金牛道”或“石牛道”。

另有一说是秦惠文王知蜀王好色，于是许嫁五位美女于蜀。蜀王遣五丁开山辟路迎之，返还到梓潼地界时，见一大蛇钻入石穴。其中一人擎住蛇尾，奋力拔之不出，于是五人齐力相拔，以致山崩地裂，五丁及那五位美女同时被压入山下。这便是李白《蜀道难》中“地崩山摧壮士死，然后天梯石栈相钩连”一句的来历。秦王听说五丁壮士已死，蜀道已通，知道进攻蜀国的时机已经成熟，不由心花怒放，就派大军从金牛道进攻蜀国，很快便消灭了蜀国，并把蜀王杀死了。

关于古蜀“五丁”的传说，扬雄《蜀王本纪》记述说“天为蜀王生五丁力士，能徙蜀山”。常璩《华阳国志·蜀志》对五丁也有记载，说“时有五丁力士，能移山，举万钧”。这些记载的传说色彩比较浓郁，其中既有一定的真实性，也有比较夸张的描述。

关于金牛道，这个近乎荒诞的故事一直流传了几千年。中国现代杰出的历史学家、近代“蜀学”传人、经史大师蒙文通考证说，这是不靠谱的传说而已。从开明九世到十二世应该有百年，前后服劳役的都是五丁。显然十二世三百余年间，都有五丁服沉重的劳役，可见五丁就不是偶然天降的五个大力士了。《春秋繁露·王道》说：“梁内役其民……使民比地为伍，一家亡，五家杀。”蜀的五丁，想来和梁一样，是一种劳役组织形式，可能是一种奴隶制度。蒙文通在其著作《巴蜀古史论述》中写道：“秦灭巴蜀，使巴蜀经济向前迈进了一大步。”《水经·江水注》说：“江水又东别为沱，开明之所凿巴。”成都平原可能在李冰前已有水利灌溉。从近年来发现的考古材料来看，知战国时蜀已有铁器和纺织品。东晋常遽《华阳国志》载司马错说：“其国（指蜀）富饶，得其布帛金银，足给军用。”所以《秦策》说：“蜀既属秦，（秦）益富厚轻诸侯。”从此可以窥见在秦灭巴蜀之前，蜀地劳动人民在生产方面是有高度成就的，它并不落后于七国，这才为汉代蜀刀、蜀布驰名全国准备了条件。

笔者认为，作为当时的蜀国人，自然不希望被秦国灭亡。总得给历史的因果找个情感上的理由，于是编造了蜀王贪财好色而致蜀国灭亡的传说。

事实上，秦国灭亡蜀国，是历史的必然。

四川知名历史学者吕卫梅2023年发表一篇文章《论提出并实施国家统一战略的司马错》（四川文史馆《文史杂志》2023年第三期）。文章摘要说："司马错一生打仗不多，但是，他所提出的先取巴蜀之地的国家统一战略及其具体实践，使他在历史上留下了为国家统一而做出杰出贡献的丰碑。在司马错提出的这个大战略中，也许在当时并没有多少人意识到巴蜀之地在国家统一战略中占有特别重要的分量，而是在许多年以后，经过秦国地方官吏李冰对蜀地的继续打造，蜀地不仅变成了秦国经济富饶、地大物博的战略后方，而且跃升为秦国最重要的粮仓。此后，把巴蜀之地作为国家统一的坚强根据地被多次证明，司马错提出的国家统一战略的价值被显现出来，并引起历史的重视。"

生活在秦惠文王、秦武王和秦昭王时代的司马错，提出了"得蜀即得楚，楚亡则天下并"的军事战略思想，并具体指挥了伐蜀战役、平定蜀乱和黔中战役等一系列重大军事行动，为秦横扫列国实现统一大业奠定了重要的军事基础，他是了不起的最早提出并实施国家统一战略的战略家、军事家。

当时"伐蜀"的理由很充分——苴侯求救。趁蜀、巴、苴相互攻击的内乱之机，予以攻打，难度不高，名正言顺。"伐蜀"若成功，利益很大：一是开拓秦国疆域，拓展秦国的财政收入和兵力来源，实现民富国强；二是在增加秦国疆域同时，又能增强秦国平息暴乱的仁义国家形象；三是可以巴蜀为统一战略根据地，顺夔门而下直接伐楚。司马错提出的这个相当详尽的国家统一战略，得到了秦惠文王的肯定，"惠王曰：'善，寡人请听子。'卒起兵伐蜀。"确定了以此战略开始秦帝国的统一大业。

秦昭襄王（秦惠文王之子）执政期间，曾命宰相范雎"栈道千里，通于蜀汉”（《史记·蔡泽列传》），这是整治交通。《水经注》引《风俗通》说：“秦昭王使李冰为蜀守，开成都两江，溉田万顷。”《史记·河渠书》正义引《风俗通》亦正相同。

秦灭巴蜀的战争是在秦惠文王五年（前316）进行的。这场战争中，主要的指挥官包括张仪、司马错以及蜀王。根据史料记载，蜀王在与秦军的交战失败后，被秦军杀害，蜀国随之灭亡。随后，秦军又相继攻灭了苴国和巴国，并在巴蜀地区设立了郡县，其中巴国被降为“君长”，而蜀国则由陈庄担任丞相，张若为蜀国守。秦国的这些行动不仅增强了自身的实力，也为后续对楚国的征服和统一六国奠定了基础。公元前256年，战国时期秦国蜀郡太守李冰率众修建都江堰水利工程，既造福了天府百姓，也成就了李冰，成就了秦国，成就了秦始皇的宏图伟业。

公元前316年秦灭蜀，95年后的公元前221年，秦始皇嬴政，只用了10年时间，就攻灭了6个国家，平均一年零六个月，就可以消灭一个国家，这种作战效率，即使放到今天，也是非常惊人的。秦朝统一六国的历程和改革举措，为中国历史上的一个重要时期。尽管秦朝短命，仅存在了15年，但它为后世留下了丰富的遗产和深远的影响。

秦始皇统一六国以后，曾经将一批六国的旧奴隶主贵族迁到巴蜀，作为防止他们在原地进行反秦活动的一种措施。《史记·项羽本纪》：“秦之迁人多居蜀。”《华阳国志·蜀志》：“始皇克定六国，辄徒其豪侠于蜀。”这批人往往带来了中原先进的生产技术，促进了巴蜀冶铁业的发展。如在临邛即山冶铸的卓氏，就是因为“秦破赵，迁卓氏”而来到巴蜀的；程郑也是“山东迁虏”。《汉书·食货志》记秦时“盐铁之利，二十倍于古”，这虽是董仲舒攻击秦代制度的话，但也反映出盐铁生产给秦经济带来的利益。经过秦惠文王、昭襄王几代的经营，在巴蜀地区经济进一步发展的基础上，广大的巴蜀人民在秦汉两朝统一全国的战争中，提供了雄厚的人力物力，为推动社会的进步做出了自己的贡献。[①]

中国现代著名历史学家顾颉刚在《论巴蜀与中原的关系》一书中说，古代的四川人口究竟有多少，可惜没法知道。自从秦灭了蜀，就移民一万家充实了蜀郡，犯了罪的人又大都连他的家属、门客一起迁到这一边来，灭了六国又把六国的遗民大量地往这边送，所以人口会急剧地增加。秦灭六国，移民一万家入川。成都人口仅次于长安。秦灭六国，迁移六国的奴隶主入川。长安八万八百户，二十四万六千口。成都是七万六千二百户，是当时全国第二大城市。最奇特的是长安为当时中央政府所在，统治者和他们的附从必定很多，但比成都只多四千户。秦汉时期，成都占经济最重要的地位，蜀刀、蜀布在汉代也是名产，可见蜀的经济从秦时起是迈进了一大步。

再来说刘邦统一中国的历史。秦末义军并起。秦二世元年（前209）九月，刘邦起兵于沛，数月间发展成一支强军，不久首先入关中。项羽因兵众势大，背约不尊刘邦为关中王，却自立为西楚霸王，封刘邦为汉王。当时人普遍视刘邦入汉中为“入蜀”。刘邦为汉中王时，统治的区域共有41县，其中汉中郡12县，其余29县分属巴、蜀二郡。活动在川北部的賨人，又称板楯人、板楯蛮，古来以骁勇善战著称，主动随高祖出击三秦。汉初两次分封，其封地占全国之半，而高祖视关中、汉中、巴蜀为龙兴之地，一直由中央政府直辖。高帝六年（前201），割巴、蜀郡各一部，另置新郡名广汉，取广我汉疆之意，另一说是“广至汉水”之意，这郡名本身就包含

① 童恩正：《古代的巴蜀》，重庆：重庆出版社，2004。

着刘邦对巴蜀人民在汉王朝建立过程中所做贡献的赞许和希望。巴蜀对西汉王朝的建立及早期稳定做出了特殊贡献。楚汉争霸中巴蜀是刘邦最大的兵源地和粮源基地。巴蜀内地大量汉人，也曾随刘邦出征，为刘邦统一中国做出了贡献。

以上蜀国历史发展走向，无疑是中原与蜀国打通了蜀道的结果。蜀道的开通，成为中国大统一至关重要的政治举措。成都独特的政治文化地位与关键的经济地理位置，是成都作为蜀道之始、道路起点的决定性因素。从政治上来说，成都的地理位置，北可控汉中，东可联荆楚，是统一政权的战略基地。而处在金牛道上入川出川关口上的白马关，则显示出独特的地位和作用。

在此，笔者还想把蜀地与中原的交通再往前溯源。

著名历史学家顾颉刚先生在其所著《论巴蜀与中原的关系》一书中指出："照前人的见解，巴蜀和中原的不可分割性是从开天辟地以来就如此，直到秦灭巴蜀时止，其关系不曾间断过。"接着，顾先生从人皇开始，到钜灵氏到蜀山氏，再到伏羲和女娲，到神农，接着到黄帝到颛顼、帝喾，直到夏朝开国君王大禹及至夏朝最末一个君王桀，然后到商代、周武王，最后到春秋时期的巴国、蜀国，进行了一系列的史料考证，得出结论："综合上面的记载，可知古代的巴蜀和中原的王朝其关系何等密切。人皇、钜灵和黄帝都曾统治过这一州。伏羲、女娲和神农都生在那边，他们的子孙也建国在那边。青阳和昌意都长期住在四川，昌意的妻还是从蜀山氏娶的。少昊和帝喾早年都住在荣县。颛顼是蜀山氏之女出生在雅砻江上。禹是生在汶川的石纽，娶于重庆的涂山，而又平治了梁州的全部。黄帝、颛顼、帝喾和周武王也都曾把他们的子孙或族人封到巴蜀。夏桀、殷武丁、周武王以及吴王阖庐又都曾出兵征伐过巴蜀。武王还用了梁州九国的军队打下了商王的天下。春秋时楚国主盟的一个最大的盟会是在蜀地举行。游宦者有老彭、苌弘，游学者有商瞿，都是一代的名流。我们不该再说巴蜀和中原的关系怎样深，简直应该说巴蜀就是中原，而且是中原文化的核心了。这样的一个历史系统，各方面组织完备，越是古代越有材料，真可以说建立得像金城汤池一般的坚固。”[①] 这个结论，真让人为古巴蜀感到骄傲。

蜀与中原关系的建立、维持并深化，全依赖交通。交通为人类族群、国家政治、军事、商贸、文化交往之始。唐代李白“蜀道之难，难于上青天”的感叹，让人误认为蜀道艰难，蜀地闭塞。四川作为盆地，周围崇山峻岭，交通确实不便。但四川在中国的地理位置和政治地位都极为重要。因此，历史上的蜀人勤劳智勇，开辟了很多条出入川的道路。从云南、贵州、甘肃出入川的古道很多。同时，还有一个十分重要的交通运输时期：水运。川渝的河流在全国是最多的，大小河流遍布全省，古代人们都是择水而居，相当长时间是依靠水上运输。嘉陵江的上游是陕西省，在其境内，嘉陵江流经凤县，入甘肃再回陕西，经略阳县和宁强县出陕入川。它在陕西境内长 244 千米，约占总河长的 30%。更为重要的，长江的源头在四川境内，从四川南边用船作为交通工具通过长江，则可以抵达长江沿岸的诸多地区。

本文中，笔者重点关注通往关中的川陕之路。蜀道，是关中与四川盆地之间道路的总称。关中与四川盆地相隔着秦岭、汉中盆地、大巴山，蜀道也因此分为两段：关中——秦岭——汉中，汉中——大巴山——四川盆地。穿越秦岭的部分主要有四条道路，自西向东分别为陈仓道、褒斜道、傥骆道、子午道。穿越巴山的部分又分为四条，自西向东分别是阴平道、金牛道、米仓道、洋巴道。它们的排列组合，构成了古代穿越川陕的主要通道。

---

① 顾颉刚：《论巴蜀与中原的关系》，成都：四川人民出版社，2018。

其中的金牛道是巴山四道中最早，也是最重要的一条。李白说的“地崩山摧壮士死，然后天梯石栈相钩连”也是这里。

它从汉中出发，经勉县、宁强、广元、昭化、剑门、绵阳，再到成都。在元代时，这里被称为南栈，与北栈一同构成川陕间的官方驿路。

蜀道上众多的交通遗存与文化景观，保留着历史变迁的痕迹，被誉为“古代陆路交通活化石”，是人类历史上顺应自然、改造自然并与自然和谐共生的典范。这里不仅是黄河文明和长江文明交流的重要通道，同时也对中华民族的文化交流与民族融合发挥了重要作用。

2023 年 11 月 16 日，由四川省文物局主办，四川省文物考古研究院、三星堆研究院、四川广汉三星堆博物馆承办的三星堆遗址考古多学科综合研究成果研讨会在四川广汉举行。会上披露多项最新成果，其中一项为上海博物院研究团队通过 X—rayCT 成像技术研究了三星堆遗址出土的 12 件青铜器制作工艺，并与中原同时期青铜器制作工艺做比较研究。发现三星堆与中原青铜器的铸造技术既有相似的共性，也有鲜明的个性。相似的共性：1. 陶范法铸造；2. 金属垫片及定位泥芯撑技术；3. 铸接技术。鲜明的个性：1. 盲芯中普遍存在细长的长方体木条，是三星堆独特制泥芯技术的反映；2. 普遍使用了以青铜合金为焊料的铸焊技术。同时，根据从三星堆祭祀坑出土的器物角度，如铜尊、铜罍、牙璋、玉环等，专家普遍认为三星堆文化和中原文化联系紧密。四川省文物考古研究院三星堆遗址工作站站长冉宏林介绍，后续的田野考古工作还将继续深入探索三星堆遗址，能够让大家全方位地，比较生动地去了解到 3000 多年前古蜀人的日常和国家运转的模式。还需要了解三星堆遗址它所代表的古蜀文明、中原文明、长江中下游文明和甘青地区的文明，它们之间的相互联系和相互交流沟通的具体情况，通过这些进而认识中华文明之所以能够呈现出来多元一体和绚丽多彩格局的一个深层次的原因。

作为三星堆遗址祭祀区新一轮考古发掘重大成果之一，在三星堆发现了丝绸遗迹，引发全国轰动，证明 3000 多年前的古蜀人已经开始使用丝绸。丝绸文化是中华文明的重要特征，三星堆的丝绸发现，不仅证明了三星堆文化就是中华文化，而且开始揭开中华文明多元起源的神秘面纱。作为人类文明的首要证据，古文字中“蜀”的含义就是“葵中蚕也，从虫”，而且以“上‘目’象蜀头形，中象其身蜎蜎”来象形，说明蜀地在古汉语里指的就是蚕桑之地。蜀地开国先王蚕丛，着青衣而劝民种桑养蚕，蚕桑丝织在蜀兴盛，至今留下了蜀山、青衣江、青神县等文史标志。而更早的蚕丝（缫丝）技术发明人，被历代尊为“先蚕”的嫘祖更是被众多的文史考证指向为蜀人。

中国丝绸博物馆副馆长周旸说：“在中华文明一体化进程中，丝绸是一个非常显著的趋同要素，神话传说、史料记载、考古发现均表明，巴蜀和中原秉承着大致相同的知识体系和价值体系。”考古表明，早在商周时期，蜀地和中原就有丝绸技术交流和商贸往来。

三星堆时期出土的青铜和丝绸与中原的交流，想来这蜀地北上的交通路线，应该有一条中原人和蜀人翻越秦岭的远古蜀道吧。

《史记·大宛列传》记载：西汉建元三年（前 138），张骞出使西域来到大夏（今阿富汗）见街上卖着四川产的蜀布和筇竹杖，问那商人说：“这蜀布和筇竹杖从哪里运来的？”商人说是从身毒国（今印度）运来的。于是，张骞一想印度位于阿富汗南几千里（见《史记·大宛列传》），认为南方肯定有一条从四川成都通达印度的通道。于是回国后马上就向汉武帝汇报了此情况，经了解，这条通道，就是穿越哀牢国境——被称为“蜀身毒道”，后又被称为至今遗迹犹存的“南方丝绸之路”。

由此看来，蜀道作为连接四川与外界的重要通道，是四川人民的生命线，是他们与外界进行贸易、交流的主要途径。

古蜀道有多条，其中的金牛道南起成都，北止广元棋盘关，经广元出川，在陕西褒城附近向左拐，之后沿褒河过石门，穿越秦岭，出斜谷，直通 800 里秦川，全长 1000 余千米。它是我国古代秦蜀两地经济、政治、文化相联系的纽带，是我国最古老的“国道”，是有三千多年历史的先秦古栈道和剑门关蜀道文化、三国历史文化的核心走廊。

《华阳国志》说，杜宇“以褒斜为前门，熊耳、灵关为后户，玉垒、峨眉为城郭，江、潜、绵、洛为池泽。以汶山为畜牧，南中为园苑”。这虽是夸大之词，但仍可以看出古蜀国的大致疆界。按褒斜在今陕西汉中，熊耳山在今青神县，这也可能就是当时蜀国直接统治区域的南北界。

《汉书·地理志》说：“秦昭王开巴蜀。”昭王在蜀开阡陌，显然也需要蜀具有相当的条件才能推行。这就不难想见蜀在此时的经济发展水平可能已和商君时秦国的情况大致相近。蔡泽说：“范雎相秦，栈道千里，通于蜀汉。”（《史记·蔡泽列传》）这是整治交通。范雎相秦也是在昭王时。

西汉时期，四川临邛的铁器生产得到进一步的发展。四川对外贸易的道路，北道由成都出发，经广元沿金牛道、褒斜道等栈道到达关中，再经长安而转运。这条道路是蜀与中原交通常用的一条商道，所以《史记·货殖列传》说蜀“栈道千里，无所不通，唯褒斜毂其口，以所多易所鲜”，这如实地反映了这条道路作为经济命脉的重要性。勤劳勇敢的古代各族人民，凭着极简陋的工具，修栈道，架桥梁，筚路蓝缕，百折不回，终于打开了通向外界的道路，繁荣了国际市场，取得了“巴蜀殷富”的结果，与此同时，也为促进世界文明的发展，做出了贡献。

秦汉时期，蜀地与中原的商贸往来极为发达。据蒙文通考证研究，秦张仪和张若筑造成都城墙，周长十二里，高七丈。张若“营广府舍，置盐、铁、市官。……市张列肆，与咸阳同制”。与咸阳同制，在当时可算是了不起的规模。这也正显示出当时蜀的经济水平。当时四川盐铜业很发达，蜀的盐铁手工业都是秦时开展的，所以成都有盐铁官。盐铁在秦汉间占经济最重要的地位，蜀刀、蜀布在汉代也是名产，广汉郡的金银器、漆器也很发达，包括蜀锦，更是闻名遐迩。可见蜀的经济在秦朝时迈进了一大步。

近代以来，川陕间公路铁路的建设多沿原有的蜀道线路，这就是传统蜀道在现代交通中的进一步传承。

第一条穿越秦岭的公路是1935年建成的西汉公路，经宝鸡、凤县、留坝抵汉中，北段沿着故道，南段沿褒斜道。1937年，成都至汉中的公路也建成通车，这条线路基本沿着金牛道，与西汉公路一起成为抗战中连接西北与西南的大动脉。

新中国成立以后，蜀道沿线的建设进入新一轮高潮，先后修建了108国道、316国道、210国道，其中108国道成都至汉中段沿金牛道，汉中至西安段基本与傥骆道一致，210国道则沿着洋巴道—子午道一线，不过并没有走子午峪，而是沿着沣河直接出山。316国道汉中至天水段的南段则是沿着褒斜道出山。

1956年7月，全长668.198千米的宝成铁路建成通车。这是沟通西北与西南地区的第一条山岳铁路。1999年12月，宝成复线全线开通。2017年，更加舒适便捷的西成高铁建成。宝成铁路并未褪去荣光。它卸去了客运重任，更加专注货物运输。2018年1月，宝成铁路入选第一批“中国工业遗产保护名录”。如今，宝成铁路不再局限于国内南北货物运输，还搭上了“一带一路”共建之帆。西南地区的中欧国际班列驶出国门，奔赴更远的地方。

四川盆地到西安的铁路，通过蓉西高速铁路和沪陕高速铁路连接，从峨眉山出发，经过乐山、成都等地，最终到达西安。

四川盆地到西安的高速公路，则有G420高速公路。2018年11月，巴陕高速终于实现全线正式通车，这是继广陕高速、达陕高速后，四川北向出川的第三条高速公路通道。

四川、甘肃、陕西三省拟合建横向高速铁路，规划线路全长280千米。这条汉中至阿坝（九寨沟）的高速铁路起于陕西省汉中市，途经勉县、略阳县，甘肃省陇南市康县、武都区至四川省阿坝州九寨沟县接西宁至成都铁路。

古代将四川分为东、西两川。西川是蜀国，东川是巴国和楚国。巴和楚连界，所以和楚国交通很早。商贸依赖交通，交通促进商贸。正是这一相互关系，使蜀与中原往来的这一条蜀道成为中国历史上最重要的通道。

罗江白马关是秦入蜀的最后一道关隘，也是整个西川、成都平原的屏障。从这里“出，可望天下；入，可霸一方”。自古以来，白马关就是成都北部的主大门，因此，也成为兵家必争的古战场。

由此看来，古蜀道成为四川与中原交往的政治要道、军事通道、商贸大道、移民主道、文化交流频繁的通道。蜀道是中国古代沟通中原与西南地区的交通大动脉，对于中央王朝统治西南地区有重要的政治、军事、经济意义。

川陕古蜀道在当今社会越发显示独特的重要性：一是旅游开发，蜀道沿线风景秀丽，历史遗迹众多，是重要的旅游资源，可开发为旅游胜地，吸引游客前往观光、探险、休闲度假；二是文化传承，蜀道文化是中国文化的重要组成部分，通过保护和传承蜀道文化，可以弘扬中华民族优秀传统文化，增强文化自信；三是交通建设，蜀道穿越山区，地形复杂，建设难度大，但它是连接西南地区与内地的交通要道，对于促进西南地区经济社会发展具有重要意义，同时，蜀道也是连接中国西部和东部的交通动脉，可推动区域交通一体化建设；四是生态保护，蜀道沿线生态环境脆弱，需要加强生态保护，通过植树造林、水土保持等措施，改善生态环境，促进可持续发展。

烽烟散尽景如画，蜀道白马关成了人们探古寻幽、凭吊历史英雄、休闲活动的著名旅游景区。

白马关：慷慨悲歌壮士关

途经白马关城楼，步行几百米，来到凤雏村村委会，白马关镇政府工作人员听说我们的走访意图，请了一位知晓白马关情况的当地人给我们讲述。老人尹显聪，今年 75 岁，面容消瘦，人挺精神，记忆力也好。

我们先从古驿道打开话题。

“原来的石板路，现在只有几段了。”尹大爷一开口，神情陷入回忆之中，“小时候，我们在石板路上玩耍，鸡公车道，石头溜光，车轮印子溜光。后来搞旅游开发，换了石板。”

尹大爷打开话匣子，我们插不上话。他说，原来的古驿道从略坪到白马关的换马沟过来，经烟堆梁子到罗江，罗江从七里桥上白马关鹿头山。“我小时候（解放初）还看到过马车从白马关经过，从白马关到广济桥再到黄许再到德阳。”

说到古驿道后来的变迁，老人语气变得沉重，说道：“农业学大寨期间，白马大队六队七队的社员把石板撬走用作给生产队集体修养猪场的砖脚石，就是给猪粪水坑垫底，现在基本上都给拆了。其中，七队有一段路的石板，有的被翻到路基外，只有九队这一点保存得完好。落凤坡到白马关这一段保存得最完好。”

“嘿，我们白马关镇的贵妃枣很出名呢。传说杨贵妃在我们这里停留过，她很喜欢我们这里出产的枣子，所以后来被称为‘贵妃枣’。”

这个传说流传很广。相传，唐天宝十五载马嵬坡之变，唐明皇宠妃杨玉环并未死去。原来，唐明皇处死杨国忠后，羽林军仍逼除掉杨贵妃。唐明皇百般为难，只得采用高力士之计，从随行宫女中择一外貌酷似贵妃者调包替死，派人送贵妃连夜潜逃求生。数日后，贵妃一行进入绵州罗江县境内。在一高处小憩，但见群山逶迤，松苍柏翠，更有鸟鸣泉咽，清风送爽。不由心头一动，急问樵夫：“此乃何地？可有庙观？”樵夫答：“此罗江宝峰山。山中一寺，人间佛地也！”贵妃当即定下心念，打发了随从，扮成居士，投身余家庵，过起晨钟暮鼓的僧尼生活。七天后，贵妃对镜梳洗，惊见镜中人已花容失色，形销骨立，不由悲从中来。忽忆行囊中有贡枣一包，便取出食之，每日几粒，惜枣如金。半月之后，自感神清气爽，周体舒泰，重现昔日闭月羞花之貌。说来神奇，贡枣之核更为奇妙，竟落地生根，长出枣树，结出繁果。当地人吃后，惊其甜脆益身，争相引种，繁衍至今。不知何人，探得贵妃身世，知道此枣来历，便将它命名为“贵妃枣”。这便是罗江“贵妃枣”的由来。

白马关镇万佛村是罗江种植贵妃枣历史较久、较集中的一个村子，有枣林 1500 亩，每到贵妃枣采摘季节，来这里游玩的游人摩肩接踵。优质贵妃枣对土壤、阳光都有着很高的要求，必须种植在偏酸性土壤的山地上，并且要有充足的阳光。因此为了保证贵妃枣的品质，万佛村因地制宜，制订了贵妃枣发展计划，不盲目种植，划分区域。贵妃枣给白马关镇带来了一系列的经济效益，形成了一个产业。

最后，话题又回到白马关。尹大爷说，白马关最早有寺庙，住持和尚还管万佛寺呢。以前，白马关的乡长上任都要专门拜访白马关寺庙大和尚，土匪也不敢抢白马关寺庙管辖的老百姓的物品（庙产）。庞统祠里面原来有个牛王庙，庙子破败了，就改为后来的碑廊。

“白马关附近的牌坊很多，可惜后来都被打掉了。”尹大爷打住了话题，似乎不再回忆。

告辞尹大爷，返回庞统祠。

此前，笔者多次来过庞统祠。沿着一段石板老金牛路，站在庞统祠大门前的广场，看见老式建筑庄严肃穆，越过屋顶，一左一右两株古老柏树枝丫光秃秃伸向天空。笔者知道，那是祠内柏木古树，其中右边一株为一级保护柏木树，笔者曾看过相关资料，估测树龄有1800年，树高24米，周长452厘米，保护措施为支撑、砌树池、包树箍。

古柏透出虽老而不屈的倔强劲，就像祠内二师殿供奉的诸葛孔明和庞统，让整座祠庙庄严中透出一股隐隐的英雄气。

进到里边，我们见到了预约访谈的庞统祠解说员高洵。

高洵已在庞统祠工作多年，对庞统祠的前世今生了若指掌。问他一年由他解说接待的游客量有多少，他谦逊地回答说：“没有具体统计过。”

交谈中，高洵对庞统这个人物及三国历史很有研究，有的观点十分新颖。

对于我们关注的蜀道历史，高洵说，从金牛道至阴平道至荔枝道至米仓道，统称为蜀道。从唐朝到现在，白马关这一段没有改过道。759年，杜甫到成都，陆游到成都，都是走的这个地方。清雍正十二年（1734），果亲王（清康熙帝第十七子）在二师殿瞻仰先贤并感慨道“尽瘁两朝堪报主，未成三计竟舆尸”，还留下日记：“车骑二三里，西风卷旌旗……”（见果亲王允礼《西藏日记》）

白马关地处鹿头山，是秦入蜀的最后一道关隘，是整个西川、成都平原的屏障，有“南临益州开千里沃野，北望秦岭锁八百连云，东观潼川层峦起伏，西眺岷山银甲皑皑”之势，清代李调元曾以诗描述白马关：“江锁双龙合，关雄五马侯。益州如肺腑，此地小咽喉。”

现在的南北关楼为2000年后重修，南关楼重建时利用的材料包括清代乾隆时期（罗江旧城）留下的砖等，有些砖上还刻有“正堂杨制”“正武宫”“万寿宫”“安县”等字样，关楼上“白马关”关名，是宋代苏东坡的墨宝，关楼比明代的南关楼向南移了约1.1米。

庞统墓冢建在北端栖凤殿后，稍偏于中轴线，与殿堂建筑呈15°夹角，墓冢前立墓碑。墓为石砌，圆形，直径10.2米，高2米，封土为石板覆盖，上施八脊梁，八凤尾，中施镂空石雕宝顶五层。宝顶高3米，总高5米。墓脚用石砌石板走道，走道宽1.3米。墓冢建筑面积81.7平方米，在康熙四十八年（1709）重建完工后当时的四川巡抚能泰亲笔题写“汉靖侯庞士元之墓”墓碑。

庞统，生于公元179年，字士元，号凤雏，湖北襄阳人，自幼勤学，才智超群，品质出众，被司马徽视为“士之冠冕”。

赤壁之战，庞统、诸葛亮、周瑜联计击败了曹军，庞统才华初显。刘备乘势夺取了荆州，并任荆州牧，庞统以从事身份被刘备委派到耒阳试任县令，因政绩不佳，被免官。吴将鲁肃致书刘备，评价庞统“才非百里”，应予以重用。同时诸葛亮也向刘备保荐庞统：“士元之才胜亮十倍。”当刘备重召庞统时，庞统就时局纵横等诸方面向刘备做了精辟论述，并客观地分析了优劣比势，认为“以荆州为根本，以蜀川定天下，形成三角鼎立、相互钳制的战略格局，方能一统天下”。这一论断，给刘备集团的发展方向做了准确的定位。

庞统卓越的军事才智和富有远见的政治谋略深受刘备器重，被委以治中从事，和诸葛亮同为军师中郎将，一个优秀的军事家、政治家由此正式登上了东汉的历史舞台，演绎了一个举足轻重的角色。

杜甫经过白马关，写了一首《鹿头山》，诗开头四句：“鹿头何亭亭，是日慰饥渴。连山西南断，俯见千里豁。游子出京华，剑门不可越。及兹险阻尽，始喜原野阔。”写出杜甫自秦入川一路走来千辛万苦，到了鹿头山一望千里川西平原，心境豁然开朗，喜悦之情跃然纸上。中间有二句：“悠然想扬马，继起名硉兀。有文令人伤，何处埋尔骨。”意思是，此思蜀中古迹。先主霸业，扬、马文章，皆垂名千载者。失双阙，无复当时宫殿矣。何处埋，不见往日遗踪矣。这是杜甫对庞统忠勇献身的惋惜和叹息，即使庞统生前壮烈，为刘备霸蜀献出生命，死后墓地也是冷清。

关于庞统死在落凤坡还是雒城？高洵回答：《三国演义》中说，庞统迤逦前进，抬头见两山逼窄，树木丛杂，又值夏末秋初，枝叶茂盛。庞统心下甚疑，勒住马问：“此处是何地？”队伍中有新降军士，指道：“此处地名落凤坡。”庞统惊曰：“吾道号凤雏，此处名落凤坡，不利于吾。”令后军疾退。只听山坡前一声炮响，箭如飞蝗，只望骑白马者射来。可怜庞统竟死于乱箭之下。

而《三国志》中记载：“进围雒县，统率众攻城，为流矢所中，卒，时年三十六。”庞统死于落凤坡的故事，是罗贯中受到庞统“凤雒”美名的触发，演义而成的。故事编得生动自然，使人深信不疑，所以对后世影响很大。现今罗江县的落凤坡，还有石碑一块、传说的庞统“血坟”一座。雒城（今广汉）在距离成都几十里的地方，距现在的落凤坡也有百里之遥。从《三国志》到《三国演义》，庞统死的地方变了百里。历史上记载，刘备、庞统是以绵竹城为据点，休整后进围雒城，鹿头山白马关已是后方了。

考古专家曾对古绵竹城进行了考古，在那里发现了很多三国时的文物、文化遗存，确定这个地方曾被作为重要的军事和政治要地。专家认为，庞统战死落凤坡肯定不对，但葬在鹿头山是无可争议的，因为后方很安全，而且那个地方也很特殊，“蜀之小咽喉”，北望秦岭、南临益州。

其实，《三国志》所记载的“进围雒县，统率众攻城，为流矢所中”是历史的真实。笔者后来查阅了清代罗江翰林学者李调元编撰的第一部罗江县志《梓里旧闻》。李调元之父李化楠曾经参与纂修乾隆旧志，家中收集本邑文献较多，且熟悉历代之沿革变迁。乾、嘉之际，李调元弃官归里，闭门著述，历经三年将此书编纂而成。初名《梓里旧闻》，后来更名为《罗江县志》而汇刻入调元所辑《函海》这一丛书之中。

《梓里旧闻》中专门考察了庞统死于雒城后演绎到罗江落凤坡的谬误，兹录原文按语如下：

雒城即雒县。明《一统志》云：广汉，汉之郡名，治雒县。东汉为益州刺史治所，晋为新都地，宋、齐、梁为广汉郡。唐置汉州，天宝出改德阳郡。乾元初复汉州。宋仍旧。元以雒县省入。本朝因之，改属成都府。据此，则雒城即国朝之汉州也。旧县志以罗江为雒城，误矣。乾隆二十八年，县令杨周冕筑城于北寺下，古阜（阜字含义为土山、丰富、富有、地势）封之为张任墓。更于潺水交流处立桥名“金雁桥”，邀作碑记。予为辨明，雒城实汉州，事遂寝（停息）。盖罗江在汉时乃涪县地，刘甲《人物志》序曰：唐以前凡称涪城，即今绵州也。若使雒城为罗江，则《朱子纲目》于建安十七年冬十二月大书曰“刘备进据涪城”，不应又于十八年夏五月复书曰“进围雒城”矣。白马关，三国时营垒，去雒城七十里，安知非攻雒城时中流矢，卒而葬于此乎？落凤坡之后，想亦后人因凤雏死于此而名之，未必当时有此破名也。果令有之，何以唐《元和郡县志》及宋《九域志》《地舆广记》《方舆胜揽》《明一统志》皆不载其名？国初顾氏《读史方舆纪要》白马关一条下，始载其名，盖时近时人有立“落凤坡”三字石于道旁者，顾氏因采之，连“葬时洞中有白马逸出”之言，俱未深信也。

笔者之所以不厌其烦原文抄录李调元《梓里旧闻》中的这段话，是因为表面看颇有争议的庞统究竟死于何处的这一历史公案，李调元已经辨析得十分客观而详尽。刘璋大将张任拒守雒城，军士射杀庞统，而后刘备进军包围雒城，张任领兵出城，大战于雁桥，战败被俘。刘备欣赏张任的忠勇，想劝降张任，但被厉声拒绝。《三国演义》中说：“后诸葛亮用计擒获张任，张任宁死不降，终被处死。”刘备感叹不已，收其尸首葬于金雁桥侧，以表其忠。

据载，晋元康六年（296），时人在雒城金雁桥附近建造张任墓。嘉庆十四年（1809），汉州知州为张任墓立碑，碑文镌刻隶书“汉将军张公任之墓”。原墓园面积较大，古木参天，土改时被挖掉部分封土，并出土刻有“元康六年八月造”的年号砖。现墓封土高约 2 米，但墓碑已散失。现张任墓经原址复修后位于广汉市北区公园，1990 年由广汉市政府公布为文物保护单位。

讨论这一问题，还历史真相于世，其实不影响罗江庞统祠和落凤坡的声誉。对老百姓来说，他们更愿意走进传说中或小说中的庞统的世界。鹿头山的一条小山路，那里充满埋伏。落凤坡、换马沟，就是从那小山路里走来的。庞统因为立功心切，战前坐骑失惊，与刘备换马，冒险过落凤坡，中埋伏而被射杀身亡。传说中，庞统与刘备换马，实际上是代替主子而亡，忠心可鉴。因此，后世对庞统这样的忠臣有了别样的亲近。于是，在白马关头，修了庞统的祠墓。实际上，这祠墓只是后人对庞统的一种崇敬和怜惜。

转眼间，庞统战死距今已有 1810 年了。庞统祠内栖凤殿为供奉庞统的专殿。殿前居中两根石柱正面所刻楹联为清同治年间四川总督府参事湖南人李光汉所撰：“真儒者不图文章名世，大丈夫当以马革裹身。”此联铿锵激昂，颂扬了庞统不图虚名、立志报国、献身沙场的崇高精神，也富含着丰富的人生哲理：人活一世，到底该留下什么痕迹呢？

庞统因忠义死后受后人祭拜缅怀。2006 年，德阳市公布第一批非物质文化遗产名录“民俗”类中有一项即为“庞统祠庙会”，起源于“庞统祭祀”，祭祀内容如下：

为了纪念庞统的冥诞日（农历正月二十六日）和忌日（农历七月初七）而举行的高格位庞统祭典源于后汉。它是庞统祠庙会的主要活动内容，距今已有一千七百余年的历史了。

刘备称帝后，对建立蜀汉王朝做出卓越贡献的已故功臣庞统封侯建祠，并旨意地方官吏每年春秋二季（冥诞日和忌日）予以隆重祭祀。丰富的祭祀文化传承至今。

历史上有关庞统祭典的最早记载，是南宋孝宗淳熙初年（1174）陆游诗《鹿头山过庞士元墓》所写“英雄千古恨，父老岁时思”。

清道光二十九年（1849）梓潼县知县张香海诗《罗江谒庞靖侯祠》："庙貌于今邀礼典，证马非展谒豁落颜。"咸丰二年（1852）湖南、云贵总督罗绕典也在诗《白马吊庞靖侯》中写道："村农荐馨敲瓦鼓，蜀女欢歌巴童舞。"同治四年（1865）《罗江县志》记载了道光十二年（1832）庞统祭典的祭文、祭品和祭祀礼仪："庞靖侯祠，道光十二年前任粟芸畦邑侯题奏，十三年奉颂赐祭文、祭品，遵依钦天监颁祭日期，致祭文曰：惟侯忠节，扶汉恢与，克成鼎足之勋，同被师尊之号。功高三国，庙食千秋。龙跃凤翔，著精灵于白马；鸿猷骏烈，表伟绩于丹书。兹届仲春（秋）用昭时祀，尚祈歆格，鉴此精虔尚飨。""祭品：瓷爵三，帛一，牛一，羊一，豕一。果品：核桃，荔枝，龙眼，枣、粟各一盘，酒一樽。"

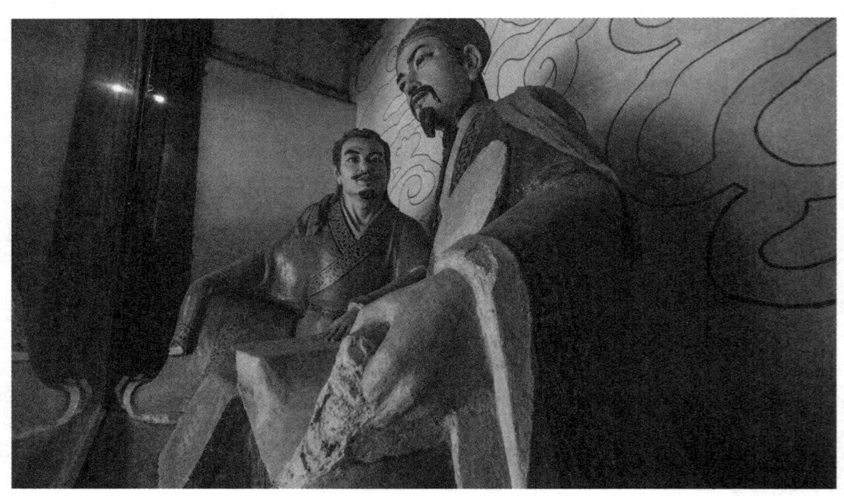

▲ 二师殿（白马关镇人民政府供图）

关于鹿头关的变迁历史，有如下一段文字资料，可以参考。

鹿头山西的绵竹，南北朝时曾一度废置。隋炀帝大业二年（606）于绵竹故城西五十里重新置绵竹县。而鹿头山东十里的潺亭在绵竹被废前已从梓潼水尾移万安县于此，升级为县。

唐太宗贞观元年（627）天下分为十道。剑门关以南的地区称为剑南道，“东连牂牁，西界吐蕃，南接群蛮，北通剑阁”。至德二年（757），唐肃宗将剑南道分为东、西两道，不久又改为东、西两川，东川治梓州（今三台），辖梓、遂、绵、普、泸、荣、剑、龙、昌、渝、合等十二州，约当今四川盆地中部涪江流域以西，沱江流域以东和剑阁、青川等地；西川治成都府（今成都市），辖成都府及彭、蜀、汉、眉、嘉、邛、简、资、茂、黎、雅以西诸州，约当今成都平原及其以北、川西和雅砻江以东地区，罗江县属东川绵州，德阳县属西川汉州，两县之间以鹿头山为界。鹿头山西麓的德阳县有绵远河（古绵阳江），为沱江上游；东麓的罗江县有罗纹江，属涪江水系。鹿头山自然便被唐政权定为东西两川的分界。其山自古为由秦入蜀都的必经之地，历来为兵家所必争的军事要隘，唐时置鹿头关设戍镇守。唐天宝十四年（755）“安史之乱”后，东、西两川经常发生叛乱，唐政权于是进一步加强了对鹿头关的防守，又于鹿头山西南豁口——今罗江县白马关镇的广济村、新村、桃花溪南的串珠状浅丘上筑栅城，屯以重兵。

唐建中四年（783）十月，泾原兵变，占据长安，拥立朱泚。围德宗皇帝于奉天。在这种形势下，西川军队发动叛乱。十一月，剑南西川兵马使张朏率部袭取成都。西川节度使张延赏弃城逃到汉州（今广汉），遣鹿头关戍将，趁张朏置酒酣歌，无所防备之机，奔袭成都，斩杀张朏及其同党，才使叛乱未能进一步扩大。

唐元和元年（806），西川节度副史刘辟叛乱，屯兵拒守鹿头山，扼两川之要。筑鹿头城，又连八栅张掎角之势以抵抗唐王朝的平叛军队。左神策行营节度使高崇文受命与刘辟二万军队战于鹿头城下，大雨如注，不克，又战于万胜堆，堆在鹿头城之东，高崇文令骁将高霞寓亲自击鼓，士攀缘而上，矢石如雨。又命敢死于士连登夺其堆，烧其栅，栅中之贼全歼。遂据堆，下瞰鹿头城，城中人物可数。八月，河东大将阿跌光颜与崇文约到行营慢了一日，惧诛。为立功赎罪，率军于鹿头（城）西大河之口以断粮道，叛军大骇。是日，刘辟的“绵江栅（今黄许镇，宋代称绵水镇）将李文悦率三千人归顺，鹿头（关）将仇良辅率军二万降。刘辟之子方叔及女婿鹿头（关）将仇良辅是日即解送京师。降卒投戈面缚者达十数里”。乱平，“诏刻石纪功于鹿头山下”。

“中和元年（881），黄巢乱关中，唐僖宗幸蜀，西川节度使陈敬宣迎谒于鹿头关。中和四年（884），东川节度使杨师立叛，陈敬宣表请眉州防御史高仁厚为东川节度使留后，率兵二万迎战。高仁厚进屯德阳，立十二寨围之，大败杨师立之将郑君雄、张士安于鹿头关，进围梓州（今三台县）。光启三年（887），王建自东川阆州（今阆中市）应田令孜之召诣，西川陈敬宣复拒之，破鹿头关，败西川军于绵竹（今绵竹治地），拔汉州。”

唐末藩镇割据，导致了我国历史上的再次分裂，进入了五代十国时期。公元 907 年，朱全忠篡唐，同年九月，王建在成都称帝。王建建立大蜀政权后，移鹿头关于绵江西岸的绵水镇（今黄许镇），亦称“绵水鹿头关”。嗣后，另置白马关于鹿头山，“两关相对”“山水双防”。

“后唐同光四年（925）九月，庄宗遣魏王李继岌为都统，以郭崇韬为招讨使，李严为三川招抚使伐蜀”。“前锋至绵州，绵江（绵远河）浮桥为蜀人所断”，李严属下绍琛建议说：“我悬军深入，利在速战，但得百骑过鹿头关，彼且迎降不暇。”遂乘马浮渡袭入鹿头关，进据汉州，蜀人迎降。这时的鹿头关已迁绵阳西岸的绵水镇，即今之旌阳区黄许镇，以水为屏障。

笔者查阅资料过程中，发现有的论者对金牛古道是否经过白马关提出了疑问。在此，将其观点及论述简述如下。

四川工程职业技术学院旅游系教授李绍先在《罗江古史考察论稿》一文中明确提出“汉唐金牛古道不走白马关”。李绍先教授论述道：罗江境内的白马关古驿道长约 4.7 千米，连同两侧所砌，白马关的驿道的石板路宽一般为 1.6 米左右。古蜀道乃是古代连接蜀地与秦地关中的交通要道，故有“秦蜀金牛古道”之称。作为一条“官道”，古蜀道不仅是官吏来往、文件奏折传递的驿道，也是极重要的政治军事、文化交往的通道。一般都认为，白马关古驿道自秦代以来就存在了，三国蜀汉时期的战争风云，在唐朝先是“一骑红尘妃子笑，无人知是荔枝来”的美丽传说然后是大唐皇帝的幸蜀之旅，都令白马关古蜀道名声大震。而且专家学者也信以为然。但经作者多次实地考察寻踪，初步找到了答案，即汉唐金牛古道不走白马关。

一是汉唐历史文献没有记述。

罗江是三国蜀汉政权的始终之地，鹿头山也留下了难以磨灭的历史印记。《三国志》，蜀汉前期的先祖（刘备）、庞统传，后期的邓艾、钟会传，对金牛古道在入蜀后的线路记载非常清晰：白水（青川）——葭萌（广元）——剑阁——涪（绵阳）——绵竹——雒——成都。

西晋永宁元年（301），秦雍流民大举入蜀，走葭萌、过剑阁。其首领李特在绵竹举义反晋。据《晋书》记：李特起义后，占广汉（今射洪），克梓潼、巴西（今阆中），进占成都，据巴蜀而称帝建国。义军于蜀道绵竹关前后、周边，或攻城拔地，或凭险踞，与西晋政府武装在蜀道上的交锋争夺可谓激烈。

就是说，汉末魏晋时期，金牛古道在今鹿头山一带，只有绵竹城关隘，没有白马关，也没有鹿头关。

在大唐后期，玄宗与僖宗沿剑门蜀道仓皇逃蜀，在古蜀道，在今罗江鹿头山留下了印迹。因《唐书》记载太简略，参照《明皇实录》《僖宗实录》《资治通鉴》以及后世学者考论，可确定唐玄宗、僖宗入蜀后的路线：昭化——剑门——梓潼——巴西（绵阳，唐为巴西郡）——万安驿——鹿头关——天回镇（成都）。

晚唐时期，蜀中动荡多事。元和元年（806），西川节度使刘辟叛乱，朝廷诏令叫高崇文伐蜀，两军在鹿头关展开殊死较量，《旧唐书·高崇文传》记载：

> 成都北一百五十里有鹿头山，扼两川之要，辟筑城以守，又连八栅，张犄角之势以拒王师。是日，破贼二万于鹿头城下，大雨如注，不克登，乃止。明日，又破于万胜堆。堆在鹿头之东，使骁将高霞寓亲鼓，士扳缘而上，矢石如雨；又命敢死士连登，夺其堆，烧其栅，栅中之贼歼焉。遂据堆下瞰鹿头城，城中人物可数。凡八大战皆大捷，贼摇心矣。

此次高崇文平定西蜀，两军在鹿头山一带展开的殊死较量的文字记述中，不仅提到了鹿头山、鹿头城、万胜堆，也提到了德阳、成都等，提到了平蜀之后，朝廷“制授崇文检校司空，兼成都尹，充剑南西川节度”，以及“诏刻石纪功于鹿头山下”之事。

可见在唐代唐僖宗入蜀之前，在鹿头山古道上，已经有了鹿头关，但仍然还没有白马关的文字记述。据载，隋炀帝时汉绵竹县移徙到今绵竹，古绵竹城废弃后，唐代在古绵竹城东北的鹿头山上建置鹿头关，重兵屯守。

二是唐代文人入蜀没有题咏。

盛唐以后，中原战乱，大批文人不畏蜀道之难而适彼乐土，一部《全唐诗》，有关蜀道题咏诗俯拾皆是，于古蜀道关隘重地，也多有题咏。

乾元二年（759）十二月，诗人杜甫沿剑门蜀道入蜀，一路经桔柏渡、剑门、鹿头山，于次年早春至成都。其所作《鹿头山》诗对确定白马关古驿道开凿及白马关建置极重要。

尽管诗人到达鹿头山时已是岁末，寒雾沉沉，然遥想携家带口“辛苦赴蜀门”的艰辛，放眼“连山西南断，俯见千里豁”，诗人心胸顿觉开阔，抑制不住兴奋之情。

杜甫自入蜀，寻访古迹、咏怀史事，道经罗江，在鹿头山上却未能寻找到庞士元墓祠，发出了“有文令人伤，何处埋尔骨”的感叹！试想：如果汉唐时期白马关古驿道就已开凿，诗人入蜀必经此地，为何找寻不到凤雏埋骨处呢？

很简单，诗人在出京华经历古道险阻入蜀之时，白马关这段驿道还没有开凿。古蜀道从巴西（绵阳）到成都，走的仍是秦汉蜀道，即出汉潺亭（今罗江）北，然后西行翻麻山过绵水到绵竹旧城。诗人在鹿头山西十里的古道上行进、寻访，又怎么能找到掩埋在鹿头山东部，距离绵州古城二十里外的士元埋骨处呢？

一百多年后的唐僖宗时期，大诗人郑谷也举家飘零蜀地，也留下《鹿头山》诗。“马头春向鹿头关，远树平芜一望闲”，也确认了古绵竹城在废弃后鹿头关的建置历史。

三是罗江鹿头山古驿道改道与白马关的建置。

一般认为“金牛古道”的路线大致自今陕西勉县西南行，经宁强县，越七盘岭入四川境，经朝天驿、利州、葭萌、剑门关、涪城、雒县而至成都。但实际上，古道路线在不同时期、不同路段，多有变易，差异很大。

罗邑“两川咽喉之地”，自两晋而隋唐，涪地潺亭建置迅速升级为万安、罗江县。与此同时，汉绵竹古城，到西晋末日渐衰败，延至北周废其建置，古绵竹县在黄许镇地界上存在了700多年。

如此背景下，罗江鹿头山域内古驿道改变也就顺理成章了！

改道后的白马关古驿道出罗江城西南之万安驿，沿五丁谷而上至白马关，沿德阳罗江交界的广济桥而下，跨绵远河上的利济桥到鹿头关（黄许）。关于白马关古道，李调元在《梓里旧闻》中有一段影响颇大的考论：

> 白马山，今为白马关。考汉魏地理志以下，至《元和郡县志》以上诸书，俱不载白马关之名。始见于宋乐史《太平寰宇记》据引《郡国志》。则汉高（刘邦）乘白马过此遂有祠，是白马乃汉高帝遗迹也。今俗传昭烈与庞士元换白马中流矢，乃出自小说《三国演义》。因高帝白马而附会其说，不可据也。

就是说在唐宪宗元和年间（806—820）李吉甫撰《元和郡县志》前，还没有白马关之名，当然也不可能有白马关驿道和白马关建置。但对白马关之名“始见于宋乐史《太平寰宇记》”的说法，就有些草率了！

因为在《新唐书·地理志》中已有“罗江，……有白马关”记载。《新唐书》系宋人作品，但却是欧阳修、宋祁等奉敕撰的官修史书，所记前朝史事、所记述唐末罗江“（已）有白马关”，应有所本。揆情分析，鹿头山驿道改道时在唐天宝元年（742）之后，因工程浩大，更主要是唐后期社会动荡、蜀地多事，战争不断。所以有理由相信唐后期就已有白马关名字，但白马关驿道凿通、白马关建置则是在一百多年后的五代前蜀时期。

据《新五代史》记载：唐僖宗光启三年（887），西川节度使陈敬瑄书召曾任利州（今广元）、壁州（今通江）刺史的王建议事。

王建亦谋不轨，率全军进逼鹿头关，瑄悔，力止之。王建大怒，破关而入，据德阳，取汉州。大顺二年（891），王建发兵攻占成都，据有两川，迫使唐朝封他为蜀王。天祐四年（907）四月，朱全忠篡唐称帝，国号梁。九月，王建也在成都正式称帝，国号蜀，改元永平，史称前蜀。

王建据有两川，在军事上于关隘要塞重兵屯守，伺机而动，拓展势力。前蜀建立不久，即对成都门户的鹿头山关防进行调整，一是将地处于绵竹旧城东北的鹿头关移至绵远河西岸地（今黄许镇），凭水据险建立关隘；二是在已凿通的鹿头山东驿道设关戍守，并借汉高帝骑白马路过的典故将其定名为白马关，罗江鹿头山古驿道之白马关建置自此始也！

李绍先教授的这一质疑观点及论述，自与不少学者有异。比如，很多人都认为：白马关原名绵竹关，后叫鹿头关，东汉时，因其地处古绵竹城的东北面，故称绵竹关。唐代时，因此处名为鹿头山，则关名改为鹿头关。唐朝时王建依刘备骑白马典故改作白马关，龙泉山脉自东南而来，在此处与金牛道交汇，成为成都北部最后一道可以倚仗地势死守的险关。

关于绵竹关名称，罗江本地文史学者赖安海有考证：通观洋洋中国《二十五史》及地方史志皆无“绵竹关”之说。“绵竹关”一词，首见清黄吉安编写的川剧剧本《绵竹关》，据朱一玄、刘毓忱《三国演义资料汇编》五《影响编·京剧剧目初探·占绵竹》（中）：“邓艾攻绵竹、诸葛亮之子诸葛瞻引军拒之，击败邓子邓忠。邓艾伏兵诱之，诸葛瞻中伏，自刎。其子诸葛尚报仇，阵亡。”书注：“见《三国演义》第一一七回。川剧有《绵竹关》，秦腔亦有此剧目。”1987年德阳市政协编写了一本《德阳市历代名人故事集》（内刊），书载《魂壮绵竹关故事》，书中附有我国当代著名戏剧家曹禺先生“魂壮绵竹关”的题词。清代以来，“绵竹关”之词虽屡见于文学艺术作品，但非正史。①

笔者罗列在此，不是意图借此否认白马关在唐以前古蜀道的历史及其重要性，而是想引起读者对白马关、绵竹关和鹿头关探源者的兴趣。拨开历史迷雾，探索事实真相，其过程本身即是对白马关这一古蜀道上重要关隘有价值的关注。

鹿头山，历来为兵家必争之地。这著名的古战场，战火次数多到无法统计。但几次大的战役，史书上有记载。

汉魏大战。这也是三国时期汉魏的最后一战。当时，蜀汉已经无力抵抗邓艾的军队，刘禅只得开门投降，蜀汉也因之灭亡。后人总结这一战役，十分动容地说：“在决定蜀汉命运的绵竹之战中，有多少开国将帅的子弟，战死沙场？诸葛亮的儿子诸葛瞻和孙子诸葛尚、张飞的孙子张遵（本是一介文官），刘备的原部下黄权的儿子黄崇（时为尚书郎），为诸葛亮蜀汉平定南中立下了汗马功劳的大将李恢的侄子李球（时为羽林右部督）等大批的勋旧子弟不顾自己的身份，以文职官员的身份投入战斗，为蜀汉政权流尽了最后一滴血。这批蜀汉开国将帅的子孙无愧先人，不惜杀身成仁，为蜀汉的灭亡抹上了一道绚丽的亮色。”

这场战斗十分惨烈。白马关上血流成河，倒湾古镇尸横遍野。倒湾这一地名的来历，是因大战中蜀汉将士的不断倒下，白马关失守，更倒下了蜀汉政权而得名“倒湾”。推究“倒湾”得名，有两层含义；一是大战中蜀汉将士的不断倒下，并导致蜀汉政权倒下；二是湾内多沟壑小径，倒来倒去，易迷路，故名。

其实，当时这场战役发生地在绵竹故城。绵竹故城遗址位于今

---

① 赖安海：《打捞罗江碎影》，北京：中国文史出版社，2016。

德阳市旌阳区黄许镇绵远河西岸台地，东北丘陵地带即为著名的鹿头关，现名白马关。由此看来，当时战斗地点绵竹故城与鹿头山还有一段距离。南北朝至隋唐在鹿头山置鹿头关；五代时，移鹿头关戍于绵江（今绵远河）西岸，另置白马关于鹿头山。因此，今天人们熟知的白马关，就是原先的鹿头关。绵竹故城与鹿头山距离也仅有十余里，后世人认为这场战役就发生在今天的鹿头山倒湾古镇，蜀汉将士们惨烈地倒下，以此为地名纪念英勇的蜀汉将士也是情理之中。

这一战是否毁了庞统祠墓，不得而知。但另外几场战争，都有庞统祠在战火中损毁的记载。

在唐宋诗人们的诗句里，我们可以找到庞统祠墓损毁的佐证。杜甫入蜀，经过此地时，庞统祠已经被毁，杜甫留下“有文令人伤，何处埋尔骨”的感伤。南宋诗人陆游也有“苍藓无情极，秋来满断碑”的咏叹。

明朝崇祯十六年（1643），张献忠的义子孙可望，在白马关之战中，烧毁庞统祠，嗣后复兴之，壮丽倍往日。清康熙二十二年（1683），吴三桂部将王屏藩乱蜀，庞统祠再次毁于战乱，只留下墓碑的碑帽和祠前一只石狻猊。

康熙三十年（1691），四川巡抚能泰重建庞统祠。雍正、乾隆、嘉庆年间，相继进行了修缮或改建，落成了如今的规模。为避免庞统祠墓再次毁于战火，能泰重建庞统祠墓时，全由巨大的石条垒建，就连窗户都是整石板雕刻。

清雍正十二年（1734），允礼奉旨前往四川泰宁（今四川省甘孜州道孚县）惠远寺，经理七世喇嘛格桑嘉措入藏事宜。途中，允礼撰写了《西藏日记》，并附《奉行纪行诗》，全程记录了所经各地的人文风物。这部《西藏日记》是研究川藏历史、人文、交通、自然生态的重要著作。果亲王经过白马关，走庞统祠，见前面廊柱上的对联“明知落凤存先帝，甘让卧龙作老臣”，不知做何感想。在栖凤殿前廊柱上，果亲王亲撰一副对联“人杰不可以成败论，赤忠须得于是非明”，这副对联出自雍正的异母弟果亲王，想来是大有深意。

白马关，在中国近代史上，还有一件事让人难忘。那就是刘湘率军出川抗战前夕，专程至此拜祭的故事。

刘湘，号称四川袍哥总舵爷，历任四川陆军第二师师长、川军总司令兼四川省主席，民国时期四川有名的军阀。人们提起刘湘，却多是一片称赞，称他为抗日英雄。1937 年 7 月 7 日，卢沟桥事变发生。仅仅三天后，刘湘就主动致电蒋介石，请缨抗战——这是全国第一个要求抗战的军阀！在南京 8 月 7 日的国防会议上，刘湘又是第一个站出来表态：“抗日战争，四川出兵三十万，出壮士五百万，出粮万石！”看到刘湘如此主动，既出钱又出人，其他省份纷纷效仿。波澜壮阔、可歌可泣的抗战历程，就这么开始了。

对于刘湘的大义凛然，共产党人也颇为敬佩，当时，周恩来、朱德、叶剑英等党的代表也亲自来到了刘湘的家乡拜访，对他积极抗战的决心交口称赞。

8 月 20 日，刘湘发表《告川康军民书》，呼吁四川人民勇于担当，不惜一切代价打赢抗战。9 月 1 日，刘湘亲率部队出川，路过白马关，他跪在二师殿前念念有词地留下了“天意定三分，故教国士身先死；将星沉七夕，长使英雄泪满襟”的龛联。

从 10 月 26 日起刘湘任第七战区司令员，督导江浙一带战事。虽然当时病重，但他不顾部下的劝告，坚持亲自应征。1938 年 1 月 20 日，带病的刘湘在汉口去世。临终前，他留下了遗嘱，但都没有涉及他的私事，而是鼓励川军战士继续抗日。他说：“抗战到底，始终不渝，即敌军一日不退出国境，川军则一日誓不还乡！”1938年1月22日，国民政府追赠刘湘为陆军一级上将，为他举行了国葬。葬礼当天，国民政府下令降半旗致哀。

2010年清明节，成都人民公园“川军抗日阵亡将士纪念碑”前，几位八旬以上的老川军战士神情庄严地敬献花圈，长时间地低头默哀……当时全国上下总共1000多万的抗日军人，其中有三分之一就是川军，还有着无川不成军的说法。从“烂部队”到“铁血川军”，350万川军出川抗日，归来仅剩13万。川军参战人数之多、牺牲之惨烈居全国之首，占全国抗日军队总数五分之一的人为国捐躯，居全国之冠。

据统计，抗战时期，四川征兵数量占全国的20%以上。

英雄白马关，再次见证了四川人在民族大难时刻的英雄气概！

白马关：勇毅精神代代传

10月27日晚，2023中国·罗江诗歌节暨大德如阳·调元川菜文化周文艺晚会在德阳市罗江区景乐广场隆重举行。文艺晚会在《调元菜香迎嘉宾》的载歌载舞中拉开帷幕，随后《梦回醒园》《烟火四季》《蜀韵调元》《调味养元德阳菜》《德阳味道》等精彩节目轮番上演，通过音乐、歌舞、诗诵、川剧、说唱、聚画、激光等多种艺术表现手法，以情景化的演绎方式无缝连接起现代川菜文化的发展脉络，为观众呈现出虽无锅铲声，犹闻菜羹香的主题意境。

文艺演出前，笔者在晚会现场聆听了罗江区委书记黄琦的《幸福家园，诗意罗江》欢迎词。黄书记的开场白充满诗意：“一座雄关，守望川蜀。一条古道，联结岁月。一湾长河，流过古今。一方净土，人杰地灵。这里是中国幸福家园——罗江。”

结尾一段则充满自信和热情："当下，站在新的历史起点上，勤劳勇毅的罗江人民正以建设高质量'中国幸福家园'为统揽，坚定不移实施'工业强区、科教兴区、文旅活区、生态立区'四大战略，朝着'大和谐、同富裕、予自信、共筑梦'的社会主义现代化罗江奋勇前进。"

笔者注意到其中的一个词语：勇毅。在罗江人前面冠以"勤劳勇毅"，"勤劳"很好理解，这是中国人的共同特性，而"勇毅"则引起我们深思。

何以在罗江人前面冠以"勇毅"？

这让笔者想到了白马关内一座令人敬仰的大墓墓主庞统。穿过岁月风烟，历史上三国时期一场著名的"雒城之战"在脑海里浮现。

有一位德国著名的建筑家恩斯特·伯施曼（1873—1949），他是第一位全面考察中国古建筑的德国建筑师。1902 年，29 岁的恩斯特·伯施曼以高级建筑官员身份，随德国东亚驻军来到中国。1906 年至 1909 年，他利用三年时间考察中国建筑，跨越晚清帝国 14 省，行程数万里，留下了 8000 张照片、2500 张草图、2000 张拓片和 1000 页测绘记录。有幸的是，伯施曼来到了罗江白马关庞统祠，拍摄了多张照片，并留下了珍贵的文字，收录进了《中国祠堂》一书。

伯施曼在《三国顶级谋士庞统祠》一文中写道：

> 庞统，三国时期的顶级谋士，有"凤雏"之称，与"卧龙"诸葛亮并称。建安十九年，公元 214 年，在围攻雒城时，庞统率众攻城，被飞箭射中，不幸死去，时年 36 岁，葬于落凤坡。痛失庞统刘备极为伤心，追赐庞统为关内侯，定谥号为靖侯。

庞统籍贯湖北，青年时代籍籍无名，直到有人从他的面相上预言他前途无量后，才逐渐为人所知。刘备与他结谊，并任命他做湖南耒阳的地方官。但庞统在这一职位上并不顺利，无奈离任并来到诸葛亮手下，陪伴出师到四川。在罗江的一次战役中，庞统阵亡于附近的高地上。

根据当地的传说，他在战斗中把自己的战马换成了刘备醒目的白马，引得敌军袭击，为主上献出了自己的生命——这个故事与他担任皇家马官的故事相并列。刘备一提到庞统就潸然泪下，赐其谥号为“靖”。后人在讲到庞统殒命之地时，出于敬意保留了“凤雏”这个绰号，并将战役发生的高地称为“落凤坡”，如今这里建有祠堂，而通向丘陵的关口叫作垂凤岭。“白马关”这一称呼也很容易引起人们对庞统牺牲这一事件的回忆。

庞统祠大殿正后面有一座小院子，院中的圆形墓就是整座建筑的尽头。圆形封土的外围是方形石块构成的筒状围墙，上面是平而略呈弧状的攒尖屋顶，也是石头质地的。八条独特而坚固的垂脊装点了圆形的屋顶，垂脊在檐口处向上挑起，形成一个结实而规整的扣状结构，看起来非常生动。封土前面是墓碑。古柏环绕着坟丘，将小院罩在阴影之中。祠堂不同的房间里保存着许多石碑，碑上以诗的形式详细记述了庞统为官时的大小政绩，以及他对主公刘备的忠诚。大殿侧面的几座小祭台上，供奉着庞统几个随从的牌位。偏房内，道家和佛家的小雕像孤零零地摆在那里，无人关注。其余一律都被清理干净了。

以史实来说，关于庞统战死广汉雒城这一重大事件，《三国志·庞统传》仅有20字：“进围雒县，统率众攻城，为流矢所中，卒，时年三十六。”在后来罗贯中的小说《三国演义》中则生发出很多“演义”。

“卧龙凤雏，得一人可得天下”，水镜先生对刘备说道。后来庞统成了刘备的军师，为何在攻打益州时，偏走落凤坡，致中箭身亡？后世论者还有“阴谋说”，一是替刘备而死，因换马被敌军误射杀。二是自愿而死，目的是给刘备提供一个进攻益州的正当理由，刘备毕竟是收到刘璋的邀请前来，夺取益州，怕遭人非议。三是贪功冒进。庞统诸葛亮齐名，但是加入刘备阵营较诸葛亮晚，排名靠后，心中不平，想建功立业，夺取益州。四是庞统自视甚高，没想到刘璋手下也有大才。在庞统看来，刘璋手下大多都是庸碌之辈，无人是他对手。

最后，刘备召回诸葛亮和张飞攻下雒城，拿下成都，建立了蜀汉政权，形成了三国鼎立局面。公元 221 年，刘备在成都称帝，国号汉，后世称“季汉”“蜀汉”，或“蜀”“刘蜀”等。263 年为魏所灭。共历二世二帝，国祚四十三年。

三国（220—280）是中国历史上位于汉朝之后，晋朝之前的一段历史时期。三国时期是中国历史上大分裂时期之一。

三国是后世历史学家和民间大众经久不衰的话题。也因此，魏蜀征战的蜀道成为最有战争故事的古道。其中白马关也因刘备进攻成都建立蜀汉和后来诸葛亮六出祁山以及最后魏灭蜀而广为天下所知。

凤雏庵建于清道光二十六年（1846），原为九重大殿，今仅存一间，面积 300 平方米。两侧挂有清代著名诗人顾复初撰写的这副楹联：“造物多忌才，龙凤岂容归一室；先生如不死，江山未必许三分。”这个对联写的是庞统。上联说卧龙诸葛亮和凤雏庞统不可能都归到刘备手下，用诸葛亮来衬托庞统的才华；下联说庞统如果还活着，天下也许就不是三国的结局了，应该就是刘备统一三国了。这是用假设来歌颂庞统的智谋，同样是用衬托的手法写出对联作者对庞统的崇敬和缅怀。有道是历史不能假设。从当时实际情况来看，魏蜀占有广袤的中原地区且曹操为了能够实现自己的政治目标，对魏国进行了政治、经济、军事、民生多方面的改革举措，使曹魏在三国混战中称雄一方。

在众多石碑中，笔者只记录下最引人注目的一副对联。这副对联短小精悍，一语中的，将庞统与卧龙诸葛亮对比。对联中也描述了庞统作为地方官的政绩、他的足智多谋及其坐骑：

舍卧龙莫与比肩，不仅才非百里；

虽良骥未曾展足，固知数定三分。

伯施曼评价这一对联描述了庞统作为地方官的政绩和他的足智多谋。其实“虽良骥未曾展足，固知数定三分”，这“良骥”也暗喻庞统之才，但历史规律是“固知数定三分”，不以人的意志为转移，后来诸葛亮欲统一三国，六出祁山征战魏国，也未能如愿，更何况庞统？

正是因为蜀道在中国历史上所具有的重要军事战略地位，各关口成为敌我双方抢占的军事要塞，而发生了无数次战争，战争产生英雄，英雄改变时局。英雄也成为后世一个地方民众的精神血脉，成为一种优良的人文传统而不断得以光大发扬，也是一个地方厚重而激励人心的历史文化遗产。

白马关正是这样一种存在。庞统的勇毅献身精神，作为一种人生价值观，成为在新的历史时期罗江执政者对民众的价值导向，聚合民众，引领民众，朝着“大和谐，同富裕，予自信，共筑梦”的社会主义现代化罗江奋勇前进。

由白马关庞统的英勇壮烈的事迹，笔者想到了罗江历史上的有名的勇毅之士。正是他们，传承罗江的勇毅血性，也使“勇毅”成为今天罗江人建设新罗江的重要精神力量。

让我们来考察罗江历史上涌现出的具有牺牲和革命精神的勇毅名人。

罗江鹿头山东西两川分界线，从地理上看，就具有川东古代民族賨人的性格。賨人，历史上的少数民族，又称寅人、板楯蛮。賨人主要分布在巴郡阆中（今属四川）和宕渠（今渠县东北）一带，沿渝水（今嘉陵江）和渠江两岸居住。古书中记载，该民族勇猛彪悍，且善歌舞。“板楯蛮”人最初以渔猎为生，但由于当地自然环境恶劣，物质条件艰苦，巴人形成了勇猛剽悍的民风。商朝末年，纣王无道，由于纣王多次征讨“板楯蛮”，“板楯蛮”纷纷加入武王的伐纣大军，充当前锋，冲锋陷阵。秦汉之世，这支被称作“賨人”的族群异常活跃，较多地参与了中原汉民族的历史演绎，故有不少文字记载。东汉时，賨人多次东征西讨，他们以长戈、木盾为武器，骁勇善战，号为“神兵”。

轰轰烈烈的三国时期结束，西晋惠帝永宁元年（301），巴氐人李特引关陇六郡流民以赤祖、潺亭为根据地，置北、东二营，占绵竹、夺广汉，进取成都，称益州牧。晋惠帝太安二年（303），李特死。特子李雄退保北、东老营。次年攻入成都称王，改元建兴（304），移梓潼水尾万安县于立国之基的潺亭，是为罗江置县之始。公元306年，李雄在成都称帝，国号大成。在李氏据蜀的四十多年时间里，巴氐族人多喜居于万安，于是产生了著名的《巴歌》。

这段话，可以看出罗江因特殊的地理位置，形成了历史上罗江人民风彪悍勇毅、不平则鸣的基因。

在此兹列几位近代罗江历史上有名的勇毅人物。

讨袁义士谢厚鉴。清同治十三年（1874）出生于罗江县略村（今罗江县略坪镇）谢家桥，自幼习武，广交朋友，青年时期加入哥老会，遂为略坪哥老会头领。谢厚鉴组织哥老会成员达千人，常打富济贫，清政府视为“土匪”。1910年被绵竹知县冯登逮捕关押在绵竹大牢。出狱后，1913年，谢厚鉴回到略坪，联络德阳、罗江等哥老会组织力量。不久，袁世凯篡夺辛亥革命的果实，在北京称帝，引起全国人民的反抗。各地组织“靖国军”举兵反袁。谢厚鉴受成都哥老会旨令，也在略坪组织上千人马，准备投入“倒袁”战争。他在略坪以真武宫为议事厅，悬挂书有“标统谢”的大旗，自称“靖难军德安营标统”，在略坪发难，宣布“倒袁”。后来失败被捕，押解成都，被赵尔丰杀害于成都东校场，将其首级运回略坪，悬于火神庙前银杏树上示众。谢厚鉴是罗江人民反对袁世凯称帝的代表人物，他组织的“靖难军德安营”也是唯一的一支参加过反袁战争的民众队伍。

罗江略坪人游广居，也是一位进步勇毅人士。1914年蔡锷将军在云南起兵反对袁世凯称帝，举行“护国讨袁”活动。游广居在略坪投护国军郑英部。护国军失败后，游广居随部队入川军邓锡侯所属的第三师陈书农部下。1925年，陈毅在川军第三师任组织部长，中共地下党组织四川省委委员刘愿庵又推荐罗江进步人士范英士到师部任宣传科长，游广居和陈毅、范英士等进步人士有所接触而受其影响。不久游广居因作战英勇、处事干练和突出的指挥才能升任二十八军十二混成旅旅长。队伍驻防在川东合川、潼南、铜梁、壁山一带。1927年，国民党反动派在重庆公开镇压共产党人，爆发了重庆“三三一”事件。此时有人告发陈毅是共产党。危急时刻，游广居不避风险协助陈毅脱险，去了湖北武汉。游广居回到成都从事商业贸易，热心支持进步人士的反封建、争民主的斗争。1938年罗江抗日爱国青年组织“罗江县日亡战地服务团”来成都，游广居在该团处境困难的情况下，为他们解决食宿问题，支持抗日。

解放前夕，游广居积极支持刘文辉、邓锡侯、潘文华三将军在彭县（今成都彭州市）起义，为和平解放川西和成都做出了贡献。新中国成立后，党和政府很尊重游广居将军，任命他为四川省人民政府参事室参事。1967 年，游广居病逝成都，享年 76 岁。

罗江早期共产党员孟本斋，1895 年出生于罗江万安乡。幼年丧父，靠母亲做手工挣钱糊口。12 岁进织缎手工工场学艺，1921 年冬，王右木在成都建立社会主义青年团组织，他被吸收入团。1922 年加入中国共产党，是在成都被发展的第一个工人党员。不久，被选为成都市劳工联合会副会长。组织和领导工人同封建行会组织“三皇会”进行针锋相对的斗争，由此而爆发了长机帮工人全行业大罢工事件。事后，遭反动派逮捕。经过广大工人的抗议斗争，迫使当局将他开释。1927 年，重庆“三三一惨案”后，成都工人成立“三三一惨案”各界后援会，遭到反动派的疯狂镇压，全市一片白色恐怖。共产党地方组织为了保护革命力量，转入地下斗争。孟本斋被通知撤离成都。在撤离前不幸被敌人逮捕。他坚强不屈，毫不动摇，被敌人用石灰包残暴地闷死。

罗江青年进步组织“旅省同学会”。20 世纪 20 年代末期，罗江县在成都就读的青年学生，为了增进情谊，砥砺学行，团结互助，关怀桑梓，成立了“罗江旅省学会”。三十年代的初期和中期，旅省学会的成员如邓虎章、谢曼秋、钟思锟、邓公望、黄文澍、周亨达、谢延彪、谢晖等经常举行活动，反对国民党。1937 年前后，罗江青年纷纷投身于民族解放的火热斗争中。有的在国民党统治区投入学生救亡运动，参加中国共产党的地下组织，有的奔赴革命圣地延安。谢曼秋、谢延彪、李含光，先后去延安参加了革命。特别是谢曼秋和他的妻子张桂根到延安后，都到抗大学习。谢曼秋在抗大毕业入了党，被分配到八路军“战地工作服务团”参加抗日工作。

后来又被调到新四旅工作。1944 年，随军回延安，任政治教员。解放战争中又随部队转战大西北，为新中国的建立做出了贡献。

还有，1939 年由济南一中部分师生辗转内迁到罗江入驻继续办学的“国立第六中学第四分校”，校长是毕业于北京大学文学院的山东著名教育家孙维岳。在罗江当地招收新生并同时通过李广田的介绍聘请共产党员作家陈翔鹤、诗人方敬和陶稷农等同志来校任教，学校成立了党的地下支部。这是罗江第一个党小组，它见证了罗江党组织的发展壮大。老师们抛开部定教本，在课堂上自由选用各种进步作品作为教材，传阅各种进步报刊和社科书籍。1940 年春，革命作曲家冼星海创作的《黄河大合唱》还未公开发表，就寄给了罗江国立四分校任教的朋友瞿亚先老师，于是，这震撼全球的歌声率先在罗江唱响。

2023 年九月上旬，笔者参加由中共黑水县委、县政府主办，黑水县委宣传部、阿坝州文联承办的“文艺赋能乡村振兴——走进黑水”（文学川军黑水行）大型主题采风活动的 50 余名作家、诗人，风尘仆仆走进阿坝州黑水县。

其中，参观黑水县革命烈士陵园，给了我们深深的震撼。

烈士陵园内外，从建陵园后，年年植树，几百株青松、塔柏、扁柏，绿树成荫，四季常青，陵园前面，黑水河环绕流淌，宽阔的大道沿河岸通往县城中心，每年清明节，县城机关职工、学校师生、部队官兵成群结队成百上千前往扫墓瞻仰。远道而来的游客也进园凭吊。

仰望高耸的烈士纪念塔顶部，一位右手高举步枪、左臂张开直伸的解放军战士塑像，笔者深深弯腰三鞠躬，表达敬仰之情。

黑水县革命烈士陵园里埋葬有在这场剿匪战役中牺牲的 189 名烈士忠骨。在烈士墓前，笔者仔细察看黑色墓碑上的字迹，发现德阳籍烈士有十多位，其中标明罗江的有五位烈士，在此，请允许恭录墓碑上刻写的文字以表敬意：中国人民解放军公安二十团三营十连副班长、罗江县三区金山乡赵福昌，中国人民解放军公安二十团一营三连战士、罗江县城区盘龙乡黄木德，中国人民解放军五三四团三营九连战士、罗江县一区潘龙乡罗大坤，中国人民解放军公安二十团二营八连战士、罗江县万安乡龙云先，中国人民解放军公安二十团三营十一连战士、罗江县二区迪龙乡龙台村肖洪富。

走访罗江期间，一天，笔者来到位于城东罗纹江畔的英烈纪念广场。前方的英烈纪念碑与后方的英烈纪念墙共同组成罗江区英烈纪念广场主体。

英烈纪念墙以红色花岗岩为主色调，长 16 米，高 3.6 米，两侧镌刻“缅怀先烈，铭记英雄”，右面墙镌刻“罗江英烈纪念墙序”，左面墙列 115 名英烈名讳，他们是在解放战争、抗美援朝战争、边境自卫反击战、边防站缉枪行动等保家卫国过程中英勇牺牲的罗江英烈们。这是罗江打造的缅怀先烈、铭记历史、教育后人的红色文化新地标。

站在英烈纪念墙前，笔者默念着英烈名讳，深深追慕这方土地上的英烈们。

此次罗江之历史人文考察及写作，在虽不算高大，却也十分俊逸的鹿头山，见证了历史上颇负盛名的三国蜀汉“兴亡”壮怀激烈的白马关，沉醉山川形胜、追怀英烈流连忘返之际，对罗江人的有胆量、敢作为、不畏牺牲且意志坚定、果断的勇毅精神有了更深的感受。

吟诗览胜白马关

自古山川形胜，多文人墨客题诗吟咏，如果某处自然景观与某段历史典故交相辉映，自会引来古今无数诗家驻足，或借景抒怀，怀古叹今。

鹿头山、白马关、庞统祠、落凤坡、点将台等三国时期的重要遗迹，历来吸引过往文人墨客在此赋诗题词，形成一道独特的文化景观。

在此，笔者特从罗江赖安海先生编著的《品读罗江两千年（四）·历代诗词联抄》中选取与鹿头山、白马关、庞统祠有关的部分诗词，以飨读者。

鹿头山

（唐）杜甫

鹿头何亭亭，是日慰饥渴。
连山西南断，俯见千里豁。
游子出京华，剑门不可越。
及兹险阻尽，始喜原野阔。
殊方昔三分，霸气曾间发。
天下今一家，云端失双阙。
悠然想扬马，继起名硉兀。
有文令人伤，何处埋尔骨。
纡馀脂膏地，惨澹豪侠窟。
仗钺非老臣，宣风岂专达。
冀公柱石姿，论道邦国活。
斯人亦何幸，公镇逾岁月。

鹿头关过庞士元庙

（宋）陆游

士元死千载，凄恻过遗祠。

海内常难合，天心岂易知。

英雄今古恨，父老岁时思。

苍藓无情极，秋来满断碑。

落凤坡

（明）罗贯中

一凤并一龙，相将到蜀中。才到半里路，凤死落坡东。

风送雨，雨随风，隆汉兴时蜀道通，蜀道通时只有龙。

白马关吊庞士元

（清）李化楠

夹道阴森汉代松，靖侯祠墓白云封。

功开西蜀人谁识，名冠南州士所宗。

不改苍山长郁郁，依然绿树自重重。

漫言落凤难消恨，明月相欢有卧龙。

鹿头关谒庞靖侯墓祠内并祀武侯

（清）李调元

江镇双龙合，关雄五马侯。益州如肺腑，此地小咽喉。

事急争鸡口，时平失鹿头。至今松柏冢，风雨不胜愁。

细雨靖侯墓

沈伯俊

细雨霏霏白马关，靖侯墓前思寂然。

雄略定蜀魂归去，浩歌千里铸青山。

临江仙·蜀汉赋

卢也

巍巍鹿头南望蜀。青山惜尽英雄。三分有定万事空。落凤草木盛，点将斜阳浓。

春风无眠三万里，顾盼莺飞花红。一任浮云妒苍穹。看尽兴亡事，流水只向东。

将台

赖安海

巍巍鹿头唱大风，猎猎将台啸苍穹。

凤翔雄关仪古道，龙舞潺水罗纹江。

倒湾迷途

尹帮斌

阵图历历谁人识？东西不辨中途迷。

满山红果惹人眼，俱是蜀军魂魄栖。

尾声

罗江白马关镇，山川形胜，人文古迹众多，民间传说故事让人听得津津有味。

文章接近结尾，笔者特意将倒湾八卦谷、五丁谷、宝峰寺和万佛寺推荐给读者。

倒湾是白马关古战场遗址之一，其全称为“落凤坡倒湾古战场”，距白马关庞统祠约 800 米。八卦谷不仅是亿万年前造山运动形成的自然奇观，更是三国蜀汉政权生死存亡之战的古战场。倒湾八卦谷特点是地形复杂奇特，怪石嶙峋，沟梁交错，石阵各异，深不可测。整个景区内古木郁郁苍苍，巨石形态各异。形如迷宫，参天大树俊秀清幽，浑然天成的美景让人目不暇接，不愧为大自然巧夺天工之作。置身其中，仿佛进入原始森林，兴奋而又惊奇的心情油然而生。景区内多处别致的小景点，如旱洞和山岩背后的水洞连在一起的鸳鸯池；有奇形怪状石头足组成的金猴拜寿、大象迎祥、天犬佑护、穿山甲罩、通天一线的“麓门五景”；有山崖边两个硕大的像骷髅一样的巨石“忠魂峪”；还有一处景点名为“天鹅抱蛋”，旌旗岭一块巨石像振翅欲飞的天鹅，呵护着它还未孵化的后代，慈爱的双眼充满着希望，一汪清泉从两个巨大的卵石间流出，故而得名“天鹅抱蛋”。

五丁谷坐落于罗江城西七里桥，“五丁”取自金牛古道广为流传的“五丁开山”的传说，“五丁谷”因其建在山坳里故名，是以三国文化为载体打造的景点，已成为白马关核心景区的一部分。在建筑风格设计上，选用“关中民居”的建筑风格，以汉阙为建筑特色重点打造，依山就势、错落有致，既有自然景观，又有人文景观，体现山水园林风光和自然和谐，形成丘陵地区独特的村落布局方式。五美寨与五丁谷紧紧相连，建筑风格完全统一，文化内涵蕴含深刻。

从白马关古道北行七八里，上山迤逦行之五里，来到地处偏僻的宝峰寺。宝峰寺位于原蟠龙镇（现划归白马关镇）余家庵村宝峰山，始建于唐代贞观二十年（646），自修建落成许多神奇迷离的故事便与之紧紧相随。

传说天宝十五年（756），唐玄宗李隆基避安史之乱逃亡四川，马嵬坡事变中，以另一宫女代替杨贵妃被吊死。唐玄宗把杨贵妃藏于宝峰庵中，杨玉环在寺庙中度过了安静孤独的后半生。

宝峰山路边有一处古蜀道历史文化遗址“妃望台”，上面有一尊贵妃塑像，驻足凝眸北望长安，期盼三郎尽早平息“安史之乱”，盼君王早日迎归。这一情景被白居易写入《长恨歌》诗中：“回头下望人寰处，不见长安见尘雾。”这让人深深为杨贵妃对唐玄宗的一腔情爱打动。

千年古柏宝峰寺，以前寺内的娘娘殿便供奉杨太真之像，殿前至今尚存端直高大的杨贵妃所植千年古柏。寺庙为六进四合院，东望凯江，西、南、北皆为高山，环境清幽，绿树丛阴，殿宇装饰得金碧辉煌，缅甸玉佛置于大雄宝殿内，香火旺盛。

享有盛名的万佛寺是罗江最大的寺庙。万佛寺位于罗江县大霍山西麓，古时称之为“罗真观”。这里环境幽静，林木葱茏，是夏日避暑休闲的好地方。寺庙建筑依山顺势，巍峨壮丽。寺庙建于唐宪宗年间（812），宋、元、明代曾几度兴废，明末毁于兵乱。康熙年间广汉僧人云海携其师父骨灰至大霍山，住于罗真观，他披荆斩棘，垦荒苦行，募建万法堂，于是更名为万佛寺至今。万佛寺共有五重殿堂，由三门殿、大士殿、七佛殿、大雄宝殿和西方三圣殿组成。

在白马关镇漫游实地考察期间，笔者一直在想，白马关前历代英雄为建功立业而浴血身亡，死后尸骨无存。附近有一座万佛寺，也算超度这些无家可归的亡灵之地。

站在大霍山，纵目远眺层层叠叠的丘陵山地，穿越白马关缕缕迷雾，阵阵烽烟散尽，山川秀丽的自然风景，令人心驰神往，英雄舞台的历史人文景观，让人感慨万千。

调元故里望文星

引子

金秋十月，正是乡村秋游好时节。行走在罗江乡村，更是一番别样景色。平原和浅丘交错，稻谷秋收后空旷的田野和果树密布的丘陵相映，绣绘出一幅丰收的图画。公路边巨幅的广告牌上，“中国幸福家园罗江”八个大字，跃入眼帘，让人深觉贴切。

作为一个喜好读书写作的川人，笔者对罗江的山川形胜、历史人文大体还是熟悉的。对于“叔侄一门四进士、弟兄两院三翰林”的李氏家族也是敬重有加。因为写作罗江，笔者再次深入了解李氏家族历史，细读李化楠，其子李调元，其侄李鼎元、李骥元的诗文，走访罗江资深文化学者赖安海先生及多位作家、诗人，翻阅他们笔下书写的罗江历史掌故、文人逸事，拜访乡贤耆老，聆听他们口中的历史故事和民间传说，再实地田野考察名胜古迹、寺庙古木、名人故居及旧桥老井，甚而还接受诚朴乡民随手摘下的自家院子栽种的水果，不顾斯文，大啃起来，真体验了做一回“幸福罗江人”！

上篇：调元故里话古今

罗江区调元镇，位于四川省德阳市罗江区以北，距县城10千米，与罗江区的金山镇、略坪镇、万安镇及安县的宝林镇、清泉乡接壤。原名文星镇，1940年，设文星乡。过去名叫文星场，至于“文星场”何时得名已不可考，得名原因当然是因“一门四进士、兄弟三翰林”，特别是其中的李调元，被誉为“文曲星”下凡。2006年4月，更名为调元镇。

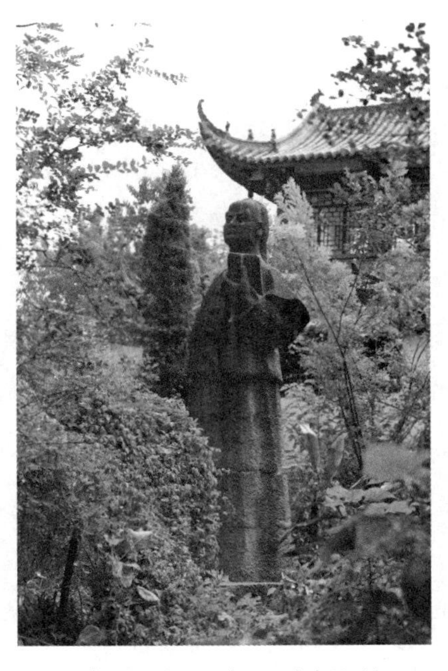

▲ 李调元（调元镇人民政府供图）

镇内百花村云龙山南罗（江）安（州）公路与金（山）略（坪）公路交界处，有一处建于2007年的调元故里坊，为李调元故里文化旅游区主入口标志，牌坊高大壮观，上刻“李调元故里”行楷大字。进到区内，沿公路左岔路前行，竹树掩映中，沿石梯而下，陪同者调元镇政府干部、当地人刘圣斌指着竹林说“里面蛇多”，话音未落，低头一看，下两级石梯上竟卧着一条蛇，一米多长，旁若无人，一动不动。我们小心绕过，石阶底部有一道房舍小门，里面便是李调元家族宗祠遗址。我们边看边听刘圣斌介绍，李氏宗祠遗址位于调元镇花园村云龙山东麓，前临泞水河，背倚云龙山。李氏宗祠原为三进四合院，门前有照壁，上彩绘白鹤闹松图。池塘左、右有双斗石桅杆。门厅3间，石木结构。“报厅”为中3间敞厅，两端耳房各1间。东配房内立

《李氏家规》石碑 5 块，西配房安放李化楠“天然床”（树疙蔸）。正房内枋柱上木刻匾联颇多。现存祠后有清咸丰十年（1860）摩崖石刻《李氏宗祠敦本堂存赜》，记述调元先祖李攀旺生平及李氏世代科宦名录。我们仔细观看，《李氏宗祠敦本堂存赜》石刻字迹，因年久风化，很多字都难以辨认。

返回公路，驱车继续前行。右拐进入顺河村水泥村道，道路两旁一楼一底民居，前院种植花草，整洁有序，每户人家门前，装置有政府统一规划制作的李调元、李骥元诗歌石板，镶嵌于石头垒砌的短墙中或木架上，花木掩映，艺术感强，让人忍不住近前轻声吟诵。在一副李调元的对联前，笔者驻足拍照，吟哦“红雨欲飞惊宿鸟；碧波不动待游船”，真羡慕居住生活于如此诗意馥郁之地的村民们。

折回公路继续前行，路过观音寺，圣斌带领我们参观观音岩石刻。观音岩石刻依山而建，峻拔雄伟。据民间传说：乾隆六年秋，突然山崩有观音像出。次日，居于江对岸的李化楠中举。乡人以为奇，依山取势，雕刻成观音像。随后化楠又中了进士，做了高官；再后，其子李调元及侄子李鼎元、李骥元也中了进士，同朝为官。李氏家族“一门四进士，兄弟三翰林”传为佳话，观音岩的香火也就更旺了。圣斌告诉我们，这只是传说，历史真相是，观音寺，原名白石崖，是由清朝乾隆三十二年罗江县令杨周冕倡议修建，李调元曾对其进行修复。因为观音岩观音造像众多，且各具神态，加上规模壮观的卧莲观音，所以人们把它称为“东方观音城”。其中造像精美，浮雕古朴，具有很高的艺术价值。我们在现场看到，山岩上覆盖了黑纱网，守庙的老居士说，正在维修。

行车来到一座地处偏僻的山间寺庙。门外山边立有多座石碑，上刻后人题写的李调元诗句。寺门外有一老者正在扫地，陪同的圣斌认识，上前亲热打招呼“肖大爷”，说老人今年已经八十多岁，原来是调元镇敬老院院长，近几年义务看守寺庙。老者身板硬朗，话音洪亮，神情喜悦。肖大爷对我们说："我有三个女儿，都有出息，也很孝顺，每个月都要给我零花钱，一个月有上万，我哪里用得了啊！"话语间满满的幸福感。

鹡鸰寺因金顶山侧支酷似鹡鸰鸟，故名。山下泞江绕寺缓缓流过，然后汇入纹江。寺的右前方有一山峦，形如笔架，名曰笔架山。谚语说："门前笔架山，不出文官出武官。"泞江对面，平畴沃野，视野开阔。鹡鸰寺始建于清康熙年间，坐西向东，古建筑系石木结构。寺次第为山门、土地祠、石照壁、正殿、后殿。山门外左侧为"李调元读书台"石碑，右上方为"李调元吟书亭"。石照壁上镌刻李调元《井蛙杂记》。大殿内下壁绘李调元读书壁画，殿左塑李调元握卷读书及童子煮茶泥塑。殿外墙壁上嵌有清雍正、嘉庆、咸丰、同治、光绪年间维修寺庙的记事碑与仙传碑刻。后殿塑魁星点斗像。山门嵌刻邑人李调元撰"山似奔马循环列，水如游龙扑面来"联。

▲ 鹡鸰寺（李调元读书台）（调元镇人民政府供图）

正对寺庙门外左墙边，立有一个宣传栏，上面刊发一文《李调元与童山鹡鸰核桃》。刘圣斌说："这是我们赖大爷写的。"当地人口中的"赖大爷"即是罗江有名的文史学者赖安海。文章介绍了鹡鸰寺方位及来历：出罗江城北，沿泞水河北上 15 千米，金顶山由西北环折而东南。拐弯处，两座被称为童子山的小山如鹡鸰鸟奋而直扑泞水。靠南的小山临江处洞穴密布状若峰房，乡人称为"蛮子洞"，实为东汉的崖墓，墓依主人地位、财富，或一室一厅，或一厅二室，厅室中多图腾浮雕，靠北的小山蓊郁的林中掩映着一座古刹，背山临水，朝晖夕阴、气象万千。古刹不知建于何时？乡人世代相传，明末一云游僧人至此，见天际一水似长龙垂于金顶山西北麓切象鼻嘴分南村、河村二坝蜿蜒而下，金顶主峰如巨笔屏于北，云龙山三峰突起若笔架矗于南，状似鹡鸰的童山紫气萦绕，山上株株核桃树果实并蒂。

云游僧见此美景不再他去，建庙住锡于此，楷书"鹡鸰寺"三大字嵌刻于庙门之上。百年后的清雍正、乾隆年间，寺北河村坝赵亮寓此读书"下笔千言立就"，一拔贡而官至州同；寺西云龙山李化楠寓此读书，中进士官至京都北路同知，乾隆皇帝嘉其为"强项令"，誉为清代文学家、一代名儒、乡贤、循良。李化楠长子李调元，青少年时期遵父命三寓鹡鸰寺于核桃林吟书亭苦读，一寓州试中秀才第一、二寓省试中举人第五、三寓赴京中会试第二，钦点翰林。李调元三次寓居鹡鸰寺读书皆在秋季，时童山鹡鸰寺的核桃树大可合抱，高数丈，果实累累。"岩边树叶萧萧落，林外滩声虢虢流"（李调元《寓居鹡鸰寺》）。李调元见满山并蒂核桃迎风摇曳，发出"无故忽鸣惊月鹊，有时高叫度云鸿""独来独往人谁见，时息时休物亦同"的感慨。感叹良久的他拾起落在地下的核桃命书童朱贵砸破，自己取出核仁，见其黝黝润泽，入口食之清香细腻甘滑，与他处核桃迥异，于是向山下望去。此时一疯僧从山径走来，仰天歌曰：

龙长四里四进士，鹳鸰三飞三翰林。日啖核桃三四个，童山鸿文应鹳鸰。

歌毕，疯僧飘然而去。李调元住读童山鹡鸰寺期间，苦读不辍，不自觉中依疯僧之歌，日啖核桃三四个，至是腹下丹田之气渐渐充盈，腰后命门微热，神清气爽，继而学业精进，“吟笺才写有人藏”。李调元中进士入翰林后，有感于童山鹡鸰核桃，遂以“童山”自号，所著文集称《童山文集》，诗集亦曰《童山诗集》。李调元寓此读书高中后，李调元从弟李鼎元、李骥元亦效从兄住读于此，日啖童山鹡鸰核桃三四个，学识如日中天，先后步李调元中进士入翰林，其文亦与李调元相高，史称“罗江三李”，从而应验了疯僧的偈语。“龙长四里四进士”，暗喻云龙山一门“四李”四进士；“鹡鸰三飞三翰林”，暗喻三兄弟同登进士入翰林；“童山鸿文应鹡鸰”自是指童山李调元为巴蜀一代文宗。“四李”先后寓居鹡鸰寺，喜食童山鹡鸰核桃仁而聪慧过人，更以李调元所吟“时息时休物亦同”，自号童山，故而邑人对童山鹊鸰核桃尤珍之，作为童子补脑益智，妇人润肤、男子壮肌、翁妪驻颜乌须发之神品。童山鹡鸰核桃一度成了罗江的稀罕之物。邑人遂广植于沿江山脊，秋季果熟，采而堆沤去皮，干而藏之以自食、不贾他人。

这段文字，真是由李氏“四进士”“三翰林”替童山鹡鸰核桃打足了广告。肖大爷立马从围裙兜里掏出一大把核桃，分送给我们：“这核桃，与别处的不同。”笔者两手握着两个核桃，用力相扣，以为能破开核桃，却纹丝不动，十分坚硬。

乾隆辛未年（1751），罗江进士李化楠接吏部文补官浙江任。临行之时，将昔日所作《游鹡鸰寺》诗赠予十七岁的长子李调元，嘱其住读寺中。

游鹡鸰寺

信是祗园此日登，无边胜览入崚嶒。
鹤巢常在千年树，猿去多悬百岁藤。
金顶云高峰漠漠，碧潭雨霁浪层层。
禅堂闻寂无人到，煮石餐霞一老僧。

从李调元少时《寓居鹡鸰寺读书》诗中，笔者仿佛看见李调元在书童的陪伴下，遵父命来到离家六里、远离嚣尘、空气清新的鹡鸰寺住读。春去秋来，书童朱贵汲水江中，煮茶烧炊；李调元诵读“经史子集”，早晚不辍，苦苦耕耘于书海之中。

不久，李调元踏上进京会试的征途。乾隆二十八年（1763），李调元会试第二名，殿试二甲十一名，御试第五，钦点翰林院庶吉士。果如鹡鸰寺疯和尚所言，成为名副其实的“李翰林”。古老的鹡鸰寺于是以李调元读书台而闻名于川西。

这罗江金顶山、云龙山、鹡鸰寺、核桃果、调元读书台，让人浮想联翩。

调元镇街上，有一座名声很大的“醒园”，原本笔者没有去过，这次因写作罗江之故，我们驾车私访“醒园”。到了醒园，大门紧闭，问路人得知年久失修，即将维修。大门上一副赖安海先生撰写的对联：“一门四进士望振蜀中宦游天下，弟兄三翰林纵横书海誉满京华。”由此想来，此地以“文星”为名，当是恰切。

李调元“醒园”之得名，考察起来，是根据其父李化楠宦游江浙时搜集的饮食资料手稿编撰而成的一部饮食专著《醒园录》，李调元也因为这部专著而被称为“川菜之父”。醒园建于清乾隆八年（1743），乾隆三十四年（1769）、乾隆五十年（1785），李调元两度扩建，后来毁弃无存。现位于调元场镇上的醒园，是 1992 年文星镇政府于云龙山西灈水河畔依崖造亭、临江筑阁，依据文献记载重建的一座微缩版“醒园”，集中了李调元和父亲李化楠诗书成就的地方。

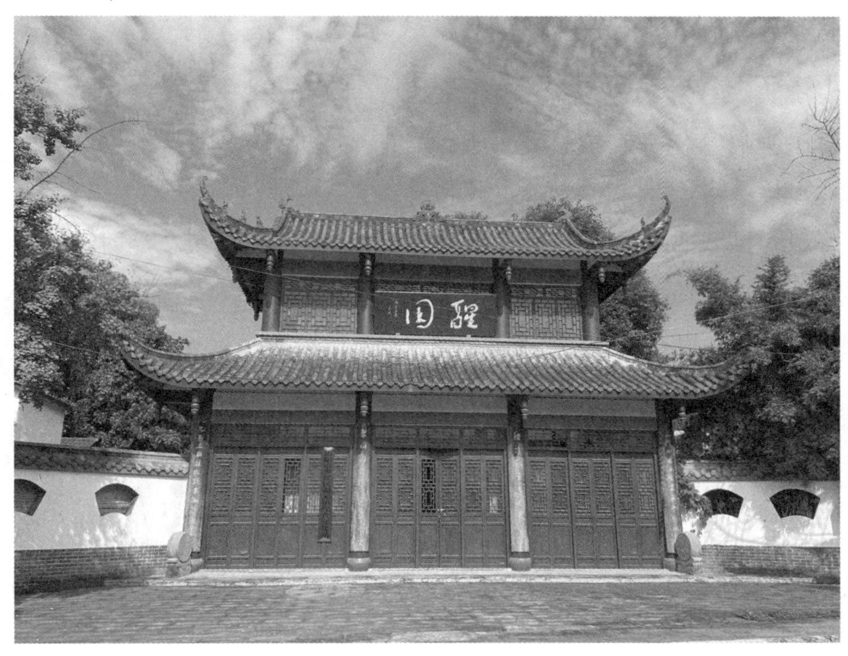

▲ 醒园（罗洋 / 摄）

对于醒园之“醒”，大有讲究，醒者，有清醒、醒豁、通透之义，四川俗语“活醒了”，指一个人看清了人世，明白了做人的道理，不再困惑，达到一种高妙的人生智慧境界。李调元的醒园，可谓既看破认识、修身养性，又能依据自己的禀赋、爱好、学养，践行传统读书人儒家思想而致力于著书立说，终成一代百科全书似的学问大家。

第二次到醒园，与镇政府联系，领导热心推荐当地人、接近退休年龄的镇干部刘圣斌做向导，带领我们游览醒园。进得醒园，方知园林破败，正准备全面维修，所以暂停开放。刘向导依然热情为我们带路、指点园内各处景点，详细介绍当年兴建醒园情形以及竣工开放后远近游客慕名而来的盛况。

想当年，李调元遭诬陷罢职回到四川罗江，归隐于醒园，专注于著述、藏书、研究戏曲、美食等，并扩建醒园，有诗赞其“风景擅平泉之胜，烟霞绘辋川之图”。清四川主考祝芷塘云：“凡名流入蜀必至其地，至必有诗。”隐居于南京随园的清代著名诗人、美食家袁枚有诗赠李调元：“面与荆州犹未识，音逢钟子已先知。醒园篇什随园句，兰臭同心更有谁。”

“醒园”故址，位于罗江区治北 7 千米的调元镇花园村云龙山北象山，其地枕山带水，风水极佳。清乾隆年间，李化楠于此傍山面水建醒园取“独开醒眼识羲皇”之意。编修丹徒王文治撰书匾联，其建筑十分考究，“围河滩而成塘湖，依山址而筑亭阁，广植花木以陪风景，泛养鱼鸟而陶情悦性”。园分大观台、木香亭、清溪草堂、临江阁、巢云堂、洗墨池、环翠轩和坐花馆等。其右即李氏宗祠。李氏一门科名宦绩，甲于绵州。李调元赎罪归里后，在距醒园 3.5 千米的宝林乡（1959 年 3 月划归安县）南村坝依江南园林风格建了一座私家园林，名为“囦园”（“囦”为“渊”的古字）。

当年李化楠居住在李氏家族祖居地的南村坝，而李调元修建的囦园规模也不小。惜李氏一门日趋衰落，后人对两处别墅未加培修保养，先后湮没。

历史沧桑，李氏醒园已荡然无存。1992 年，文星镇（今调元镇）在镇西瀃水河畔古团堆处跨溪流据史料构思，依崖造亭、临江筑阁，据李调元《醒园杂诗八首》《醒园图记》重建。

眼前的醒园占地4000平方米，虽然年久失修，但依稀能见到当年落成开放的盛况。园内辟有临江阁、坐花馆、雨村书屋、石亭、廻廊、木香亭、洗黑池、假山、半亩塘、竹山、清溪草堂、箭道、诗碑廊等，园内尚有“李化楠故苑”石碑、“文魁”匾、“叔侄一门四进士、弟兄两院三翰林”联、李化楠头像和少年李调元石雕像等。置身园林，于厅亭中鉴赏文物、字画，阅读铭文、史料；在曲径回廊中徜徉，大观台上远眺；去临江阁前漫步，草堂凝思……何等惬意快哉！

向导刘圣斌是调元镇本土人，参加工作起就在乡政府，至今已40余年，对李氏家族历史变迁也了如指掌。他带领我们一处处查看，仔细辨认石碑上的碑文，并逐一解说。想当初园林十步一景，移步换景；楼台亭阁，树竹掩映；曲廊幽径，诗碑林立；溏边垂柳依依，亭下墨池黝黝。笔者的心情复杂而沉重。1992年至今，才30余年光阴，当年精心修造的园林即荒芜破败，石碑斑驳，字迹模糊，蛛网密布，虫蛇出没，让人不胜唏嘘，升涌无尽感慨。更何况两百多年前李化楠、李调元父子修造为众多文人雅士争睹览游倾情赋诗的私家园林，则只能在泛黄古籍中寻找记述文字了。

刘圣斌说，要深入了解“一门四进士、弟兄三翰林”的李氏家族，仅在罗江地盘上寻觅遗迹和寻访知情人是不够的。还要到安州去看看，那里有李调元出生地院落、万卷楼遗址、书冢、调元墓。这一说，笔者为自己的孤陋寡闻惭愧起来，竟然不知道李氏家族历史分隔两地。

在调元镇街头，笔者开车导航，沿罗（江）安（州）公路到绵阳市安州区踏水镇李家湾和乌龙村，仅有6千米。

快到李家湾，公路左边一根高高的水泥杆上，“调元故居”四个大字蓝色标牌十分醒目。在一家路边院子旁停好车，在村人指引下，我们沿公路右边缓坡村道下行，一家村院旁边，看见一处简陋的乡村小庙似的建筑，没有院门，院坝不大，安置了四面空的钢架搭建的简易棚子，中间安放一座全身站立人体雕塑，上身金黄色衣服，下身浅蓝色长裙衫，手放背后，左侧腰间挂有一件玉佩腰饰，站在龙形雕塑背脊上，人面左侧，不见左耳部，面部饱满圆润，眼大黑眉，上嘴唇黑胡须，下巴处正中下垂一绺黑胡须。一眼便知这塑像出自民间艺人之手，我们没有看到过李调元真实的画像（也不知有没有画像），笔者推想，这李调元的雕塑像应该是作者的想象之作吧。有点不搭调的是，乡民在调元脖颈挂上了多条红丝带，早已褪色。这表达了乡民对他们心目中的大文人李调元的崇拜之情。

塑像后是三间粉红色瓦房，中间房间大，门楣上贴了两个方形铁皮，上写两个白色字体“原居”（从右到左）；正堂里面塑了观音菩萨，前有香案，上有烧香痕迹，看来是有人前来祭拜，香火不断。两边房间小，正对左一小房间内，也塑有菩萨。正对右一间则塑了三个穿蓝色衣袍的学生样青年，面前各自摆放一张砖头搭建的简易书桌，三人各翻开一本书，正襟危坐，一副专心读书的神情。三人塑像脸型样貌无甚区别，正中人头上披搭一宽条红绸，想来就是李调元，他背后墙壁上，有人直接用毛笔随手写了“调元三弟兄”五个字。至于左右两边的谁是堂弟李鼎元、谁是李骥元，就没法区分了。外面黄色墙壁上涂白划方格，竖行书写满满的文字，标题是“弟兄两院三翰林”“李调元自传”。整个房屋靠路边，路边墙壁上写了满墙面文字，内容为李氏族谱李攀旺转传、李文彩传、李化楠传、李骥元传，还有李本元传，李朝垲传，以及“火烧万卷楼”的传说故事。

房屋左面拐角墙壁，贴了一张红纸，上书“调元故居维修红榜”，上面标出维修捐款人姓名及现金，细数一下，有 72 人，捐款总金额没有合计数。最多的前两位是李纪聪1200元、谢永龙1000元，其余则是600元、500元及以下，最少的12元，有一家是水泥三包，另一家是免车费4车。此地李家湾，是李调元家族的祖居地，大部分人姓李，但捐款名单中大部分人是李姓之外的人家，有两位捐了500元的，有一位捐100元的，姓名栏内写的是“无名功德”，捐款人有意隐去了姓名。这则红榜表明了故居维修当地乡民的参与热情。这让笔者想到在罗江调元镇醒园参观时，看到1992年5月开园立的《重建醒园记》石碑，碑文中说：“（修建）此举得上级党委、政府大力支持，社会各界人士鼎力相助。”想来也是有不少社会人士捐款相助，让人敬佩。

看完故居，村道上过来一位驾驶三轮车的70多岁老人，我们上前一问，老人姓李，自称李调元家族后人。我们攀谈起来。他说自己是李调元第六代后人，还随口背诵了李氏族谱辈分的20字，到他这一代是“庭”字辈，先是有“广”字旁的“庭”，后来就去掉了“广”字成为“廷”。李调元第六代后人？笔者心里有些纳闷：李调元生于1734年，到现在已经有289年。根据推算，代际之间的间隔时间大概是25至30年，李调元的后人到现在大概应在9代至12代之间。

李木廷老人指着前面大片秋收后的农田说：“当年我们李家院子就在这里，有三道龙门，有万卷楼，有戏台。六八年都还有石头大牌坊，还有一个天灯台，还有大石柱，前面金顶山、乌龙寺，有大堰塘、八卦石头，有一块匾，后来上级文管部门收走了。我们这里风水好，‘前有金顶，后有乌龙，左有象鼻，右有云龙’。”象鼻就是象鼻嘴，有一座大庙子。

“可惜了。这里的万卷楼，被烧掉了，”李木廷老人说，“就是和珅派人来烧掉的。”笔者心里想，李氏后人把李调元的所有不幸都归结到和珅，这传说容易被普通大众接受，因为大家都知道，和珅是出名的奸臣和罪大恶极的贪污犯。万卷楼被烧毁的历史真实情况是，嘉庆五年（1800）二月，白莲教军攻至江油，绵州、成都震动，李调元避乱成都。三月，白莲教军攻至金山驿（旧绵州城）涪江东岸。四月初六日，李调元万卷楼突遭火焚。他闻讯后，“一恸几绝”，写下大量哭书诗，如“烧书犹烧我，我存书不存”“如今内外空空如，休题贮书首西蜀”“不如竞烧我，留我待如何”“半生经手写，一旦遂心灰”“云绛楼成烬，天红瓦剩坯”“读书无种子，一任化飞埃”等。一座川西文化名楼，就此化为埃尘。[①]

接着，李木廷老人又带我们去看院子里保存下来的一截当年书房老墙壁遗迹，说话间，一个80后年轻人从旁边二层楼房出来，老墙壁遗迹就是他家有意保存下来的，看来，这家调元后人对祖上遗迹的保存意识很强，因为几米长带拐角的老墙壁立在院里，实在有碍观瞻。

我们继续前往附近的李调元墓。翻过公路，在一个路口，看见旁边立有一个标识“李调元墓”。前行200米，村道左边，一座大墓映入眼帘。站在李调元墓简介石碑前，读到如下文字：李调元墓位于宝林镇乌龙村。时代，清。现存墓为2004年在原墓的基础上进行了加固维修。呈八菱形，直径5.5米，通高4.6米。墓前立二龙戏珠平顶碑，通高2.8米，最宽处1.1米。墓地面积400平方米。1986年，绵阳市人民政府公布为市级文物保护单位（现为省级文物保护单位）。

李调元，宝林镇大沙村（南村坝）人，生于清雍正十二年，殁于清嘉庆七年（1802）。字羹堂、瓒庵、鹤州、雨村，亦号童山蠢

① 尹帮斌：《醒园篇什随园句——李调元和他的诗》，《四川政协报》2023年6月2日第2版。

翁。授翰林院庶吉士，历任吏部主事、广东乡试副主考、吏部考功司员外郎、广东学政、直隶通永道道员。一生著述甚丰，遍及四部，为四川明代杨升庵之后有清一代第一人。

墓正面的墓碑上刻着“大清翰林李公调元之墓”，整座石墓坐西北向东南，八面菱形，规模恢宏。墓前摆放一丛白色塑料菊花，是当地人摆放的，还是远道而来的拜谒者表达纪念之情，不得而知。

站在墓前，笔者深深鞠躬，致以敬意。作为一个晚生220多年的后人，笔者喜好读书写作，年轻时曾立志当作家、诗人，现已年过甲子，著述甚少，且见识浅陋，愧对调元先贤，枉负读书人名声，汗颜不已。

在罗江县城玉京山上，有一座1988年动工修建的李调元纪念馆。

前不久，笔者专程到罗江前往参观李调元纪念馆，站在纪念馆临江边，凭栏远眺，看见远远的鹿头山，蓝天下秀姿丽影；近观太平古桥，纹江金波，罗江古城，尽收眼底。纹江水碧波轻漾，穿城而过，楼宇倒影，映现小城风韵。

与友人品茶，谈到李氏一门四进士、弟兄三翰林，莫不认为是天下奇闻。在四川，有著名的一门三进士，即四川眉山苏东坡父子兄弟三人；但比苏氏三进士还要牛的，就是清朝大才子四川安州的李调元家族的一门四进士三翰林。李化楠、李调元、李鼎元、李骥元四个进士，李调元、李鼎元、李骥元介入翰林修业三年，分别授予翰林院编修或检讨。李化樟还有一个儿子李本元，考中举人，不然，就会成为“一门五进士”了。李门文风之盛，才俊之多，史上实属罕见。

中篇：李氏文星耀天庭

化楠化樟奠文基

李氏弟兄调元、鼎元、骥元三翰林，同朝为官，在当时几乎为天下所知，传为美谈。这就不得不让人探究其祖其父来历，寻找其优质遗传基因和家风家教。

我们先来看看李氏先祖情况：以李调元辈上溯，其祖籍为明清时代的四川绵州罗江县云龙坝，说明李氏族人是典型的四川原住民，非移民。

曾祖李攀旺，字美实，3 岁丧父，母亲王氏改嫁南村坝李云卿，至于李攀旺的生父姓什么，已不可考。明末清初李攀旺避乱北川县大山中求生，说明战乱年代，生活极为艰难；41 岁才成婚，人生困苦可想而知。他先后居住于河村坝、毛家坝和南村坝（原属罗江县宝林乡，今属绵阳市安州区塔水镇），说明三次迁家，要么生活所迫，要不安于现状，创家立业，勤劳奋进，不甘于现状，勇做生活强者。李攀旺，字美实，名而有字，说明其母改嫁的李云卿，也是有文化之人。普通贫苦人家，大字不识，哪里还会给儿子取字？或者是李攀旺本人长大了，有了文化，自己给自己姓名取字号，也未可知。

曾祖母王氏嫁给李姓，称为李氏。夫妻育有三子：李文彪、李士逵、李文彩。

单说祖父李文彩（字英华，1688—1757），70 岁亡，乃长寿之人，长寿之人，必有过人之处。祖母赵氏（？—1763），生育三子：李化楠、李化梗、李化樟。从三个儿子的名字来看，李文彩真是有文采之人，并且其字“英华”，含英咀华，此成语最早出自唐代韩愈的《进学解》：“沉浸酞郁，含英咀华，作为文章，其书满家。”如此看来，这祖父李文彩真乃是位文化人，且是有智慧长寿的文化人。

从为三个儿子取名来看，李文彩应是文化智识很高的人。“化”者，变化，进化。三个儿子的名字都带木字旁。

楠：楠木，常绿乔木，木材纹理细密，质地坚硬，富有香味，是建筑和制作器具的好材料。

梗：古书上说的一种树。亦称“黄梗木”，康熙字典《司马相如·子虚赋》梗楠豫章；《尔雅·释木》阙梗；《疏》梗及豫章皆南方大木之名也。此字不常用。可惜李化梗早逝，生平事迹也无考。

近翻德阳地方志办公室 2022 年 6 月出版的重刊李调元著的《梓里旧闻》一书，说其父有“子三：长即调元，次即谭元，再次声元，为化梗后”。有人认为李化梗未婚无后，当不可信。

樟：樟树。根、茎、枝均有樟脑香气。可提取樟脑或樟脑油，供医药和工业之用。材料致密，坚硬美观，宜制家具，做成箱柜可防虫蛀。樟的寿命很长，树龄可达 1000 年以上。

取名是一门独特的学问。名字代表了父母对孩子一生的价值期望。从祖父李文彩给三个儿子取名，可以看出李文彩的文化、思想、阅历和心智，一个父亲对孩子取名的期许，常常会在孩子的成长过程中，给予与价值观相应的教育培养和人生成长指点。

家族历史绵延，不断递进，到了李化楠、李化梗、李化樟这一辈，李氏家族兴旺发达之象已呈不可阻遏之势，正如长江水冲过三峡，声威浩大，宏阔壮丽。

我们先来看看李化楠生平事迹。李化楠（1713 － 1769），生有两个儿子：李调元和李谭元。

《罗江县志》历史上曾有五个版本，而嘉庆二十年（1815），罗江县令李桂林重修的《罗江县志》，是体例较为完备、详尽的版本。在《人物志》栏中列了“宦业”一项，顾名思义，即是指做官，该项仅选了一人，何许人也？李化楠（1713 — 1769）。李化楠，字廷节，号石亭，乾隆壬戌科进士。李桂林说他状貌魁梧奇伟，分配到浙江做官，巡抚（总管一省地方政务的长官）杨廷璋一见就很器重，对下属司道（隶属于巡抚的专设机构负责人）说："此将来浙中第一循良也！"循良，即奉公守法的官员。于是委任余姚县令。余姚这地方有很多盗贼，李化楠锐意整治，确保百姓平安。此前县令积累下来没有办理的各种案件有三千有余，他立限两个月办理完成。他离开余姚的那天，前来送行的百姓有万人之多。街上还写有标语"七年如云烟，两月见青天"。后来又到秀水、平湖、沧州、涿州、宣化府、天津北路、顺天府北路等多地为官，在任上声誉良好，被誉为浙江第一奉公守法官员。乾隆皇帝嘉奖李化楠为强项令（意为人刚正不阿）。最后死于任上。

该版《罗江县志》"宦业"之后是"儒林"。"儒林"指儒生、读书人。其中也有李化楠。编修者县令李桂林说李化楠 20 岁时就是秀才，考试常是优等。考中进士，但没有进入南安宫入翰林院，远远近近的学者都尊崇他。后来做官，结交很多文化名人。平生致力行善，从小善不断做起，把自己居住的房间名为"万善堂"。李化楠喜藏书，擅长诗词，精通唐散文家韩愈与宋散文家苏轼；天性至诚、孝顺友爱。做官后，仅靠工资生活。后来在老家云龙山旁修建李氏宗祠、买田以赡养族人。修筑醒园，栽种花木，召集学生，通晓文艺。著有《万善堂稿》《石亭诗集》《文集》《醒园录》等书，行于世。

李化楠十分重视孩子的教育。尹帮斌在《醒园篇什随园句——李调元和他的诗》一文说："在浙江任职时，从 1753 年到 1758 年的 5 年间，他（李调元）在浙江其父李化楠任所求学，从进士李祖惠学经学，从举人俞醉六、名士陈雪川习举子业，从进士施沧涛、查梧冈、钱香树学诗，从画家陆宙冲学画。江南的求学生涯是李调元成长最为重要的时期，既开阔了眼界，又受到江浙文化的熏陶，为他后来取得多方面成就打下了坚实的基础。”从以上文字记述可以看出，李化楠不仅是李调元的父亲，还是李调元的人生启蒙导师、引路人、规划者，加上李调元的天资与勤奋，成大事业具有必然性。

尹帮斌写过一篇文章《李鼎元和他的〈师竹斋集〉》说：“据李调元《童山自记》，李鼎元 8 岁时，曾经短暂地与其父李化樟、从兄李调元前往伯父李化楠在浙江秀水的任所求学，但是第二年即因祖父病故回蜀，后受业于伯父李化楠，居乡读书。20 岁时，参加乡试，不中。22 岁时，参加恩科乡试，中三十二名，是年冬即北上参加第二年礼闱，不中，旋即返乡读书，后主讲涪江书院。27 岁再赴京参加礼闱，又不中，于是驻京读书，直至 29 岁，中戊戌科第三甲第一名进士，进入翰林院。”由此可见，李化楠对兄弟李化樟和侄儿李鼎元的直接影响是何等重要。

而三弟李化樟（？—1789），字香如，李化楠胞弟。幼时好读书，不到十六岁入县学列为优才生。年稍长好行善事。初家贫，凡邻里有急难之事相求，都尽力帮助。生性沉静，寡言笑，为人正直，处事公道，乡人有纠纷都愿请他调解，无不服其公允。虽多次参加乡试，但都未中，后来自己觉得不是科场中人，便致力于商业。在与其他二人合伙做生意时，化樟主管银钱收支，从无丝毫差错，合伙者皆服其公平。不到一年获得利润上千两银子。回川时路过成都，听说有一个旧友的儿子名叫杨四知的，因欠官银，被关进监狱，备受杖责，伤势严重，已经奄奄一息，化樟急出资替其还了官债，并将他赎出，为之治病疗伤，人们都称化樟仗义。

李化樟一生教子有方，三个儿子皆科举成名，其中鼎元、骥元考中进士，入翰林，三儿子李本元 1786 年中举人。其孙李朝垲，乾隆乙卯年（1795）中举人。

值得一提的是，乾隆五十年（1785）正月初六，乾隆以登位五十年大庆，举行千叟宴。清代先后举办过四次“千叟宴”：康熙五十二年（1713），康熙六十一年（1722），乾隆五十年（1785），嘉庆元年（1796）。李化樟参加的是第三次，当时参加人员有亲王、郡王、大臣、官员，蒙古贝勒、贝子、公、台吉、额驸，回部、番部，朝鲜国使臣、暨士商兵民等，年六十以上者三千人皆入宴。其中下召由各省选派德高望重、有功于国的六十岁以上老人一千名进京赴宴，四川出席者不到十名，李化樟便是其中一员（时年65岁），并被赐予寿杖、朝珠等物，此等殊荣少有能及。

李化楠和李化樟两兄弟生的孩子，三人中进士入翰林，同朝为官，在当时可谓荣耀之至。其身体力行的家风家教，特别是李化楠身为进士的言传身教，更是奠定了李氏家族“文峰”的根基。

三翰林的耀眼人生

李调元：夜空中最亮的那颗星

已经记不得具体的时间了，大概是在2004年初夏，有一天，笔者因公和几位同事到罗江，来到在庞统祠一家名为“凤雏酒家”餐厅。一入座，服务员即端上来一道菜，大盘子中盛着一张大大的猪脸肉，色泽红亮，主人说，这就是我们罗江有名的特色菜，来罗江不可不吃的招牌菜——“金面子”。笔者一筷子拈了一大块，蘸了一下放在旁边碟子的调料，入口感觉肥而不腻、糯软浓香，配合调料的香辣味，都说好吃。我们一边吃一边听主人介绍这道菜的来历：这道菜名叫“金面子”，老板姓金，很有文化，熟读李调元的《醒园录》，发现里面记载有一道“蒸猪头”食菜，金老板在此基础上进行改良创新，关于蒸猪头法，《醒园录》中这样写道：“将里外用盐擦遍，暂置盆中二三时久，锅中才放凉水，先滚极熟，后下猪头。所擦之盐，不可洗去……”《醒园录》中的“蒸猪头”，初加工猪头用的是腌制。金老板多次尝试，变“腌制”为“卤制”，后又改为先炸后卤，成菜香味稳定、皮糯肉烂、肥不腻口、入口化渣。由于创制者姓金，原料为半边猪脸，同时据说请客时，上此菜显得颇有面子，遂定名为“金面子”。这道菜赢得当地人和到庞统祠的游客们交口赞誉。写作的此刻，多年前特殊的味觉记忆，仿佛又被激活。

此后，由这道令人难忘的“金面子”，笔者开始关注李调元。知道了《醒园录》为清乾隆壬戌进士李化楠所撰的一部饮食专著。后来其子李调元编刊成书。2005 年，香港导演午马以此书为由在撰著者的家乡罗江县拍摄了电影《天下第一宴》，引起了媒体的广泛关注。《醒园录》一共记载了 120 多道菜式的做法，不仅具有史料价值，还成为如今不少罗江厨师“借古开新”的重要依据。书中所载“煮老猪肉法，以水煮熟，取出，用冷水浸冷，再煮即烂”，成就了今天的“滑菇烧藏香猪”；“腌瓜诸法……剖开去瓤，晾微干，用灰搔擦内外，丢去隔宿，用布拭去灰，令净勿洗水入酱……”，则为制作小菜“酱黄瓜”指点迷津。李调元对《醒园录》的贡献，不仅在对父亲手稿的刊刻流布方面，更重要的是从中提炼出的饮食思想。

被誉为“川菜之父”的李调元，深得罗江人的喜爱。这些年来，罗江传承调元美食文化，展示川菜名厨风采的“川菜文化周”活动，吸引了众多外地人来罗江一饱口福。

李调元《醒园录》中的各种川菜菜谱，融合许多地方特色，形成后来的川菜特色，可以说，川菜体现了一种包容的精神。

说到四川人喜爱的传统文化川剧，不得不提到李调元的名字。

李调元29岁考上进士，进入仕途后，曾在北京、广东等地有过为官经历。他将所见所闻的许多属于北方剧的剧种，加以改造，再用川腔一唱，就成了川剧剧目，在四川传播开去。这也体现了巴蜀文化多元性、开放包容的精神。巴蜀文化是一种大杂烩，移民文化是四川文化的底色，湖广填四川是一个标志性事件，所以四川人最不排外——因为追根溯源都是外乡人。

李调元回乡后，他醉心乡土文化，带着戏班子到成都、绵阳等地演出，得到老百姓诸多肯定。四川历史文化学者袁庭栋还提到："相传近代川剧的著名剧目《春秋配》《梅降亵》《苦节传》（《芙奴传》）《花田错》（川剧界共称为'弹戏四大本'）当年都曾经过他（李调元）的加工修订。由此，川剧的演化体现了多元包容的特征。"

当问到被人称为"川剧之父"的李调元对今天川剧形成做出了哪些贡献时，四川师范大学中华传统文化学院院长、教授，四川省巴蜀文化研究会副会长王川认为，李调元有四大贡献。一是积极将中原戏剧引到四川等西南一带；二是将各地戏曲的唱腔、演出技法等引入四川；三是改编其他地方有名的戏剧，成为四川的本地戏剧；四是进行戏剧教育，不仅培养了一批戏剧人才，还带领他们出去演出。他的戏曲论著《雨村曲话》与《雨村剧话》，反映了乾嘉时期清代地方戏剧兴起的概况，阐述了他的戏曲美学思想。他所提出的"古今一戏场"及"人生无日不在戏中"的戏曲观，对后世产生了很大的影响。

李调元回乡后还潜心治学。他曾在北京参与编纂《四库全书》，并留心搜集四川地区的历史资料，凭一己之力编纂出大型文献总集《函海》《续函海》。李调元一生著述宏富，据"封面新闻"2021年9月18日文章《撰著之富位于清代四川榜首，李调元一生笔耕不辍》（记者徐语杨）引述著名学者、民俗专家袁庭栋的话说，《清史稿》在为李调元作传时称“蜀中撰著之富，费密而后，无与伦比焉”。费密也是明末清初时蜀中文人，著作颇丰。单看《清史稿》这句话，很容易将其理解为，蜀中撰著之富首推费密，其次才是李调元。其实不然。这话是指的时间的先后，是说费密的年代在前，李调元的年代在后。费密的著述其实并不比李调元多，治学面也不比李调元广。更为重要的是，费密只是生于四川，他一生的著述活动都在江南。

李调元的撰著究竟有多少呢？根据杨懋修《李雨村先生年谱》统计，李调元共有著作130余种。这里面还没有包括他的《童山文集》《童山诗集》等。按照类别划分，除了少量对前任著述的整理、校勘或刻印外，大部分都是李调元自身多年研究的成果以及诗文作品。从内容来说，则包罗了历史、考古、地理、文学、语言学、书画、农学、民俗学、戏剧学等专门领域的研究成果。尽管李调元的涉猎范围广博而庞杂，但让人意外的是，他对研究的每一项领域始终一丝不苟，都获得了可见的成果。而他自身的诗文著作，则多反映民间疾苦。

李调元很早就开始显露出了对学术研究的兴致。刊刻《李太白集》时，李调元年仅29岁。名儒袁守侗看了他写的序言后，认为其水平不在皇甫谧之下，更评价道：“蜀坊无书，独此刻耳。”

史称李调元所编撰的《函海》一书集蜀中文士自汉来以来168种、826卷传世。教授、博士生导师、李调元研究专家王川认为，“这对于保存蜀学文献、重振巴蜀文明，具有重要的历史贡献”。

笔者从学生时代就喜好诗文，对李调元的诗歌也读了不少，还有他撰写的诗歌理论专著《雨村诗话》，笔者也是认真拜读。比如，其中提出的作诗“三字诀”：“响、爽、朗。响者，音节铿锵。无沉闷堆塞之谓也；爽者，正大光明，无嗫嚅不出之谓也；而要归于朗。朗者，冰雪聪明，无瑕瑜互掩之谓也。言诗者不得此诀，吾未见其能为诗也。”笔者亦有同感。李调元一生创作的大量诗歌，可以看作时代和个人“诗史”。关于李调元诗歌创作成就，有两种说法。其一是，李调元与遂宁人张问陶（张船山）、眉山的彭端淑合称清代四川三大才子。其中，张问陶成就最大，袁枚称其为“清代蜀中诗人之冠”；彭端淑次之，诗名不彰；李调元第三。这个说法广为流传。与此论相似的还有嘉庆本《四川通志》认为李调元“其自著诗文集，不足存也”。丁绍仪《听秋声馆词话》认为“其自著《童山诗文集》亦不甚警策，词则更非所长”。而另一种则是，《清史列传·李调元传》评价他“所为诗文，天才横溢，不假修饰”，并有关于其影响及于海外的记录，“朝鲜使臣徐浩修见其诗，以为超脱沿袭之陋，而合于山谷、放翁，极为敬服，因作启求其他著述而去。”

对此两种不同的观点的看法，笔者请教了李调元研究专家赖安海先生。他说，张问陶被誉为清代“蜀中诗人之冠”。诗歌整体影响大，其中格律诗比李调元写得好。但他几乎没有诗歌理论著述。李调元被誉为“诗坛盟主”，对当时来说，在诗界起到了旗手的作用。他的古风比张问陶写得好。这就像李白和杜甫在各自擅长的诗体上的区别，不能以单一的标准比较不同特质不同诗学理念的诗人。

最近，在网上读到一篇学术论文《对李调元诗歌成就的重新认识》，作者王琳。论文指出：李调元在乾隆时期已负盛名，声名主要源自他杰出的诗歌才能、丰富著述及《函海》编撰等。学界对李调元诗文毁誉不一，但无论褒贬，都从不同角度说明了其人、其创作受到了文坛关注，从一定程度上显示其诗歌创作的影响力。李调元诗歌不仅在清朝引起较大反响，在异域也备受关注。

该论文梳理了历史上文人对李调元的评价，并在此基础上重新认识其诗歌成就。归纳起来，无论褒贬，李调元以其独具特色的诗歌创作及诗学理论给清代诗坛带来了不可忽视的影响。具体表现在三方面。一是李调元诗歌是其思想的真实记录，作为生活在乾嘉盛世的文人，他用诗歌寄托自己的情感。其中既有对人生理想的追求，对盛世的赞誉，对亲朋好友的思念，也有对现实黑暗的揭露，对田园生活的向往。诗歌对李调元而言是极为重要的，“相期寿世唯有诗”，透过这些诗歌我们可以更深入地了解他的内心。二是李调元与当时的文人，如袁枚、赵翼、蒋士铨、姚鼐、纪昀等广泛交游，结下了深厚的诗文友谊。他在诗学理论上受“性灵派”的影响，同时又体现出了学人之诗的时代特征。总之，李调元是乾嘉文坛上不可分割的一部分，与当时的文人一起铸就了乾嘉时期的诗风。李调元把以文会友的范围扩充到域外文人，与朝鲜著名文士柳琴、徐浩修、李书九、李德懋、朴齐家、柳得恭等都有诗文往来，以自己的诗文创作积极促进十八世纪中朝文人的交流。三是李调元的诗歌是他诗学思想的实践，同时又在实践中丰富他的理论，在艺术风貌上突出“大”“美”的特点。其诗歌影响深远，广泛受到文坛的关注，不唯在清朝有较大反响，在异域也有很大影响，尤其在十八世纪的朝鲜王朝，韩国文人十分认可他的诗文成就，将其诗文奉为圭臬，并以得到李调元题写的序跋为荣。文章最后注明：本文为“2016 年江苏高校哲学社会科学研究项目”。

李调元的诗歌成就不仅为其所编撰《函海》的功劳所掩盖，也远不及其同时之名士，如袁枚、赵翼等人。究其原因主要在于学界受到了一些负面评价的影响，由此认定李调元的诗作轻率随意，缺乏社会深度，是应该全盘否定的，从而影响到了李诗的流传与研究。

李调元一生诗词创作量大，优秀作品也很多。笔者手边正有一部《四李诗选》，这是最近参加 2023 中国 • 罗江诗歌节开幕式上首发的一部诗集。“四李”是指以李调元为首的诗歌群体，包括李化楠、李调元父子以及李鼎元、李骥元兄弟。据统计，“四李”创作的存世诗词数量约 4700 余首，为弘扬和普及诗歌文化，罗江作协主席尹帮斌精选“四李”创作的部分诗歌 688 首正式出版，对于读者认识和了解“四李”诗歌创作的大体风貌、普及和传承中华优秀诗歌文化具有积极意义。

李调元有一首《鹿头关谒庞靖侯墓祠内并祀武侯》：“江锁双龙合，关雄五马侯。益州如肺腑，此地小咽喉。事急争鸡口，时平失鹿头。至今松柏冢，风雨不胜愁。”诗中写出了白马关的山川形势及其兵马必争之地的缘由，“如肺腑”“小咽喉”极为精准形象表达出白马关在四川和中原之间的特殊而至关重要的战略地位。最后一句“至今松柏冢，风雨不胜愁”，点出对三国时期蜀国政治谋略家庞统的崇敬和无尽惋惜。全诗气象开阔，意境深厚，为历来诗家写演绎一段三国精彩故事的风景人文圣地白马关的名篇。

研究李调元的一生，王川认为他身上有三个“气”不容忽视。第一是才气。他是巴蜀三才子之一，且是为数不多的百科全书式人才。第二是接地气。他所喜爱的川剧、川菜，都是老百姓日常生活的一部分，所以就说他是一个邻家大哥的角色，非常接地气。第三是一身正气。李调元为人、为官正直踏实。他在广东担任学政两年，设立书院，重视培育人才，推动当地教育发展。

李调元是清代百科全书式学者，一生著述极为丰富，达 130 余种，撰有《童山诗集》《童山文集》《蠢翁词》等文学作品，《雨村诗话》《雨村词话》《雨村曲话》《雨村赋话》等诗学、戏剧学、文艺理论作品，编刊其父李化楠所撰饮食专著《醒园录》，辑撰刊刻大型丛书《函海》《续函海》等文献学巨著，造“万卷楼”，藏书十万卷。

李调元推动了古代文献的整理与传承，对巴蜀文化复兴和清代学术繁荣做出了突出贡献。组织川剧伶班，着力扶持、大力推动川剧的兴起，融入对川菜、江南菜等饮食文化的独特见解，编撰了第一部川菜菜谱，为本土文化的弘扬与发展发挥了巨大作用。

在此，选几条清代以来学者对李调元的评价。

余秋室谓李调元与袁枚“如华岳二峰，遥遥对峙，风云变幻，两不可测”。

袁枚赞许说：“伏读《童山全集》，琳琅满目，如入波斯宝藏，美不胜收。”并赋诗道：“《童山集》著山中业，《函海》书写海内宗；西蜀多才君第一，鸡林（朝鲜）合有绣图供。”

史学家赵翼称其“著书满家，传播四海”。

王懿修谓李调元：“以西蜀之渊云，为南宫之冠冕。”

红学家孙桐生《国朝全蜀诗钞》言李调元：“诗文敏捷，天才横溢，不假修饰。”

张玉溪《恭题雨村诗话后》谓李调元：“著述罄南山之竹，声名高北斗之星。”

嘉庆二十年《罗江县志·人物》：“（李调元）与钱塘袁简斋、阳湖赵耘松、丹徒王梦楼诸先生齐名人称为‘林下四老’。”

当代学者研究李调元的人较多。重要的有川大江玉祥、中国社科院蒋寅、四川社科院谢桃坊、旅美学者邓长风等。罗江本地文史学者则以赖安海为代表。学者们公认李调元这位历史人物，为官清廉，学识渊博，著述丰厚，影响深远。

作为李氏家族中的代表人物、夜空中最亮的那颗星——李调元，必将光耀永恒，文泽后人。

李鼎元：册封琉球的荣耀

翻开清嘉庆县令李桂林重修的《罗江县志》，关于李鼎元，是这样介绍的：李鼎元，字和叔，号墨庄，乾隆戊戌进士。授检讨兵部车驾司主事，马馆监督。生而颖异，好读书。淹贯经史，旁通诸子百家。尤工诗、古文。己未由中书奉旨册封琉球副使，钦赐正一品麟蟒服。著有《使琉球记》《师竹斋诗集》《文集》等书行于世。

为写罗江名人“四李”，笔者到广汉市图书馆查阅相关资料，意外发现了馆藏珍贵图书《使琉球记》，书中夹有一张卡片，卡上有如下文字：

> 《使琉球记》小识：《使琉球记》一书（两册六卷）系清嘉庆四年（1799年）四川绵州（今绵阳）三李（李调元、李鼎元、李骥元）之李鼎元（字墨庄）经海路出使琉球国（琉球群岛），途经钓鱼岛时描述了中国领土钓鱼岛的地形、地貌，与随行人员进行“酬神祭海”仪式。是相对较早记载钓鱼岛有关的历史资料，是钓鱼岛属中国领土的重要佐证。

本书系清同治五年（1866）云南寸联级重刊。前蜀茂州学政杨懋修作序。落款为“广汉市图书馆丁酉年•广汉”。

这套书是广汉市图书馆工作人员精心修缮的古籍。

笔者特别关注李鼎元作为册封琉球副使这一官衔及其出使琉球的经过。幸好有他著的《使琉球记》，笔者如获至宝，认真阅读起来。

《使琉球记》开篇即写到李鼎元被选中的经过：“（嘉庆）四年二月，福建巡抚臣汪志伊以闻；礼部上其议，天子特命内阁大学士翰林院掌院都察院礼部堂官选举学问优长、仪度修伟者为正副使。

时选得内阁中书四员、翰林院编修三员、都察院给事中四员、礼部主事三员，于八月十九日黎明引见乾清宫；奉旨遣赵文楷为正使，臣李鼎元为副使。……正副使皆赐正一品鳞蟒服。……跟役正使二十人，副使十五人。”

明清两代，都把派遣藩属国的册封使臣看作是皇帝的威严与国家的形象。因此，为了保证国家以及皇权的权威性，被派往藩属国的册封使臣的选任，在不同的时期，对不同藩属国都遵循着严格的程序。一般是由礼部群臣举荐符合条件的若干人选，再由皇帝召至殿上面见，以此确定正、副使臣的最终人选。

清嘉庆四年（1799），赵文楷、李鼎元出使琉球之前，当时礼部从翰林院、内阁中书、都察院给事中、礼部主事中选考后，向嘉庆帝推荐 14 人作为册封琉球使臣的备选之人。同年八月十九日，此 14 人同站于乾清宫殿前由嘉庆皇帝亲自挑选册封琉球正副使的人选，而最终选定翰林院修撰赵文楷、内阁中书李鼎元，作为册封正、副使往封琉球。关于此次往封使臣的遴选，同为册封使候选人的王苏、熊方受在所撰的诗文中则有言及。如王苏在赠别李鼎元的诗中曰：“我时亦选使绝国，衰亲害病心段忧。宸哀怜悯得不遗，瀛洲幸许眠闲鸥。蛾眉班中首赵李，玉节双捧临遐陬。春风东来度梅柳，仪雪备礼催鸣驺。”熊方受在赠别李鼎元的诗中亦云：“风流前辈公能继，慷慨离筵我欲狂。同向乾清宫引对，无缘陪奉舍人装。”

康熙二十年（1681）汪楫、林麟焻出使琉球之后，册封琉球使臣的官阶均为从五品。然而作为册封的“敕使”，需要代表皇帝行谕祭、册封之礼。为了其位阶要列于琉球国王之上，一旦任命往封琉球，均由礼部颁给一品服，以谕祭琉球故王、册封新王时用。清朝册封琉球之正、副使，俱赐一品麒麟蟒袍、麟补褂、玉带、东珠顶等，逐渐成为定制。

清朝的册封使就任登程，赍诏持节，将皇帝的诏敕置以香案，装于龙亭，代表的是皇帝的天威。即使册封使自身原仅为从五品或翰林院的闲职小官，此时亦是身价百倍，朝中士大夫特别是翰林院同僚均倍感骄傲。因此，不仅对于册封琉球使本人，对其同朝翰林及其亲友而言，亦是无上荣耀之事。

嘉庆五年（1800）出使琉球的赵文楷和李鼎元，受命之后，汪家禧赠李鼎元诗中云："其行也，朝之士大夫咸荣之。"曹城题赠李鼎元之诗云："高擎黄盖建龙旗，掩映头衔一品宜。"彭昭麟亦在赠李鼎元之诗中曰："一品绯衣贵，皇华重使臣。"很明显，均是流露出一种艳羡之情。而对册封琉球使臣而言，的确是带来了无限的荣耀和一生的光环。

经过半年的准备，嘉庆五年（1800）二月二十八日，赵文楷和李鼎元作为正副使的赴琉球册封使团开始从北京出发。出发前，嘉庆皇帝赐给使团黄罗盖伞一柄，龙旗一对，"钦差""迴避"旗牌各一对。还赐给正使赵文楷副使李鼎元二人各一套正一品衮龙朝服。赵文楷、李鼎元等人从北京走了两个多月到达福建。此时琉球国派来迎接天使的官员也已抵达。嘉庆五年五月，赵文楷、李鼎元带着随从和护卫500余人分乘两艘特制的封舟从福建沿海出发，向琉球群岛驶去。经过六天的海上航行，大清的册封使团顺利到达琉球。当赵文楷、李鼎元从封舟上走下来，琉球国中山王世孙尚温带着国内大小官员和王亲外戚以及成千上万的百姓早已在码头迎接天使。在众人的簇拥下册封使团被迎到明朝时就修建的"天使馆"内住了下来。这个天使馆是琉球国专为接待天朝上国的册封使而建，所以都是按照我国的衙门样式所建。

由于册封大典对琉球国来说非常重要，所以要较长时间的准备。这期间中山王世孙尚温每隔数天就让人宴请赵文楷、李鼎元两位册封使。即使如此中山王世孙尚温还怕慢待了两位册封使，他还让人给赵、李两人各送上二十两黄金。但是都被赵文楷和李鼎元推辞掉了。琉球国内的那些世家公子和王室子孙听说赵文楷是天朝上国的状元郎，都纷纷慕名而来请教学问。赵文楷并没有拿架子，而是很有耐心地教这些人识汉字、写文章、做诗词。

到了嘉庆五年（1800）的七月二十五日，册封琉球国国王的仪式在首里城内的天使馆举行。当天天使馆内的广场上聚满了琉球国的大小官员和百姓。吉时已到，大清国派来的册封正使赵文楷和副使李鼎元出现在广场上方搭就的彩亭之内。随着赞礼官的唱和之声，下方琉球国的一众官员和围观的百姓纷纷跪倒在地。册封正使赵文楷走到彩亭中央站定并拿出嘉庆皇帝的诏书。此时年仅十七岁的中山王世孙尚温来到广场中央，对上方行叩拜大礼。然后赵文楷开始宣读嘉庆皇帝册封中山王世孙尚温为琉球国中山王的诏书。诏书宣读完毕，赵文楷还让人奉上嘉庆帝赏赐给新中山王的王冠、锦服、玉带以及赏给中山王王后的各色绫罗绸缎。册封仪式结束后，中山王尚温陪同册封使赵文楷、李鼎元浏览了琉球国的王宫。他们所到之处人们纷纷拜伏在地。到了十月，赵文楷和李鼎元一行人启程回京。

在出海前往琉球途中，李鼎元日记记载：“庚寅（初九），晴。卯刻，见彭家山，山列三峰，东高而西下。计自开洋行船十六更矣；由山北过船，辰刻，转丁未风，用单乙针，行十更船，申正，见钓鱼台，三峰离立如笔架，皆石骨，唯时水天一色，舟平而驶；有白鸟无数绕船而送，不知所自来。……辛卯（初十日），晴。丁未风，仍用单乙针，东方黑云蔽日，水面白鸟无数。计彭家至此，行船十四更。辰正见赤尾屿。屿方而赤，东西凸而中凹，凹中又有小峰二。船从山北过，有大鱼二，夹舟行，不见首尾，脊黑而微绿，如十围枯木附于舟侧，舟人举酒相庆。……壬辰（十一日），阴。丁未风，仍用单乙针。计赤尾屿至此，行十四更船。午刻见姑米山——山共八岭，岭各一、二峰，或断或续；舟中人欢声沸海。”

赤尾屿位于台湾附属岛屿之钓鱼岛列屿的最东端，面积为0.195平方千米，大致相当于27个足球场那么大。亦称赤屿、赤坎屿、赤尾山、赤尾岛、赤尾礁，日本称之为大正岛。在中国台湾岛东北部180千米的东海海域内，与日本琉球群岛之间隔2000米以上的深海沟，主要由火山岩组成。

清代册封琉球使李鼎元在出使琉球国（今日本冲绳）时，路过赤尾屿（赤尾屿为古代中原王朝自海上入琉球国的必经之地），在其所撰的《使琉球记》中详细记载了赤尾屿的形状：“赤尾屿，屿方而赤，东西凸而中凹，凹中又有一峰。”2012年3月我国公布该岛标准名称为赤尾屿。

李鼎元的《使琉球记》，以日记体形式记述了出使琉球国册封的各项准备工作，以及往返琉球国的经历、见闻。

临出发前，“十月朔，介山（同行正使赵文楷，字介山）出都；余于九月廿二日新遭胞弟凫塘中允丧，不及送”。可谓大喜之际的大悲痛！

在日记中，李鼎元记述了琉球国的自然地理、奇特的动植物，丰富的物产、独特的民风习俗，让人置身于两百多年前的美丽岛国。《使琉球记》中有这样一段记载：“庚辰（二十九日），晴，是日初见五彩鱼，有红绿翠黄诸色，绿鳞红章五彩相间。土人就形色呼之‘无定名’。又有石眉巴鱼，色红如金鱼。余俱不敢食，养盅中以为玩品。又有鳐如白鸟，云飞丈余始入水，疑即燕鱼也。”读来让人大开眼界。

出使琉球是艰辛的。李鼎元在返回途中，有记述：“丙寅（十七日），晴。风东南，不能出口。头眩腹泻，通体发热，终日不食，寝不安。丁卯（十八日），晴。风仍东南。身热头眩渐愈，唯泄未止。”其发病难受可见一斑。

相比之下，这生病乃是小危险。

在卷三开头，作者记述有如下文字：“点验兵役，尽令登舟，舟二，余与介山共乘其一。前后各一桅，长六丈有余，奇围三尺，中舱前一桅，长十丈，有奇围六尺，以畓木为之通，计二十四舱，舱底贮石，曰压钞，载货十一万斤。……御仗于船头，执事分列两舷，龙口置大炮一，左右各置大炮二，兵器贮舱内。……辘轳二移炮……前舱贮火药贮米。”“每船约二百六十余人”，后因“船小人多”，“每船减役二十余人，人心始定”。这两艘船，出发前一天，停在港口，天气晴朗，申时前后（下午四点），“庆云见于西方，五色轮囷适与楼船旗帜上下辉映，舟中及两岸之人莫不叹为奇瑞”。

这段文字说明两艘官船高而宽大，且装备精良，有炮有枪有火药，有军士。《使琉球记》这段话之所以让笔者记忆深刻，是在后来的返回途中，读到下面一段文字：二十九日这天，见北杞山附近，停泊有数十只船，以为是前来迎接的保护船只，近前一看，原来是盗贼船，并且已经扬帆向官船急速而来。情况危急，李鼎元和正使赵文楷登上船战台，向众军士发誓：“贼众我寡，尔等未免胆怯。然贼船小、我船大。……且既已遇之，惧亦无益！唯有以死相拼，可望死中求活！”并下令，贼船未到三百步，不得放子母炮；未到八十步，不得放枪；未到四十步，不得放箭。如果再近，开始用长枪相拼。有能杀死贼人的，重赏；违者，安军法处置！很快，贼船十六只船“吆喝而来”，李鼎元“举旗麾之”，军士立马放子母炮，立毙四个贼人，有贼人被冲击到海里，待船靠近，军士一起举枪射击，又毙六人，一只贼船退逃。第二只贼船又到了三百步距离，军士又放炮轰击，打死五人，少近，又用枪射击，打死四人，贼船败逃。此时，另三只贼船冲过来，我方军士暗移子母炮到舵右舷边放炮，接连打死十二个贼人，并火烧贼人的头篷，贼船转舵败逃。中间一只船较大，占据上风冲上来，李鼎元说“此必贼首也”，暗中命令舵工将船稍微横移，等大炮对准贼船，即放一炮，炮响后，烟雾弥漫，待烟雾散尽，贼船已经逃得没了踪影。不一会儿，海上“北风大至，浪飞过船”，李鼎元实在太困了，竟然在海浪起伏船只颠簸中睡去。船将泊岸才被人声惊醒，众人为鼎元能在如此危险境地安然入睡，大为佩服。前来接应的总兵何定江听说刚才发生的“北杞之战”都“惶悚失措”。

在出使琉球的封船上，不仅有册封使所带去的大量皇帝赏赐琉球藩王及其王妃等人的皇家物品，还有随封三四百人的生活物资。因此，即便历次随封兵丁多至二百人左右，封船上的赐品与生活物资，对海盗、倭寇而言，都是渴望到手的佳品。因此，嘉庆五年（1800）赵文楷、李鼎元出使琉球返航之时遭遇海盗，最终幸而逃脱。据曾燠《李墨庄舍人使琉球归见惠倭刀用少陵赵公大食刀歌韵赋谢》云：“挺身不畏斧钺膏，舍人挥刀风涌涛。纷纷腰领颠坑濠（舍人归途，遇海盗数十艘，扬兵图劫，乃率徒从击败之），归来语予为解绦。知予有志斩巨鳌，拔鞘寒光惊孟劳。却惭腕弱非英豪，我闻海中群盗起。安南背恩为祸始，频年夺货伤客子。”因此，往返琉球海途的过程，不仅给册封使带来极大的精神压力，对随封兵丁、杂役亦是一场严峻的考验。

李鼎元的《使琉球记》，是册封琉球使所撰写的“使录”类著述，是朝廷了解并掌握远藩当时局势最为直接且有效的途径，完全是册封使在琉球完成使命归国之后向朝廷所做的述职报告，代表了当朝国家立场，故其行文具有一定的规范，言简意赅，少有文学的色彩，是此后出使者的重要参考史料。清初之所以改派翰林院词臣充当册封琉球使，也是希望册封使臣能在全面考察琉球社会的基础上，撰写出一份翔实的考察报告。

清嘉庆五年（1800），册封副使李鼎元出使琉球，其友人韩抡衡在李鼎元出使琉球赠诗中赞其“此去中山宣德化，归来秘阁校图经，从兹博望声威远，一品集战照汗青。”杨昶则期盼“归来定续球阳考，不独雄夸博望槎”。这都是朋友们对身为翰林院词臣的李鼎元出使琉球归来后，能编纂琉球志书的殷切期待。

朝廷还规定，历次册封琉球，正副使臣可随带从客若干人同行。由此可见，出使琉球的使团人员成分复杂，人数众多，组成了中国人绚丽多彩的航海生活。

朝廷为了宽慰冒死渡海的使臣们，不仅封他们为正一品大官，还授一品麟蟒官服，并预支二年的俸银。此外，“封舟过海，例有从客偕行。”朝廷规定，册封琉球，除率领政府规定的职司员役外，还可以随带从客若干名随行，这些从客，不外是文人墨客，有的还是高僧、道士、医生、天文生、书画家、琴师等各方面的专家和各行各业、多才多艺的名士。

嘉庆年间赵文楷、李鼎元册封琉球，从客有王文谐、秦元钧、缪颂、王华才，还有高僧寄尘及其门徒李香崖等。寄尘“好吟咏，工书善画，有奇术，人莫测也。”其徒李香崖“亦善画”。虽说渡海册封琉球不仅艰险，而且寂寞，但有这些名士相伴，倒是生出些许的闲情逸致来。出海吟诗唱和，成了出使琉球航海生活的一个部分。历代使臣的文学造诣都是很高的，航海途中使臣与从客吟诗作赋，留下了无数名句佳作。

琉球是一个不与中国通陆路的岛国，在册封使与士大夫的交游诗文中，万里海途的距离感与飘零显得尤为突出。李鼎元之兄李调元曾叹之曰："别肠此去车轮转，一日思君一万周。"

从明代永乐二年（1404）明朝官员行人时中首开出使琉球，到清同治五年（1866），清翰林院编修赵新、于光甲出使琉球结束的500余年，也是中国与琉球友好交往的500余年。其间，中国政府册封琉球共23次，派出正副使臣共43人。（此数据依学者谢必震之说，见谢论文《从明清册封琉球使团的组成看中国人的航海生活》，该文刊登于上海中国航海博物馆会议论文集《丝路的延伸：亚洲海洋历史与文化》）每位琉球"国王嗣立，皆请命册封"。明清两朝统治者大都应其所请，派遣大型的册封使团，远渡重洋册封琉球，形成了一种固定的制度，在中琉之间建立起特殊的政治关系。这足以说明琉球群岛及钓鱼岛等岛屿历史上就是中国的领土。

而钓鱼岛本属台湾管辖的岛屿，是明清两朝册封使前往琉球的航标地，不仅在各种史书中有记载，更有历任册封使在类似日记一样的《使录》中也多有出现，从琉球国的史书我们也可看到钓鱼岛是真真切切属于中国的固有领土。

从李鼎元的《使琉球记》，我们可以看到真实的历史。总之，作为明清官员，能够出使琉球，是一个人终生的荣耀，也是一个家族的荣耀。其事迹进入国家的史册。唯其如此，罗江李调元"一门四进士，兄弟三翰林"的"四李"便彪炳千秋。李鼎元担任册封琉球副使期间，不仅给琉球群岛带去了大陆的先进文化及各种技术知识，帮助琉球编订汉典等书籍，还将中国人对钓鱼岛、赤尾屿等岛屿的管辖情况记载进了他的《使琉球记》，这是世界上最早记载中国人对钓鱼岛、赤尾屿等行使管辖的官方文献。

李骥元：壮年早逝，鸿志未酬

李骥元（1745—1799），字凫塘，号云栈，李鼎元弟，李调元从弟。乾隆四十九年（1784）进士，改翰林院庶吉士，散馆，授编修。乾隆六十年（1795），任山东乡试副主考，旋升左春坊左中允。特旨入上书房行走，为嘉庆帝代拟文稿。嘉庆四年（1799）殁于官，年四十五。骥元“性笃厚，学务根柢”，未成年即有文名，作文简古似韩柳，会试出纪晓岚门，纪谓其才学为同进士之首。与兄鼎元时有“二难”之目，与从兄调元并称“绵州三李”。李𫛞《湖海诗传》言其“诗有奇气，亦有逸气”。徐世昌《晚晴簃诗汇》云：“法梧门称凫塘苦吟，每构思，屏弃一切，有薛道衡、陈后山之风。”然其诗并无艰深之语。五律最善胜场。著有《云栈诗稿》，书法以赵文敏为宗。生平事迹见《清史列传》卷七二本传，孙桐生《国朝全蜀诗钞》，清嘉庆二十年《罗江县志》卷三十六李调元《李骥元传》。

结合他的堂兄李调元撰写的《李骥元传》，可以看出，骥元少年时“生不好弄，天性爱书”，天性不喜欢玩耍，喜欢读书。他父亲很高兴，亲自教他。南村有龙神堂，里面有文昌宫，每年二月初三，在这里都会举行乡村民俗活动“诞会”的演戏，全村的人都要去观看，唯有骥元不出门。他父亲想儿子本来体弱，废寝忘食读书，担心他生病，哄骗他出门观看演戏。骥元不得已去了，但隔着一条沟远望，手里仍夹着一本书，“且看且读”。等到他父亲到了剧场，四处找他，谁知骥元已经回到上课的地方。村里人都认为骥元是个奇怪的孩子。调元说他“年幼苦读，未弱冠而文已如成人然”，还没有到二十岁，但是文章已经很成熟老练了。第一次考试，他失利而归，很丧气，调元安慰他“看你志气很高，不久之后必然不会居于人下”，果然，第二年，“即有县、州、院连取三案首，入庠”，取得进入府、州、县学校读书的资格，深得时任学政吴省钦（字冲之）的器重，并亲自为其改名，将原名“继”改为“骥”，寓意良马，今后必是杰出人才。果然，骥元学霸一路捷报频传，于乾隆四十九年（1784）中进士，成就了李氏一门“四进士”美名，三年散馆后授翰林院编修，成就了李氏弟兄“三翰林”的盛名。时任大总裁、兵部尚书的大文人纪晓岚赞誉说：“吾今科所取皆读书人，而首推者实雨村之弟骥元也。吾昔皆二甲，未得编修，今不缺矣！成吾志者子也！”随后，好运继续跟进，骥元“特旨入上书房行”，为嘉庆帝代拟文稿，前途一片光明。

苍天弄人。嘉庆四年（1799），五月初三，骥元“忽得咯血之疾。始犹勉强上班，因误服凉药，遂至不起，……卒于嘉庆四年己未九月二十二日寅时，时年四十有五”。呜呼！痛哉！

骥元天性孝道，对人友善，兄弟和睦。与“童氏、张氏生有二子，长子五岁膝下无子，次二岁，俱于弟卒后一年夭殇。竟无子，其存唯张氏所生一女而已”。

骥元壮年病故，堂兄调元悲痛不已，在其传记结尾悲责愤问苍天：“岂天能生之，而不能成之欤？……呜呼！天道无知，真是无知矣！”

李骥元生前写了不少诗词。据罗江区作家协会主席、地方文史学人尹帮斌考据，李调元曾经为他的从弟写过《凫塘集》序，书名以骥元的号来命名。我们今天看到的选集，书名定为《李中允集》，是因为骥元曾作左春坊左中允的官职的缘故，这是另一种名集的方法。《李中允集》共六卷，每页有“敷文阁”版记。前有嘉庆六年法式善序、嘉庆七年杨芳灿序、嘉庆十七年龙万育序。每卷卷首有“绵州李骥元称其撰，锦里龙万育燮堂校梓”字样，共收骥元 17 年间（1782—1799）作品433首。从这个集子来看，骥元27岁以前的作品都散佚了。余下的这400余首古今体诗歌，是我们认识骥元的宝贵资料。

骥元擅长写作，古今体兼擅，诗的风格和题材都颇为丰富。清代多位诗评家都论述过骥元的诗歌创作特色。法式善说的诗，“耽苦吟，每当构思，摒弃一切，有薛道衡、陈后山之癖”；杨芳灿说骥元的诗，“忠义激发，如扬衡抵几，慷慨论事也；其至性缠绵，如浣牏捧巵，怡愉笑语也。以至感怀叹逝、羁旅行役之作，忽悲忽喜、忽歌忽咢，生气跃跃，在笔墨畦迳外”；龙万育也谈了自己对李骥元诗的感受：“清如澄练，爽如哀梨；奇如夏五之云，辟如巨灵之掌。其缠绵，往复如冰栏；其卷舒，摩盪如海潮。”著名诗人王昶在《蒲褐山房诗话新编》中说骥元“诗有奇气，亦有逸气”……可见，骥元的诗得到了诗界的高度赞誉。

我们来欣赏李骥元的一首《得家书作》：

羁人每恨得书难，比至书来不忍看。
已为家贫伤米贵，何堪岁暮惜衣单。
霜枯塞草山俱瘦，雨减汾河水正乾。
好挟太行云两片，相随征骑到长安。

素有家国情怀且怀鲲鹏之志的李骥元，长期客居在外，远离家人。这首《得家书作》抒写了作者渴盼家书、收到家书以及对自己贫困家境的挂怀并冀望归家团聚的急切而复杂的心情。“每恨”“不忍”感情强烈；“已为家贫伤米贵，何堪岁暮惜衣单”对家境困窘的逼真写照；“塞草”“汾河”言作者所在地距离家人路途遥远，用自然的变化“霜枯”“山俱瘦”“雨减”“水正乾”意象暗喻自己思家忧家心切而致形销骨立，“好挟太行云两片，相随征骑到长安”，幻想自己挟两片“太行云”，两翼生风，跟随战马到长安，写此诗时作者客居山西汾河、太行山一带，距离几人所在地长安有千里之遥（李骥元有首《全家》诗，首句即为“全家廿载朱长安，日侍庭闱笑语欢”，言明自己的家在长安）。这首诗情真意切，感人肺腑，读来催人泪下。堂兄李调元评说李骥元“尤工于诗，立意学苏”，苏东坡的诗情意深长，语言明晓，此诗即有苏诗之风韵。

清代官员、文学家、李骥元好友法式善在李骥元辞世两年后为其诗集“拜撰”了序，序文结尾：“凫塘兄雨村、墨庄皆以翰林起家，皆工诗，而官皆未通显。是诗者，凫塘之家学。然使凫塘仅以诗传，是岂凫塘之初志也哉！”雨村、墨庄、凫塘为李调元、李鼎元、李骥元的字，法式善对李氏三弟兄的为学为官为诗的理解，可谓知音。特别是末句“然使凫塘仅以诗传，是岂凫塘之初志也哉”可谓深入李骥元灵魂，也为李骥元的壮年早逝、鸿志未酬深表哀痛和惋惜！

下篇：纪念李调元，我们在纪念什么？

向读书人致敬

中华民族何以生生不息？中华文化何以源远流长？

复旦大学哲学系教授王德峰在谈到中国哲学的开端时说：“文化生命就是运用思想的生命。因为运用思想的缘故，我们才能提出生命理想，就是这个民族对未来的筹划。”中国文化的发轫初期，夏商周三代的生活和它所建立的典章制度，为后来的论道做了准备。这就是六部经典著作：《诗》《书》《礼》《易》《乐》《春秋》，简称六经。这就是夏商周三代人民的生活被记载了，被表达了。所以，六经也是史书。《诗经》把中国人最初的诗歌记载了，它的基本风格是淳朴自然，敢于描写现实，开启了中国诗歌的优秀传统，奠定了中国作为“诗国”的基础。人民生活在诗歌体裁中得到表达，也成了历代读书人的精神家园。

文化通过文字得以更为广泛的传播和演进，故中国人历来重视读书。阅读是铭刻在我们这个民族基因里的密码，也是中华民族历经艰难险阻而生生不息的力量所在。中国自古便有崇尚读书的传统。读书人以其广博的知识、深刻的思想和智慧接续传承民族精神，因此，“耕读传家”成为中华民族的优秀传统。

在大致了解罗江李氏“叔侄一门四进士，弟兄两院三翰林”的主要生平事迹后，笔者浏览了部分他们的史料整理汇编书籍和文化论述，选读了一些诗歌作品。

李调元在学术文化上的成功绝非偶然，这要归结到他的家学渊源，同时也是他个人先天禀赋与后天坚持不懈、刻苦努力的结果。

李调元生在书香世家，自幼便在父亲的严格指导下攻读经文，五岁即读“四书”、《尔雅》等经文、史书，他记忆力过人，凡经眼经书大多过目不忘。李调元七岁即能属对吟诗。

这就要说到万卷楼的故事。李调元晚年罢官，回到家乡四川罗江，在其父亲李化楠修建的醒园居住。期间他建楼一座，名曰“万卷楼”。书库建于乾隆五十年。其楼四周“避俗离尘，风景擅平泉之胜。背山临水，烟霞绘辋川之图。手栽竹木渐成林，乐哉”。他以赞赏的心情将万卷楼所在园林取名“函园”，并赋诗：“函园初筑亦悠然，地狭偏能结构坚。叠石为山全种竹，穿池引水半栽莲。拈花偶笑人称佛，戴笠行吟自谓仙。曾到名山游脚倦，此生只合老丹铅。”（《函园杂咏》）

李调元成年后，购买珍稀、善本书籍也是他一生中最大的嗜好，在做官期间，“所得俸，悉以购书”。李调元万卷楼实际上是一座藏书十万卷的庞大书库，时人称为“西川藏书第一家”。李调元诗：“我家有楼东山北，万卷与山齐嵯峨。”藏书“分经、史、子、集四十橱，内多宋椠，抄本尤伙”。李调元每天“登楼校雠”，手不释卷。

同时，李调元一生著述极为丰富，按类别划分，其中少量是对前人著述的整理，包括校刊、纂辑和刻印；大部分则是李调元多年苦心研究的成果，包罗了历史、考古、地理、文学、语言学、音韵学、金石学、书画、农学、姓氏学、民俗学等专门领域的研究成果。万卷楼“忽为土贼所焚”，李调元的众多收藏和手稿付之一炬。他当时悲痛欲绝，“收灰烬瘗之”，并为“书冢”吟诗纪实：“不使坟埋骨，偏教冢藏书。焚如秦政虐，庄似陆浑居。人火同宣谢，藜燃异石渠。不如竟烧我，留我待何如？云绛楼成灰，天红瓦剩坯；半生经手写，一旦遂成灰。獭祭从何检，尤杠漫逞才。读书无种子，一任化飞埃。”

万卷楼被焚后，李调元长期“意忽忽不乐”，三年后郁郁离开人世。

李调元万卷楼珍贵藏书，是四川文化史上的一大丰碑。这一巨大的宝库，不料于嘉庆初年尽焚于匪患。这是四川文化史上一重大损失。

李氏四进士是科举考试选拔出来的优秀知识分子。科举制的创立是封建选官制度的重大进步，科举制把读书、考试和做官紧密联系起来，从而提高了官员的文化素质。科举制度强调文化教育，考核的重点也是诗文、经史、礼乐等方面的知识，这不仅使得古代我国的文化更加繁荣，而且也为后来的文化发展奠定了基础。同时，科举制度还促进了我国古代的教育发展，让更多的人有机会接受教育和文化熏陶。

在罗江走访和查阅资料过程中，笔者深切感到，罗江多年来持续举办多种李调元文化活动，是倡导全民尊重读书人，倡导良好的读书氛围，提高全民文化素养，促进罗江社会全面发展的可贵举措。

向献身乡邦文化的李调元父子致敬

李化楠第二次归乡期间，“为邑侯杨公冕所聘，建东门石桥，造魁星阁，创双江书院。盖杨公以府君精能信实，赖以济事，而府君亦欲倡起人文，不辞烦琐”，所筑魁星阁至今仍存，为四川省文物保护单位，成为历史文化名城罗江的主要文化地标之一。他的烹饪著作《醒园录》，是四川饮食发展史上的重要古典文献之一，其《李石亭文集》，也是一本重要的家族管理与县域治理的珍贵资料。由于李化楠对桑梓文化建设的热心，罗江人举之为乡贤，归葬故里后，入祀罗江乡贤祠，春秋享祀。

李化楠为罗江众多寺庙、河桥撰写碑记，如《重修月峰梓潼宫碑记》《观音寺补修碑记》《新建文昌宫碑记》《同善桥碑记》《月波桥碑记》《余庆桥碑记》。著有诗集《万善堂稿》（集名源于厅堂匾额）和《石亭集》，还有川菜菜谱《醒园录》。

作为罗江历史上传承下来的第一本诗集，李化楠《万善堂集》的主要内容为抒写罗江及周边风景名胜，感悟川西田园耕读生活，记录故乡文化建设与人物，以及歌吟广博情趣和治政得失。

两次丁忧期间，李化楠与时任罗江县令杨周冕结下了深厚友谊，李化楠除帮助罗江知县杨周冕修建纹江书院（李化楠受杨知县所托撰《纹江书院田房记》，纹江书院后改名双江书院）、魁星阁等，为历史名城罗江留下了重要文化遗产。嘉庆版《罗江县志》收录了九篇李化楠文稿，内容涉及纹江书院、明伦堂、观音寺、文昌宫、梓潼宫等。在整理饮食笔记《醒园录》食谱的同时，再次对醒园进行了增修，筑土垣以圈之。

李化楠的诗文为后人认识乾隆中叶的清代社会提供了一个窗口，特别是对罗江具有补史之阙、纠史之偏、证史之讹的作用。

李调元很好地继承了父亲李化楠热心桑梓主动参与乡邦文化建设的家风传统。

乾隆五十年（1785），李调元以母老赎归乡梓，潜心著述。“因曾参与过《四库全书》的编纂，他得以阅读了大量文献，并将其全部抄录下来。”学者王川介绍，归乡后，李调元开始辑撰刊刻大型文献丛书《函海》和《续函海》。这两套文献收录了大量四川文人的作品，钩沉了四川文化的脉络精髓。“如果不是李调元，杨慎的一些语言文字类著作就会失传。”《函海》中还收录了我国现存第一部“断域为书”的方言词汇著作《蜀语》，里面记录、考订明末四川方音词语凡 570 余条，共约万言，非常珍贵。“乾隆皇帝举国家之力才有了《四库全书》，而李调元凭一己之力，就编纂出如此浩瀚的文献学巨著，令世人景仰。”

成都文史爱好者，全国“书香之家”荣誉获得者刘祯贵，考证了“乡邦”一词的来历及对乡邦文化的理解：作为一个地方、区域文化的重要标志，乡邦文献应该是研究地方历史文化的重要素材，然而，《辞海》《辞源》《现代汉语词典》《汉语大词典》等工具书，均未将“乡邦”一词列入词条。在古代典籍之中，“乡邦”有两个意思，一个意思是指家乡的人，如南朝宋范晔《后汉书·度尚传》：“徐字伯，丹阳人，乡邦称其胆智。”另一个意思是指家乡，如北宋范仲淹《代胡侍郎乞朝见表》：“今复还父母之乡邦，逼桑榆之晷刻，解冠归老，决在此行。”乡邦文献就是记述一定区域内人文与自然方面情况的文献，区域范围可是乡、县，也可是省、市。就其内容来说，乡邦文献可分为作者与本地相关的乡邦文献，作品内容涉及本地区的乡邦文献，由本地机构或个人刊刻制作的乡邦文献。

四川省作家协会副主席伍立杨认为，李调元是清代蜀中怪才，诸多成就之外，还是一位楹联高手，“李调元智商情商都很高，各种极难、奇怪的对联，他都能对出来”。为很多人所不知的是，李调元还有一个称谓“沉香研究专家”。伍立杨介绍，李调元在广东任学政的 4 年经历，他对广东的文化也有了深入、深刻、深邃的了解，尤其是他写的《南越笔记》又叫《粤东笔记》，既接地气，又有趣又好读。笔记共十六卷，仔细记载了当地的历史、地理、气候、物产、矿产、人文、风俗。书中对沉香产业进行了详细记载，现在广东等研究沉香的学者，也还是会经常引用《南越笔记》中的相关说法。“在我看来，李调元不仅仅是四川文化的代表，更是中国文化的一个重要代表，因为他不是局限于在四川写东西，他的关注点也不仅是四川，而是足迹应该遍及华北、西南、华中、华南。”伍立杨感叹道：“李调元走出四川了，他是一位具有全国视野的四川历史名人！”

而在四川省文联副主席王川看来，李调元既是一名百科全书式的学者，也是一位非常接地气的、具有生活情趣的邻家阿哥。“越研究他，你越能发现他不像那些高高在上、高不可攀的历史人物，也不像其他才子那样有很多花边新闻、风流韵事，他是清明最接地气的邻家阿哥。”笔者亦认同王川将李调元看成是自然随和、亲切风趣的邻家阿哥形象。

李调元父子作为乡邦文化的守护者，研究守望乡邦文化，保存地方文脉，留住乡土记忆，让后人永志不忘。近年来，罗江连续举办多届“中国·罗江诗歌节”“四川省李调元学术研讨会”“川菜川剧文化周”等活动，就是传承李调元父子优秀的乡邦文化，树立文化自信，利用好罗江这张最大的乡邦文化名片，推进地方文化发展。

人生命运无常，往往是官场少了一位官员，而造就了一代文化大师。就像明代状元、新都人杨升庵，京城为官，前程似锦，却因为“大礼议”、直言相谏而获罪于嘉靖皇帝，两次遭受“廷杖之苦”后死里逃生，被流放到远离京师、远离中原的云南永昌（今保山）充军，是杨氏个人的不幸，却是云南之大幸。云南“因祸得福”，因此拥有了一位来自中原的文化大师，这对推动当时被视为“蛮夷之地”云南的文化发展善莫大焉。李一氓先生认为“升庵功业，当以在云南推行中原文化，使汉族文化与边疆少数民族文化相结合与融合，对中华民族的成长有贡献”。罗江李调元亦如此，获罪返乡，豁达乐观，不向命运低头，以一个读书人的文化自觉，既享受了浓郁诚挚的乡情亲情和闲适的田园生活，也在乡邦文化和诗文戏剧生活中创造，终成一代文化大师。

调元父子的乡邦文化，成为罗江重要的一笔文化遗产。其卓越的乡邦文化精神，也后继有人。在罗江采访期间，和当地文史学者赖安海接触颇多。赖先生长期任职于罗江乡镇和机关，特别是九十年代担任文星乡（后改为调元镇）书记和县文化旅游局局长期间，对李调元文化情有独钟，克服困难，重建醒园，开发建设多处遗迹，将调元故里打造为远近闻名的文化旅游区，积极推动李调元纪念馆建设开放。同时，倡议发起“罗江诗歌节”“川菜川剧文化周”“调元学术研究会”等系列活动，连续举办，影响深远。不仅如此，赖先生还沉潜于书斋，研究李氏四进士生平和著述，以及罗江山川形胜、历史人文、民风民俗，撰写多部地方文化文史著作，创作乡土诗文，受到当地人的敬重。在赖安海先生的带动影响下，罗江地区涌现出肖勇、周荣、尹帮斌、杨俊富、龙敦仁等一批在文旅管理、文史研究、文学艺术创作方面颇有成果的机关干部和社会人才，并且形成了学术研究队伍和文艺创作队伍。罗江优良的传统文化，经过新时代传承人的创新创造，焕发出更加绚丽的光彩。

李调元当年官场之不幸，成为今日罗江文化之大幸！

尾声：不是题外话

四川作为中华文明的重要发源地之一，历史文化积淀深厚，名人巨匠灿若星辰。特别是历史上涌现出的一大批杰出的政治家、文学家、思想家、科学家、艺术家等，承载着中华民族优秀的精神品格，闪烁着四川人民独特的气质风范，在中华历史文化长河中占有独特而重要的地位，是四川发展的宝贵资源和突出优势。

2017 年 7 月 4 日，四川历史名人文化传承创新工程领导小组确定大禹、李冰、落下闳、扬雄、诸葛亮、武则天、李白、杜甫、苏轼、杨慎等 10 位首批四川历史名人。这一重大文化工程引起全国乃至世界关注。

在世人的期待中，2020 年 6 月 5 日，第二批四川历史名人 10 人名单出炉。分别是文翁、司马相如、陈寿、常璩、陈子昂、薛涛、格萨尔王、张栻、秦九韶、李调元。这 10 位名人，作为巴蜀文化的杰出代表，以敢为人先、善于创新创造的突出特点，在中华历史文化长河中开创多个第一，人格魅力光照千秋，功绩成就影响至今。

评选结果一出炉，有关李调元的新闻见诸报端和网络。有代表性的一篇是《第二批四川历史名人出炉，看我们德阳的名人有哪些》，点出了德阳绵竹人、南宋著名理学家、哲学家教育家张栻和罗江人李调元；另一篇是《骄傲！安州的李调元入选第二批四川历史名人》。很多人纳闷：这李调元究竟是德阳罗江人还是绵阳安州人？这毕竟是不同的两个地级市的辖区！

当然，懂得历史的人都知道，1950 年，罗江隶属于川西行署区绵阳专区；1959 年，罗江县并入德阳县。同时河清乡、宝林乡两个乡划给安县管辖，德阳县属于绵阳专区管辖；1983 年，设立地级德阳市，罗江隶属德阳市，从绵阳市分离出来；1984 年，撤销德阳县，设立德阳市市中区；1996 年，由原德阳市市中区析置为旌阳区和罗江县；2017 年，罗江县撤县设区。

与此相应的安州情况：1950 年安县属川西行署绵阳专区；1952 年撤销行署区设置四川省，安县属四川省绵阳专区；1959 年，罗江和德阳并县后，又将所辖的河清、宝林两个乡划给安县。1968 年改专区为地区，安县属四川省绵阳地区；1985 年撤销绵阳地区，安县属四川省绵阳市辖；2009 年，将安县的安昌镇，永安镇，黄土镇的常乐、红岩、顺义、红旗、温泉、东鱼 6 个村划归北川羌族自治县管辖；2016 年，撤销安县，设立绵阳市安州区。

一对比，就明白了。李调元的出生地在宝林乡的李家湾。这宝林乡原来属于罗江县，1959 年，罗江和德阳并县后（县名为德阳）划归安县管辖，但是都属于省绵阳专区。只是到了 1983 年设立地级德阳市，罗江从绵阳市分离出来，隶属德阳市。这出生于两百多年前的 1734 年的李调元，哪里能料想到后世行政区划有如此大的变化呢？

这就不奇怪，当李调元入选四川第二批历史文化名人时，德阳罗江区和绵阳安州区的人们都奔走相告，脸上洋溢着兴奋和自豪。

关于李调元出生地、醒园、万卷楼等基本的史实如下。

李化楠修建的“醒园”（后李调元扩修过两次）是在今调元镇

的云龙坝，即“李家祠堂”，“醒园”其实是李化楠云龙坝李家花园修建的“园中园”，后来遭到破坏，加之被一些农房“占领”，李家花园只剩下了一小角——“李家祠堂”，现已被保护起来。在这里，李氏宗祠《敦本堂存赎》摩崖石碑至今保存完好。

绵阳市政协文史馆2022年9月在网上发布陈永乐写的一篇文章《绵州才子李调元》，说到关于李调元的故里，有两种说法：一说罗江，一说安县。与李调元有关的遗址也有两处：一处在今罗江县云龙坝（今属罗江县调元镇）李调元之父李化楠所建别墅醒园遗址，李调元罢官归里后曾在那里住了5年；另一处则是李调元故里、归葬地和长期生活的地方南村坝困园，这里也是李氏家族祖居地。罗江县长期为绵州直隶州、绵阳防区、绵阳行政督察区、绵阳专区、绵阳地区属邑，1958年建置被撤销，其政区大部划入德阳县（今德阳市旌阳区），宝林和河清两乡划入安县，此后南村坝成为安县属地。1983年10月，省辖地级德阳市建立，德阳、绵竹两县划属德阳市。1996年12月，罗江县恢复建制，但宝林及河清两乡仍属安县。李调元对故里感情深厚，他从醒园迁回南村坝困园后写了一首七律《八月十七日由醒园迁居南村旧宅》：“南村原是祖居堂，何必平泉恶别庄。清福由来神所忌，浊醪尚喜妇能藏。展开万卷楼初上，洒扫三楹桂正香。不是云龙山不好，里仁为美是吾乡。”可见，李调元故里应是今绵阳市安州区宝林镇南村坝。

有一个说法，李调元赎罪归里后，在距醒园3.5千米的宝林乡（1959年3月划归安县）南村坝建成“困园”，其规模较醒园大。这说明李化楠建醒园的地址是今调元镇的云龙坝。

万卷楼地址，毫无疑问是在安州区宝林镇南村坝，笔者到李家坝走访，还看到大院内残存的当年万卷楼的一截土墙。至于李调元墓地，位于绵阳市安州区宝林镇乌龙村，始建于清代，占地面积

400 平方米，墓碑上刻着“大清翰林李公调元之墓”。2019 年 1 月，省政府公布了第九批省级文物保护单位，李调元墓位列其中。

在安州区踏水镇童山村六组李家湾（2019 年宝林镇撤销，划入踏水镇）查访时，一位自称李调元后人的老者说：“我们以前都是属于一个地方管，就是 1959 年才分开的。”问原因，老者颇有情绪地回答：“当时李调元文化并没有引起政府重视，把我们祖上李调元和他留下的一些遗迹划归两个地方，搞得我们今天的后人很不方便。”

确实，外地人第一次来拜谒李调元都会迷糊：德阳市有李调元纪念馆、醒园、李调元读书台、李氏宗祠敦本堂摩崖石刻、李氏宗祠家规碑等，绵阳市有李调元出生地院落、万卷楼遗址、书冢等。

但深入了解，笔者深感欣慰。绵阳安州十分重视李调元文化的继承和弘扬。近年来安州有关李调元的新闻很多，仅随机选几条，看看安州区近年来是如何保护和利用李调元文化的。

2012 年，安县决定启动《函海》重刊工作，并将其列为灾后文化重建重大项目之一。自 2012 年 6 月起，历时近 6 年，经过录入、勘误、句读、审校、排版等工作，在安州区文化工作者的辛勤努力下，《函海》重刊版本于 2018 年进厂印制。重刊的《函海》全书共计 2000 多万字，分为宣纸版和普通纸版，一套 58 册，共有 239 套，其中普通本 144 套，宣纸版 95 套。

2023 年 5 月 6 日，安州区社科联向绵阳社科智库馆捐赠李调元《函海》点校本。《函海》内容涉及魏晋六朝唐宋元明清等朝代，包括历史、考古、地理、农学、医学、文学、方言、音韵、民俗、姓氏、川剧、川菜等很多方面的研究成果，可以说《函海》就是清乾隆以前历代四川学人的专辑总和，堪称古代巴蜀文化的百科全书。

2021 年 6 月，安州区“四川李调元文化研究中心”被认定为绵阳市社会科学研究基地；2021年12月10日，“四川李调元文化研究中心”《李鼎元研究》书稿出版座谈交流会在安州区召开。

不过，罗江区的李调元文化保护和利用工作，也开展得有声有色。

2006年举办的首届“中国·罗江诗歌节”受到社会各界好评，罗江的诗歌文化也因此推向了新高，并被定为两年一届的盛世活动，至今已成功举办八届。每一届诗歌节都用不同的主题把区委区政府重点工作与诗歌文化结合起来，向全国人民展示罗江人文历史、特色旅游和投资环境的良好形象。每年的诗歌节都配套“川菜文化周”和“川剧文化周”系列活动，受到罗江人民和到罗江来的广大游客赞誉，也受到全国主流媒体的关注报道，被央视盛赞为“中国规模最大的诗歌节”。

2023年10月27日晚，2023中国·罗江诗歌节暨大德如阳·调元川菜文化周文艺晚会在罗江区景乐广场隆重举行。文艺晚会在《调元菜香迎嘉宾》的载歌载舞中拉开帷幕，随后《梦回醒园》《烟火四季》《蜀韵调元》《调味养元德阳菜》《德阳味道》等精彩节目轮番上演，通过音乐、歌舞、诗诵、川剧、说唱、聚画、激光等多种艺术表现手法，以情景化的演绎方式无缝连接起现代川菜文化的发展脉络，为观众呈现出虽无锅铲声，犹闻菜羹香的主题意境，彰显诗歌、川菜川剧文化内涵。

最近，笔者在网上看到一些新闻资讯。

安州区宝林镇大沙村，是李调元的出生地；而罗江区调元镇则是他的成长地，李家宗祠也在此处。

2006年，文星镇改名为调元镇，全镇铺开仿古风貌打造。“李调元故里”的牌子也树起来，开始对外宣传，招商引资。

2008年，宝林镇抢先注册了“李调元故里”的商标，为后续旅游开发抢下先机。

2014 年 2 月 18 日，有记者前往两个小镇，听说了一个好消息。“两地要共享资源。”宝林镇副镇长李加成说。“变竞争为合作，共同开发。”调元镇副镇长尹毅也坦言。

“一个李调元，不能分属两个市。这样对谁都不好。合作，是唯一的出路。”李调元研究专委会主任赖安海建议，“在建设成都经济区的大背景下，建立一个协调机构，专门协调两地资源共享，共同打造‘李调元故里’，使之成为四川特有的文化品牌。”

笔者无意于评说安州和罗江在保护和传承李调元文化方面谁做得好，在走访和实地考察中，深切感受到，两地政府都高度重视，都在尽力而为。历史虽然有吊诡处，但后人总是会勉力弥补疏漏，笔者还暗暗感觉到，罗江和安州两地不仅不为此事争辩，反而在如何保护、挖掘、合理利用李调元文化促进地方发展的工作上，在暗暗较劲，看谁做得更好。

略坪：一方山水养多方人

对于罗江略坪镇的印象，笔者有一个从不甚了解到不断加深的过程。这一过程，是从实地走访、田野考察循序渐进逐步完成的。从感官印象到理性认知再到感情变化，直至热爱这方不显山露水却内藏玄机、充满神秘诱惑的土地。古人有俗语“一方水土养一方人”，其实，这句话还有下半句“一方山水有一方风情”。行走在略坪土地上，笔者深刻感受到，略坪这一方水土，不仅能养略坪“一方人”，还能养略坪之外的“多方人”！

“略坪”地名由来：古称赤祖，因西汉隐士赤祖于镇西北秀龙山修道成仙而得名。唐、宋迄清置略坪戍所，故名。

略坪镇的历史沿革：永康二年（301），李特率宗人置北营于秀龙山，自称营主、大将军，并筑天台于赤祖岭。同年，宗人在李特的领导下起义，大败晋军，攻战广汉，进围成都。公元303年，李特自称益州牧，建立政权。李特战死，其弟李流率领部众继续战斗。李流病死，李特之子李雄被众军推为首领，攻下成都，自称成都王，移万安县于潺亭（今罗江），迁绵竹县治于赤祖。公元306年，改称皇帝，国号大成。咸和八年（332），尽有益、梁、宁三州之地。之后，李特之孙李寿改国号汉永和三年（347），桓温率军北伐入蜀，李特四世孙李势降东晋，国亡。

自李特于赤祖起兵反晋，至李势降东晋，历时 47 年，史称“成汉”政权为两晋南北朝“十六国”中最早建立的国家之一，是秦代以来第一个以成都为中心的少数民族割据政权。

但笔者还是对“略坪”这个陌生的词语好奇。还是在与略坪镇分管农业的副镇长杨勇的聊天中，知道了原委。杨勇说，略坪，就是“略微有点平”的意思。成都平原北边尾部到丘陵地带的过渡区。现在的略坪镇有十个村一个社区，其中有两个村属于完全的丘陵区。

略坪地处浅丘，1939 年设略坪乡，1958 年改公社，1984 年复乡，1986 年建镇。位于县境西部，距县城 12 千米。富饶的绵远河、㵴水河穿境而过，生命相连的人民渠环绕四周。2022 年年末，略坪镇辖区面积 55.77 平方千米，辖 14 个行政村，1 个社区居委会，略坪镇总人口 3 万人。是安州、罗江、绵竹、旌阳三区一市的交汇地，距德阳市区 25 千米，距绵阳市区 35 千米，紧挨成绵高速公路，交通便利，略坪是省级环境优美建设示范镇，境内隐逸山被命名为“省级农业生态小区”。

到略坪做田野考察时，笔者认识了长玉村五组的丁第伦老先生。丁老虽年过九旬，仍是鹤发童颜、神采奕奕。在谈到略坪人文历史时更是口若悬河。为了让我们更好地深入了解略坪镇，丁老还乘坐我们的车到自己家里让他的儿子丁柏生翻箱倒柜找出了一本由略坪镇已经过世的本镇乡志撰稿人李其根编撰的《古镇轶事》。

《古镇轶事》中记录：东晋时期，略坪为广汉郡绵竹县属地。唐宋时期，略坪划为汉州德阳县辖区，包括柏社镇、灵龛镇（广济桥一带）和略坪镇在内，为汉州的三个边防重镇。其中柏社镇，属于平坝地区，灵龛镇，属丘陵地区，唯略坪位于绵远河与㵴水河之间，平坝和丘陵各半，故名“略坪”。清初略坪划入直隶绵州罗江县境内，各省移民先后入川插占为业，人口逐渐增多，农业逐渐发展。何为插占？在过去听老人们讲，“插占”是指清初，外省人到四川来垦荒。当他们选好地址后，在要开垦的荒地周围，“插”上竹签子、削了皮的白色树枝、挽的草把或几块石头等做标记，“占”为己有，作为永业。有的地方又叫“插草”。“插”上就“占”有了。当时，手续很简单，向乡约里长报告，已占开垦田地位置、四至（四面的边界）、块段、亩数，及载粮情况。

雍正八年（1730），乡人覃泰山、张金山、刘和山等为振兴略坪发起重新开场活动，带动工商业的发展。道光五年（1825），重建场北文明桥后曾一度改为文明场，不久自然消失。1928年，川军旅长黄正贵（又名黄福堂）进驻略坪剿匪后，改略坪为福堂镇，次年恢复原名沿用至今。

探知这个民俗异禀的古镇，在村落与村落之间踏寻，笔者把古镇沿革之秘籍收录于行程之中。

略坪风物依稀在

在古朴的略坪街市里，这里没有鳞次栉比的摩天大楼，却有穿巷而过、临街而建的石木结构老店，让人仿佛置身于世外桃源。在人流并不多的街道，感受一份宁静。只见老人们悠闲地叼着烟斗，喝着闲茶，三四个老者，打着少见的长牌。我们落座一处街边小饭店。在等待饭菜端上桌的间隙，与饭店老板攀谈起略坪旧事。一会儿，一位精神矍铄的老人开着机动三轮车到饭店收潲水。老板说要知道略坪故事，这位老尹知道得多。

老板口中的老尹，本名尹显德，与新中国同龄。尹大爷是个热心肠人，得知我们此行的来意后，饭后就把三轮车寄停，坐上我们的私家车带着我们奔向位于他家所在的建国村的诗歌博物馆。

建国村坐落于罗江区略坪镇西北。过去的建国村，按村民的说法是，晴天一把刀，下雨一包糟。在干燥的晴天，尘土飞扬，满脸尘埃；若是遇上雨雪天气，道路泥泞。在改革开放这 40 多年里，建国村旧貌换新颜，越来越多的外地人发现这是个好地方。

诗歌博物馆与诗歌广场

2008 年，首家中国现代诗歌博物馆建于建国村省级生态小区秀龙山原始森林中，将现代诗歌艺术与古老的原始生态有机结合在一起。

诗歌博物馆是一座充满诗意而又富有时尚气息的博物馆。尹大爷说，罗江之所以把诗歌博物馆建在略坪镇，除了依靠建国村良好的地理环境，还有就是他老婆娘家人长玉村的一位同姓族兄弟丁兆林牵线修建的。据说丁兆林曾是清华大学的教授，后来改行做了新华社记者。在尹大爷的口中还得知丁兆林祖上还有一位做过山东巡抚中堂官的，此人叫丁玉斋，他把儿子丁识一送到拔贡刘秀才那里学习，继又送到成都文学院深造，在 20 世纪 30 年代初文学院并入四川大学，丁识一幸运地拿到了大学文凭，成了略坪第一个大学生。关于丁家的故事李其根先生的《古镇轶事》也有记载。

诗歌博物馆建成后，成了各地诗人到罗江的网红打卡点。罗江诗歌博物馆占地 10000 平方米，其中主体建筑面积 1300 平方米；博物馆共有展厅、陈列室、多功能厅、松林书吧 5 个板块；收藏了现当代著名诗人诗集 600 余件、手稿 29 件。诗歌博物馆展区以时间为序，从“五四”到新中国成立时期，将中国诗歌史上重大的诗歌活动和诗人都进行了系统展示。从徐志摩到闻一多，从胡风到卞之琳，几乎囊括了中国诗坛上的众多诗人名家。

我们到达诗歌博物馆原址，只见有工人在用电焊焊着绕山梁的环形铁梯，空落的原址，已经不见诗歌博物馆踪影。原来，诗歌博物馆年久失修，现已拆除，待重新修建，这使我们释然又满怀期盼。

盛夏骄阳似火。我们又来到诗歌博物馆附近的诗歌广场，也不见人影。广场中心围成一圈竖木，排列着古代名家诗人的诗句。如出自唐朝王维的《山居秋暝》：“空山新雨后，天气晚来秋。明月松间照，清泉石上流。竹喧归浣女，莲动下渔舟。随意春芳歇，王孙自可留。”当然也有诗仙李白的醉酒诗句，清代诗人查慎行的《村家四月词》“山妻赤脚子蓬头，从此劳劳直过秋。海角为农知更苦，合家筋力替耕牛”也在其中。

昔日规模宏大的天台寺

重阳之日，镇文化站为略坪镇的老人们举行节日演出活动。我们来到这里，与熟悉略坪历史的多位老人攀谈起来。从他们口中，我们得知了不少鲜为人知的略坪掌故。

略坪位于绵远河与灗水河之间，玉女埝环绕全场，形成一道护城河，不仅地理位置优越，水源充足，又类似古城池的建筑风格，过去在场镇四周的进出口通道上有四座石拱桥，在通往罗江、德阳方向的拱桥一带建造约 200 米长的土城墙和一座有几个炮台的城楼，此外还有更多的宫庙和大栅门，遍布全镇，还存在八宫、九庙、十门。

八宫：真武官、天后宫、三元宫、帝王宫、万寿宫、普济宫、南华宫、火神宫都是前清各省移民的会馆。

九庙：牛王庙、观音阁、慈恩寺、代家寺、涌泉寺、迎龙寺、广福寺、中山寺和天台寺都是烧香拜佛和休闲活动场所。

十门：东南西北街的晨钟门、南薰门、涌金门、拱晨门、乾泰门、行素门以及米市坝迴龙街猪市坝、德阳桥的四道大门，都是防匪、防盗的大栅门。

岁月流逝，当年的盛况早已不在，仅存于老人的记忆中。唯有天台寺这一古庙经过捣毁——重建——再捣毁——再重建之后，面貌焕然一新，现已成为全镇唯一的佛教文化旅游景点。

天台寺位于略坪镇建国村，始建于清乾隆十六年（1751），原有大雄殿、观音殿、七佛殿、地藏殿、天王殿、三圣殿共六殿，同治七年扩建东西两廊。人与自然和谐共生，据传寺内有难得的大自然灵气，这里先后有信果、觉慎等僧人主持佛事，教众云集，香火旺盛，文人墨客也在此留下诗文。蜀中大才子李调元在乾隆五十三年（1788），从通州回罗江闲居时曾为天台寺题写下碑铭。

▲ 天台寺（徐琦琪 / 摄）

清代雄伟壮观的广福寺

尹显德大爷得知我们要去广福寺，又热情地做了我们的向导。

广福寺位于广福的街道口，庙旁有民宅和一通商铺。让原本该庄严肃穆的古庙显得窄隘。庙门关着，庙门两侧有对联一副：广大居士兴香火，同来福地结善缘。守庙人居士李杜琼婆婆开门把我们迎进寺这里。广福寺现存念佛堂、观音殿、大雄宝殿。观音殿前有清末秀才杨兆庆所做的一副典型劝世联：暮鼓晨钟惊醒世间名利客，经声佛号唤回苦海梦迷人。

广福寺也曾经和天台寺一样雄伟壮观。观音殿前立有一石碑。石碑正面刻有碑记：略坪镇宗教场地广福寺，此庙建于大清王朝雍正年间（1723—1735）湖广人移居四川定居后，在绵州罗江县略村五甲湖广沟（现略坪地区）开始建修寺庙。当时由行善之人游泽文和万鸿藻、万鸿洲、雷贵明等，牵头投地、捐款、捐物共建了广福地区最大而壮观的寺庙——广福寺，直到同治年间才全部建成。

雍正年间首建观音大殿和大佛殿，乾隆年间建三清大殿和孔子殿，嘉庆年间建关圣殿、牛王殿，道光年间建十二殿等，同治年间建庙门和戏合教堂、书房、住房、厨房等共八十三间。当地人说，几位行善捐建人热心捐资助庙，救济于民，后来都得到了果报：游广福，别名游念如，原民国川军任旅长，后投诚共产党；万开模，号名万守之，西昌地区官员；雷家声，号名雷光第，考上秀才后回乡办私塾。原庙后来被毁坏拆除。二十世纪末，虽经过众人多方努力捐赠筹建此庙，早无原来规模。

大门口侧有一半截残碑，碑上文字不齐全，但仍然能清晰可辨“绵邑丙子科举人郭杰□（后一字不可见），邑廪膳生姻眷晚杨廷杰、邑禀膳生愚堂弟黄耀光，恳供，禀请。太子少保头品顶戴四川总督部堂丁钦命，四川全省提督学院监察御史郎”等字迹。

当地人雷定科和黄文钊编印《广福寺历史故事》小册子，开篇一首词：堪羡福地形胜，佛门数万人家。广福自古最繁华，晨钟暮鼓佛声。寺庙珠玑锦绣，风流人物豪奢，菁葱奇树身披裟，真是堪描甚画。

黄葛树参天的迎龙寺

迎龙寺又叫游龙寺，位于略坪镇广福村，庙大门前大坝边山地上有“迎龙寺简介”石碑。由于石碑被风吹日晒，碑上长有青苔，阅历颇盛的尹显德大爷，就近扯上一把树叶，对着碑面用力擦拭，字迹顿时显露出来，可惜有的字迹还是模糊不清。

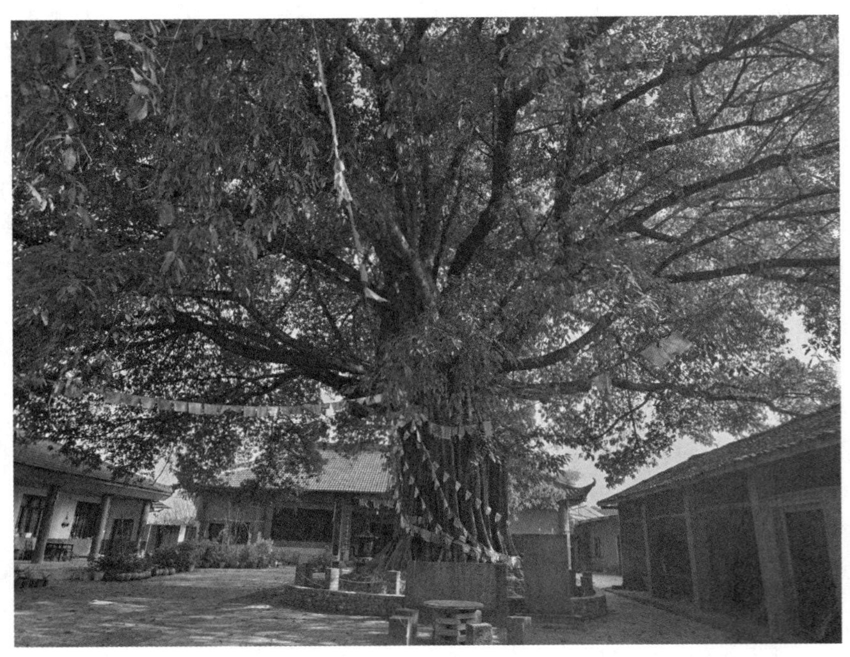

▲ 迎龙寺（徐琦琪 / 摄）

进入庙内大院，看见身穿袈衣的年轻女尼住持惭云，问之是两年前从附近广汉一家寺庙过来的。

惭云住持戴了副眼镜，白净的脸上，是出家人特有的慈祥与安静。迎龙寺坐落在崎岖山路的顶上，山虽不高峻，但远离集镇的丘陵深处，难见香客踪影。

寺庙不大，但因庭坝中央生长着的一株枝叶参天的黄葛树而让人感觉古意浓郁。惭云热情地带我们参观寺庙，并讲解迎龙寺的来历及影响，在惭云简易办公室的电脑上，我们看到了迎龙寺的简介。

迎龙寺位于广福镇前龙村，建于明朝年间。道光四年和光绪二十八年曾大规模维修，民国时又添色彩，使之焕然一新。寺庙位丘陵山顶，瀶水河流直泻寺庙脚下。其水源始于安州永河乡，流水湍急，浪涛翻滚，洪水时期则水势奔涌，咆哮声远，犹如活龙飞驰，山水相依，景色独绝。

此寺庙为四合院布局，总占地面积为三千六百平方米，坐南朝北立，建有前殿、中殿和东西厢房。此前部分殿堂有所毁坏，现存有前殿完整无缺。寺山门右侧有清同治五年（1866）刊立的兴修曹家堰水利石刻碑一通。殿前左右两侧立有雌雄石狮一对，毁坏的后殿有原清代四川名宦罗江知县杨周冕亲笔题“灵气浩然”楷书木匾一块。木匾长 2.5 米，宽 1 米，厚 6 厘米。寺庙右侧约五百米处，有清代才子李调元夏日游乐的瀶水河和曹家堰，河对面是连绵起伏的小山丘和森林。山、水、林、寺相映，形成了略坪镇独特的自然景观。

迎龙寺的由来，传说是唐朝天宝年间，唐明皇李隆基与杨贵妃进川时路过此地，当地老百姓为求天子好运，筹资建庙而名。2001 年 3 月，迎龙寺被罗江县人民政府核定公布为县级文物保护单位。随着旅游资源的开发，迎龙寺将成为罗江黄金旅游线上的重要景点之一。想当年马嵬坡兵变，令天子唐明皇越加惶恐，而入四川境或许心安了几分吧。

关于迎龙寺，当地的老百姓却还有另外一种传说。他们说明朝时期，一位皇子为探访民情微服私巡到达广福，见当地有小孩子高举着草木制作的龙在玩闹。皇子好奇便问小孩，一孩子答这是游龙，另一小孩高呼道："游龙到此，天下祥瑞！"皇子不由思忖，自古皇帝都把自己比喻成龙。我乃皇子，小孩言游龙难道不是谶言我将成为未来的皇帝吗？不想数年后，当年那位皇子竟被言中，果真成了帝王。于是宣圣旨在此地修建游龙寺。

惭云住持还告诉笔者，迎龙寺还有个名字叫歧竹禅院。在赖安海先生的《罗江百景诗钞》中写道：游龙寺，清同治时改迎龙寺。清嘉庆《罗江县志》卷十九《寺观志》：城西北二十五里，有竹一本两歧。邑人改为歧竹禅院。寺有黄葛树一株，大十数围，有清咸丰罗江、安县二县令共判曹家堰水利纠纷案碑一通，今存罗江县博物馆。并附诗《歧竹禅院》："古榕华盖承雨露，一本二岐歧竹禅。锦水游龙衍圣泽，罗安知县判堰泉。"

寺庙中心的一株黄葛树四季常青。黄葛树别名黄葛树、大叶榕树、马尾榕、雀树。它在佛经里被称之为神圣的菩提树。黄葛树茎干粗壮，树形奇特，枝杈密集，大枝横伸，小枝斜出虬曲，悬根露爪，蜿蜒交错，古态盎然。据考证，迎龙寺里的此棵黄葛树生长于唐代，树枝交错，四季都有成群结队的雀鸟栖居；春秋两季常有一身雪白的小蛇爬在树枝上，每到夜晚，树上犹如一根根荧光灯在闪闪发光，煞是好看；冬季换叶时，总是一半一半轮次着换叶；一片叶片半边已枯黄，而另一边还是翠绿，见过的人都认为是罕见奇观。

此树冠覆盖面积广，根系发达，错综盘结，枝叶茂盛，犹如皇帝出行的华盖。据传说这棵树还是绵竹县令为迎接圣驾所植，故称之为"迎龙榕树"。

这株黄葛树已列入罗江名木古树保护名录，名录中标明：估测树龄1200年，树高19米，周长361厘米，属于一级保护名木。在罗江区古树名木登记在册的326株保护名录中，一级树仅有四株，略坪镇迎龙寺内的这株黄葛树是树龄最长，树身最高最大的一株，十分珍贵。

略坪老人的会馆记忆

会馆是旧时代科举制度和工商业活动的产物，是一种独特的文化现象。

略坪是个有近800年历史的古老场镇。罗江是四川成德绵经济带的重要走廊，略坪镇也曾经出现过不少会馆。这些会馆多是长年来往的商人们修建的商务会馆。

走访中，略坪一位老人给我们说，在他们的记忆里，湖广会馆和广东会馆，还有江西会馆就有点类似商业交易的会馆。老人列举了略坪几处会馆，如湖广会馆（又名真武宫），位于略坪西街，正殿为祖师殿，两侧有走廊和钟鼓楼，通过乐楼和过厅，雕梁画栋、金碧辉煌，馆内有大香樟树二株，浓荫蔽日，地面全嵌菱形石板，宏伟壮观，为略坪之冠，解放后改为粮站；广东会馆（又名南华宫），位于略坪顺河街，前有乐楼，中有报厅，两侧有厢房十多间，正殿供南华祖师，民国初年建学校于此，现为初中校址；江西会馆（又名万寿宫），位于略坪东街，为四合院型建筑，大门为牌坊形，高三丈余，石刻对联，人物形象较多，造型工艺生动，占地面积三四亩，周围树木不少，解放前办明文中学，现为小学幼儿园校址。

明末清初有大量的外地移民迁入略坪，略坪曾经存在过的湖广会馆、广东会馆、江西会馆以及陕西会馆、福建会馆，包括火神宫的（六省会馆）都应缘于此。

陕西馆（又名三元宫），位于略坪正街，前有乐楼，后有正殿，两侧有钟鼓楼，中间有大香樟树二株，正殿后有片森林，80年代建有一座大剧院，历来为区、乡政府所在地，现改建为商业街。

火神宫（又名六省会馆），位于略坪顺河街，大门为乐楼，大殿塑的是火神，二殿供的城隍和判官小鬼，狰狞可怕，中间有大片空隙地带，前后植大白果树二株，每年的七月十五日群众习惯把城隍（木雕的）抬出游街表示考查人间善恶，提醒人们改恶向善。解放前为哥老会操纵的公开赌场，是川剧经常演出的场地，解放后改为略坪中学的操场和宿舍。

福建馆（又名天后宫），位于略坪正街，建有包括大殿在内的七间铺面，大殿塑的妈祖，背向正街。相传建馆时，与地方一家钟姓望族争地不成，结果只建成大殿七间、厢房五间而告终。支离破碎，大门俱无，解放后划拨为供销社生产资料门市，供销社解体后，卖与个体商业经营。

会馆在当地也做过不少助学的公益之事，一时传为佳话。《德阳回首录》一书中《文教史话》这一章，略坪本地文化人李道五的《略坪乡兴教的曲折历程》文中有这样一段话：

> 据蒋硕辅先生所撰《略坪两等小学堂记》中说：“……略坪旧设初等小学堂一所，旋增为六，每所有学生三四十人，数年无可升高小学堂者，间有一二又苦无进城就学的费用。初等小学堂居街的学生，今岁入此校，明春又进彼校读数年仍是学一年级的学科……街上的高等小学堂的毕业生学业得优等者，也不过数至加以压人……”蒋先生洞察当时学堂的症结所在，赞同石条南先生的倡议创办略坪“两等小学堂”。于是两先生乃邀集几个会馆首事，筹办学经费，各会长慨然捐田二百余亩，作为学校的常年经费，得到县知事杜焕章和县视学李秋帆的许

可后，乃于1911年的春季，合并万寿宫、真武宫、南华宫、慈恩寺四所初小，成立略坪两等小学堂。以南华宫为校地，蒋先生任校长，石先生任监学，教员十数人，新旧学生达300左右，分高等甲、乙两班，初等分四个班。开办之初，乡人无不欣然色喜，寄以很大希望。

时光飞逝，正如老人们所聊到的和已过世的李其根在《古镇轶事》里所讲的这些会馆古迹，经过百年来的风风雨雨，全都面目全非，有的仅保留下几株古树。

略坪山歌巴渝调

略坪的古代巴歌很流行。在略坪镇政府的小会议室，镇上有名的文化人杨兴富和我们聊起了略坪巴歌的话题。

这略坪巴歌的来历，永康二年（301），李特率宗人置北营于秀龙山，自称营主、大将军，并筑天台于赤祖岭。据《华阳国志》中记载“李特字玄休，略阳临渭人也。祖世本巴西宕賨民。所谓‘賨’”，《说文解字》贝部：“賨，南蛮赋也。”《康熙字典》从其义，徂宗切，并音“悰”。引《晋书·李特载记》：“巴人呼赋为賨。”又，《说文》蛮：“南蛮，蛇种。”历史上并没有“賨”赋这个税种，而是特定人群对承纳赋税的叫法，西汉扬雄《蜀都赋》：“东有巴賨，绵亘百濮。”据记载，夷人向朝廷缴纳赋税的形式有两种：以布代赋叫“賨布”，以钱上税叫“賨钱”。《华阳国志·巴志》叙述“白虎之患”后，又说：“汉兴，亦从高祖定秦有功。高祖因复之，专以射白虎为事，户岁出賨钱四十。故世号‘白虎复夷’，一曰‘板楯蛮’。”板楯蛮即古之巴人。主要分布在四川东北部的营山、阆中、巴中、渠县等广大地区。因巴人中的彭人助武王伐纣，使用木板作为楯牌，所以被称为“板盾蛮”并受到周王朝的优待。板盾蛮、复夷、賨人是不同时期对巴人的称呼。

李特的先祖本属于现今达州渠县的賨民，一晃历史已千年，李特的宗人和部队在略坪这块古老的田地上留下了浓重的一笔，他们也一定在略坪这方天地中与本地宗人联姻。因此，在略坪镇80年代前所唱的山歌，都带着浓郁的巴渝唱腔。

出生于1951年的略坪本地人杨兴富，对略坪历史文化如数家珍。聊到略坪巴歌的话题时，他显得颇为兴奋：“巴歌，我们这里又叫山歌，还叫秧歌。”但这种秧歌又不是北方延安那种秧歌，而是如船工号子。

聊着聊着，杨兴富老师清了一下嗓子，即兴唱了几首略坪地区流行的秧歌：

> 哎那，太阳哦，哦哦——，落坡了就要，嗬呀，嗬呀——

听起来曲调婉转，余音悠扬。

杨老师兴致一起，接着又唱了一首：“大田栽秧沟对沟，捡个螺蛳往上丢，螺蛳晒得大张口，幺妹晒得汗长流……”

“再来一首情歌吧。”杨老师随即又唱了起来：

> 幺妹担水扁担长，双手摸着桶梁梁。
> 缸子还有半缸水，假装担水好望郎。

经杨老师独特的乡音一唱，歌调在小会议室回旋飘散，笔者听得入迷。杨老师说，他还搜集有略坪“土秀才”提供的山歌，他把歌词念了出来：

高高山上一头牛，口含青草哭流流。
我问牛儿在哭啥子，它说千斤犁头万斤耙。
一年四季拉犁头，哪年哪月瘟倒了，
再也不用我拉犁头。

杨老师还说在他年轻的时候，有时会到乡下驻村，听到过一个端公（在过去医学不发达时，用巫术给人治病祛灾的人）唱的山歌。歌词如下：

清早起来雾沉沉，拿把弯刀进竹林。
砍根竹儿又不成，走到半路挨雨淋。
儿子都说送伞去，媳妇却说等他淋。
到底儿子是亲生的，到底媳妇是外姓人。

唱山歌是20世纪80年代之前农田还没有包产到户时农村群众的传统习惯，其数量众多，题材广泛，主要是人们从事农牧、生产劳动中产生并演唱的歌曲，也包含了生活类的歌曲，其内容和形式多种多样，背、挑运输方面的山歌占很大比重。

“80年代包产到户，山歌就少了，也很少听到唱了。”杨兴富老师不无惋惜地说。

罗江山歌不仅略坪有，毗邻的鄢家镇也有类似山歌，比如，《栽秧歌》：

山歌好唱口难开，樱桃好吃树难栽。
白米好吃田难种，鲜鱼好吃网难开。
太阳落坡哟往西梭，庞统哟死在落凤坡。

刘备呃哭得哟肝肠断，万里呃江山哟靠谁个？

《石工号子》：

天上走云云撵云，地上狮子撵麒麟。
金丝猫儿撵耗子，隔壁幺妹撵男人。

罗江山歌流传已有近两千年历史，传承形式为民间传承与父辈传承。现在虽然唱的人少了，但罗江很重视文化传承，把这些山歌、民歌都纳入了非物质遗产进行保护。

略坪人物精神在

人们常常用“钟灵毓秀，人杰地灵”形容一个地方凝聚了天地间的灵气，孕育着优秀的人物。略坪这方土地也出过不少历史上有影响的人物，他们是略坪历史的创造者、见证者、智慧的传承者，也是人性的镜像和激励的源泉。通过了解他们的故事和思想，我们可以更好地理解略坪历史的脉络，汲取智慧和力量，塑造自己的人格和价值观，感受历史的魅力和力量。这些历代知名人物塑造了、丰富了略坪深邃丰厚的人文精神，成为略坪文化传承的重要组成部分，也是略坪人一笔重要的精神文化遗产，能有力推动略坪镇发展和开启略坪更加美好的未来。

历史人物是情感共鸣和身份认同的源泉。略坪人说起略坪镇历史上的名人，自豪感油然而生。

李特：以略坪为据点开创成汉的蜀王

说到略坪的历史人物，最早的就是李特。李特，字玄休，祖籍巴西宕渠（四川渠县城坝村）。他虽姓李，却非汉族，而是氐族人。李特出生年代不详，但根据他儿子的出生时间推算，他应该出生于公元250年左右。

《晋书》和《四川通史》《成汉史略》记：晋惠文帝元康六年（296），氐人齐万年造反，关西一带兵祸扰乱，加之连年大荒，饥饿遍野。秦雍二州的天水、略阳、扶风、治平、武都、阴平等六郡十余万难民于元康八年纷纷东进或南下，流亡到汉中盆地打工就食。

一时间，汉中人满为患，一个郡又怎能承担起这么多人的就食之需呢？于是流民继而顺金牛道南下经剑阁入蜀，汇聚在罗江白马关（三国之前此关称绵竹关，西汉置绵竹县的治所在附近的黄许镇）一带帮工讨食。流民滞蜀期间，正值新任益州刺史赵廞走马上任。赵廞的祖籍是巴西郡安汉县（今南充一带），其祖随张鲁（道教天师张道陵的孙子）内居汉中。而流民领袖李特的祖辈也是巴西郡宕渠县人，在张鲁做汉中王时，以鬼道教百姓，巴西賨人敬信，时值天下大乱，李特祖辈也和赵廞的祖辈一样举家迁往汉中，客居杨车坂。曹操在攻克汉中收服张鲁后，李特的祖父李虎带领五百多户賨人归附曹操，被曹授以将军之职，并迁移到略阳以北地区，号称巴氐。李特父亲李慕，官至东羌猎将。自李虎以来，李氏就是略阳賨人的望族。李特本人年轻时就在州中任职，身高八尺的他不仅有勇有谋，而且还见解不凡。善骑射的他性情沉稳刚毅有度量，为人仗义好打抱不平，因此州中一些有实力的人都归附了他，这次流民能够抱团入蜀就食，他就是其中的引领者。

永宁元年（301）春，赵廞派长史费远、蜀郡太守李苾、督护常俊率万余众进剿绵竹，被李特击败，李特乘势进攻成都。李特进入成都，同年，晋惠帝又任命梁州刺史罗尚为平西将军、益州刺史，罗尚到任成都，李特、李流兄弟率众退回赤祖（略坪）、潺亭老营。然而，罗尚却强行遣返流民，李特就在绵竹建起大营，用来安置流民。众人举李特为镇北大将军、李流为镇东大将军，其兄弟子侄和各郡流民首领皆有任命，各守其职。李特一边写信给广汉太守辛冉请求宽限时日，一边“缮甲砺兵，严阵以待”。接下来两年里，官府不断派兵攻伐进剿流民，皆被起义军打败。太安二年正月，李特攻打成都，蜀郡太守投降，李特入城后扎营少城，大赦天下，“唯取马以供军，余无侵掠”，改元建初。

由于建政之初，李特分散了兵力，这给了对方可乘之机，罗尚派兵袭击李特的兵营，各土堡全都响应，连续战斗两天，李特因兵少不敌而败走新繁，罗尚的军队撤回时，李特又追击他们，转战三十多里。这时晋军荆州兵赶到，与罗尚形成夹击之势，李特的军队惨败，罗尚在新繁官桑斩杀李特和李辅、李远等人，流民军退守于赤祖和潺亭，分东西二营把守。李流保东营，李特儿子李荡、李雄保北营。三月，罗尚遣军再攻绵竹，在三面受乱的情况下，李流对付南面毗桥的常深；李雄、李荡去涪县镇压药绅、杜阿的反叛。赤祖北营空虚，罗尚军左汜攻入北营，起义军符成、隗伯叛变成为内应。李特妻罗氏在此危急时刻，披甲上阵，挥戈杀敌。在激战中隗伯刺伤罗氏的眼睛，而她的战斗意志更加高昂，大大鼓舞了士气。从早上战斗到中午，直到李流破常深，李荡、李流破药绅，他们回师助罗氏，把左、黄打败，才扭转了形势（李雄母罗氏参加这次战斗并取得胜利，为以后流民军驱走罗尚，占领成都，李雄在四川建立“大成国”具有决定性意义）。李流、李雄乘胜追击退兵，径抵成都，罗尚闭城自守。在追击中，李荡阵亡。这时，荆州兵攻占了德阳，形势危急，继任者李流深感恐惧，在妹夫李含劝说下，五月降于荆州兵前锋、建平太守孙阜。李雄却坚决反对，独自率军袭破孙阜军，杀伤甚重。正在此时，荆州兵主帅、刺史宗岱在垫江病死，荆州兵只得退回荆州。六月，李雄攻占郫城（今郫县城关）。九月，李流病死。李雄继续统军，称大将军、大都督、益州牧，立都于郫城。十二月，李雄大败罗尚，攻入成都大城，任命严柽为蜀郡太守。晋惠帝永兴元年（304）十月，李雄称王成都，改元建兴。因有感潺亭、赤祖的根据地大成了伟业，为祈求开国万安，遂移梓潼水尾万安县于潺亭。在成汉政权建立的43年间及以后的东晋，由于罗江流域的万安县水草丰茂，有“宕田、平稻田”，为巴氐人立国之基，故为巴氐賨人所钟爱，多定居于此。賨人信鬼巫，强悍而好歌，于是产生了《巴歌》，渐盛传至唐，成为蜀地及长江流域百姓祭祀求雨、节庆演唱和僧侣说教之歌，流传广泛。

简言之，大将军李特战死沙场后，其弟秦文王李流收拾残兵败将，接管其部，自称大将军、大都督、益州牧，不久病死。李特及李流死后，李特的第三子李雄自称大都督、大将军、益州牧，继领部众，攻下成都，据有益州。在成都称帝后，追尊李特庙号“始祖”，谥“景皇帝”。《中国帝王图志》也把李特作为成汉王朝的开国之君。

在历史长河中，推算起来蜀地共有八次建国（王朝）的经历，它们是古蜀、成家、蜀汉、成汉、天正、前蜀、后蜀、大西等八个王朝，除古蜀国立世有千年之久外，其余七个王朝均为割据政权而未能超过半个世纪，最短的要算萧纪的天正和张献忠的大西王朝，不足两年便从历史的星空中迅速划过，未留下太多痕迹。而成汉国却是其中唯一一次流民起义，成汉立国43年，算是长命王朝，而且是五胡十六国的第一个少数民族建立的国家，其强盛时期，统辖区域包括今四川和云南、贵州的各一部分。

略坪文人：南宋两进士一文豪

——进士孙观国与李良臣及子文豪李流谦

罗江本土文史学者赖安海著的《打捞罗江碎影》书中，我们了解到南宋高宗绍兴二十年（1150）进士孙观国和宋徽宗五年（1115）进士李良国以及他的儿子宋朝一代文豪李流谦的事迹。

南宋进士孙观国最早出现在《打捞罗江碎影》的《罗江书院兴废考》中：“南宋绍兴二十七年（1157），罗江学子孙观国中进士首开罗江人文蔚起之先，历彰州司马参军，遂宁府、泰州教授，曲水、丹棱知县，简州、陇州、嘉州知州，皆有能名，积官至朝奉大夫。治政平易，以削奸除恶为务，有仁者之勇。善为文，不事雕琢，亦工诗。著有《游吴录》十卷，《龙州笔录》十卷、《文集》七十卷，均佚。《宋代蜀文辑存》录其文四篇。”

而在《打捞罗江碎影》的《鲜为人知的南宋进士孙观国》中则更加详录了：

> 1992年，四川文艺出版社出版的《四川历代文化名人词典》（以下简称词典）除载有清代罗江“四李”外，在宋代部分赫然列有绵州罗江人孙观国小传。《传》云：“孙观国，字宾老，自号觑翁。绵州罗江人，后徙居彰明。幼敏悟，未冠入太学，从临邛赵雍学《易》。宋高宗绍兴二十七年（1157）进士。调彰州司理参军，除遂宁府教授，改泰州。历知曲水、丹棱二县，均以治称。复知简州、陇州、嘉州，皆有能名。孝宗乾道年间（1165—1173）卒，积官至朝……《四川通志》有传。李流谦《澹斋集》有《孙公墓志铭》。”

为了论证孙观国是罗江人，在《鲜为人知的南宋进士孙观国》中赖安海还谈到了李良臣和李流谦父子：

> 《词典》所载孙观国事，言明《四川通志》有传、李流谦《澹斋集》有《孙公墓志铭》。考清嘉庆《四川通志》孙观国无传，唯卷112《选举志》所附《绍兴中进士年份无考者》注有“孙观国，成都人”六字。卷186《集部一》：“《澹斋集》十八卷，李流谦撰。流谦字无变，德阳人，以父良臣阴补将仕郎，授成都灵泉县尉，调雅州教授，会虞允文宣抚全蜀，置之幕下，多所赞划，寻以荐诸王室大小学教授……外改奉议郎、通判潼州府事。”见焦宏《国史经籍志》、黄虞稷《千顷堂书目》共载有《澹斋集》八十一卷，是明尚有传本，今已佚失矣。其诗文皆边幅少狭，闲参俚语，然格力挺拔，无后来江湖派龌龊之气。《词典》亦载有其《传》云：“李流谦（1123—1176），字无变，汉州德阳人，良臣子。”《传》大体与《四川通志》同，另注明《澹斋集》“今存《永乐大典》本十八卷”。《词典》亦载有李流谦父李良臣条：“李良臣，字尧俞，汉州绵竹人。”宋徽宗五年（1115）进士及第，绍兴七年（1137）除秘书郎，后知简州。工文辞，《新刊国朝二百家名贤文萃》收入李良臣一家，宋代《蜀文辑录》录其文五篇并附传。又，考清嘉庆《罗江县志》卷三十六《艺文》宋李良臣《略坪文明桥碑记》记乡绅章仲和捐修文明桥事云……此证李良臣与李流谦父子为宋时汉州德阳县略坪人，……从二人之小传及李良臣《略坪文明桥碑记》看，孙观国当为李良臣父子近邻，且孙与良臣子流谦为同时代人，彰明筒马乡与罗江相接壤，民国时期大部划归罗江县，且孙观国为罗江人无疑……

从《鲜为人知的南宋进士孙观国》中不仅论证了进士孙观国是罗江人，又引出了人杰地灵的略坪还诞生过一家一进士两文人，既有父亲李良臣为进士擅写诗文，也有儿子李流谦是宋朝一大文豪。

李良臣，字尧俞，德阳（今属四川）人。流谦父。徽宗政和五年（1115）进士（《南宋馆阁录》卷七）。高宗绍兴三年（1133），以左承议郎提点降赐库（《建炎以来系年要录》卷六六），七年，除秘书省校书郎。八年，知简州。

李良臣写下诸多诗文佳句："勿贻麟楦笑，千古愧公卿。""侯家荣经山水县，胜致绝出西南州。""士耻无名字，吾儿早振声。""简州何处景最佳，东溪清绝人最夸。"

可能是家学渊源的缘故，对诗文酷爱的李良臣，不仅自己作诗文，还言传身教给自己的儿子，播下了热爱诗文的种子。

李流谦，字无变，汉州德阳人。生卒年不详，约宋高宗绍兴中前后在世。以文学知名。荫补将仕郎，授成都府灵泉县尉。秩满，调雅州教授。虞允文宣抚全蜀，置之幕下，多所赞画。寻以荐除诸王宫大小学教授。力乞补外改奉议郎，通判潼州府事。流谦著有《澹斋集》八十一卷，今存十八卷，另有《国史经籍志》传于世。

李流谦留存于世的诗有很多，现摘选一首李流谦的诗《送计祖仁雒县丞》：

青青杨柳灞桥斜，满酌清樽莫叹嗟。
可是因循成别绪，只应咫尺便天涯。
未论流水千竿竹，且看春风一昙花。
渺渺故园情最苦，不知归梦属谁家。

河南大学历史文化学院副教授祁琛云写过一篇论文《劝募与捐

献：宋代南方桥梁建设中民间资金筹措方式论述》，文中赞扬了广为时人传颂的汉州富绅章和仲自发出资创修罗江文明桥的行为，依据则是李良臣撰写的《文明桥记》：汉州德阳县略坪乡地处山区，交通闭塞，“民生不蕃，百物不昌”，当地大族富户多迁居他乡。高宗绍兴间，富人章和仲出于改善交通、方便乡民的愿望，主动发起修桥工役，自绍兴六年（1136）春兴工，至次年冬毕工，取名“文明桥”。该桥规模宏大，“为屋五间三楹，延筑护堤，南北六丈，东西一丈六尺，而桥身登起至一丈四尺”。建成后不仅极大地改善了当地交通状况，而且成为一乡之胜景，而所有费用均由和仲提供。在李良臣《文明桥记》中，说该工程“役五千五百夫，共享钱盖无虑三千缗，皆和仲任之。初不以丝发累他人，然其褚中所藏，至是亦殚矣”。对于章和仲舍私财谋公利的义举，李良臣不吝溢美之词：章和仲以“非己之便而便众人”的胸怀出资建桥，体现了宋代基层富民心系乡梓的情怀与担当意识。

当时，在罗江的偏僻山区，由于交通闭塞，当地的富人多迁往他方。留在德阳的富民章和仲有鉴于此，没有丝毫钱财取自他人，几乎将自己的所有身家投入，主动发起了修桥的大工程。经过一年的赶工，一座规模宏大的“文明桥”成了一大胜景。除了方便百姓出行，更是直接带动了当地的商业发展。

正是有了李良臣的《文明桥记》，让后人知道富民章和仲的善举，也成为略坪历史深处的一桩感人事件。

“倒袁”袍哥舵把子谢厚鉴

在略坪访谈时，一位开茶铺的大爷与我们聊天，他说：“我们略坪人自古就胆大，除晋代末期李特外，过去我们略坪哥老会的舵把子谢厚鉴谢老大也是一位了不得的人。”

袍哥出身的谢厚鉴常组织自己手下的兄弟打富济贫，富户们纷纷到县衙门叫冤诉苦，为了维护一方治安，清宣统二年（1910）绵竹知县冯登就将谢厚鉴逮捕关押在绵竹大牢。谁料次年辛亥革命爆发，绵竹知县冯登见大势已去，欲离职回故乡江西，为一路平安，冯登要求绵竹的袍哥总舵把子侯治国护送。侯治国以释放谢厚鉴为条件，并且说谢厚鉴武艺高强，人缘好，保他一路平安没问题。冯登释放了谢厚鉴，并由谢厚鉴护送到成都，谢厚鉴将冯登移交给成都总舵把子白潭，由白潭作安排。白潭见谢厚鉴武艺超群，人才出众，且胆识过人，很赏识，便命他回罗江后联络各地袍哥会组织人马，日后待机行事。

1913 年谢厚鉴回到略坪，联络德阳、罗江等袍哥会组织力量，随时与白潭取得联系。不久，袁世凯篡夺辛亥革命的果实，在北京称“皇帝”，引起全国人民的反抗。各地组织“靖国军”举兵反袁。谢厚鉴受成都哥老会的旨令，也在略坪组织上千人马，准备投入“倒袁”战争。他在略坪以真武宫为议事厅，悬挂书有“标统谢”的大旗，自称“靖难军德安营标统”，在略坪发难，宣布“倒袁”。当地的拔贡石润南、秀才练烈五及黄显廷、胡奔、蒋跃等均积极参与，并且拟出文告四处宣传。

四川省四川路节制靖难军德安营标统镜堂谢示：

我军所到，黎民勿惊。公买公卖，纪律严明。不准烧杀，抢劫奸淫。如有违犯，概不容情。谆谆告诫，尔等庶民。钱粮军需，遵照执行。杀人填命，欠账要清。公告一出，宜各禀遵。

谢厚鉴带领“德安营”靖难军到绵阳与广汉张品山部会合攻下绵阳城。不久被刘存厚击败。谢厚鉴回到略坪遣散部队，潜居家中。

后来，罗江知县杜银樵（四川平武县人）收买地痞，打探消息，将谢厚鉴捕获，押解成都。谢厚鉴被赵尔丰杀害于成都东校场，将其人头运回略坪，悬于火神庙前银杏树上示众。

谢厚鉴是罗江人民反对袁世凯称帝的代表人物，他组织的“靖难军德安营”也是唯一一支参加过反袁战争的民间组织。英雄不问出处，谢厚鉴这个袍哥舵把子，硬是把略坪人的劲勇与豪气活成了那个时代的正面标尺。

为人称道的游广居将军

自古略坪人承袭了賨人的勇毅、仁义、孝悌。为了收集罗江各个乡镇的文史素材，我们来到了罗江区区志办的四楼办公室，见到了朱颜鹤发、精神矍铄的易礼述老师。易老师说要写略坪名儒人物，首先就应该写略坪镇大名鼎鼎的游广居将军。

清光绪十七年（1891）的一天，罗江县略坪场天台山（今略坪镇建国村）的一户姓游的人家，诞生了一个孩子，他的父亲为他取名叫游广居。这孩子天资聪慧，深得教他的私塾老师的喜爱，可是由于家庭并不富裕，年龄稍长便到略坪场的仁寿药店当了一名学徒。如果在太平时代，游广居可能是位救济于民的医生，可在兵荒马乱的年代青壮的游广居不得不选择弃医从武。

1915 年 12 月，袁世凯复辟帝制悍然称帝。从军后的游广居亲历了蔡锷将军为四万万人争人格，救国于危难，毅然与唐继尧、李烈钧等在云南举义，兴兵讨袁，并抱病亲任护国军第一军总司令，率兵赴川南与袁军顽强作战。蔡锷将军为国家为人民的大义凛然深深地在青年游广居的心里播下了种子。在护国军失败后，游广居又随部队入川军邓锡侯所属的第三师陈书农部下。

第三师师长陈书农是思想开明的进步人士，和游广居同是罗江人的进步人士范英士则是在陈书农的叔父陈梦云手下任宣传科长，陈梦云当时担任的是第三师政治部副主任，而1925年陈毅在川军第三师任组织部长，游广居在和陈毅、陈书农和范英士等进步人士接触中受到了积极影响。不久游广居因作战英勇、处事干练和突出的指挥才能升任二十八军十二混成旅旅长。队伍驻防在川东合川、潼南、铜梁、璧山一带。

1927年国民党在重庆公开镇压共产党人，暴发了重庆“3.31”事件。此时有人告发陈毅是共产党。陈书农代理师长王学万企图逮捕陈毅以请功邀赏。在危急时刻，游广居不避风险协助并资助陈毅脱险，使陈毅顺利到达湖北武汉，继续投身于革命。

1929年，游广居的父亲游松山在家乡病逝。游广居从铜梁县驻地赶回略坪奔丧，葬父亲于天台山南麓。

游广居在略坪居住了一段时间，他看见家乡教育落后，经费奇缺，略坪小学校舍破旧不堪，除了修补好旧校，新办的初级中学书本也稀缺，就捐赠银圆200元修缮校舍，再购《万有文库》书籍一套相赠，供师生阅读。

游广居告别父老乡亲回到部队不久，升任二十八军少将师长，驻防川北江油一带。

1934年，中国工农红军徐向前率部长征，从通江、南江、巴中、广元、剑阁、苍溪一线向西进军，进入游广居防区。面对贪官污吏满天遍地、挥霍钱财花天酒地、灰暗腐朽的国民党政府，游广居以天下苍生的福祉为旨归，命令部队弃守江油城，为红军让道，使红四方面军顺利过境。游广居因此被撤职。

卸下一身戎装，游广居并非白云生处葺茅庐，退隐衡门与俗疏，而是回到成都转身跃入商海从事商业贸易，尽管他声称不问政事，但面对山河破碎，百姓流离失所，民不聊生的时下，他又怎能安心穷达尽为身外事，浩然元气乐樵渔。他热心支持进步人士的反封建、争民主的斗争。多次资助罗江旅省同学会创办的《罗江评论》以抨击封建旧势力，揭露贪官污吏的罪行。并致力于社会福利事业，参与成都市育婴堂的救济活动。

1938 年，罗江抗日爱国青年组织“罗江县日亡战地服务团”来到成都，游广居在该团处境困难的情况下，为他们解决食宿问题，支持抗日。

这里，要插叙一段史料：抗日战争期间，第二十二集团军出川抗战兵力配置名单中，开头名单中列有上将总司令邓锡侯、上将副总司令孙震；在第 41 军名单中列有上将军长孙震（兼）、中将副军长董宋珩，在第 127 师名单中列有三位将军的姓名：中将师长陈离、少将副师长游广居、少将参谋长沙韦青。这说明游广居将军曾带兵出川抗日。

在一份《川军出川抗战序列》资料中，有如下记载：

> 第 7 战区：1937 年 10 月 26 日，国民政府军事委员会任命刘湘为第 7 战区司令长官，11 月初，刘湘在南京铜银巷川康绥署驻京办事处成立了第七战区司令长官司令部。第 7 战区战斗序列：司令长官刘湘（病殁殉国），第 7 战区所属的第 41 军主要领导人是军长孙震（兼）、曾甦元、陈宗进（代），所属的第 127 师师长陈离、王澂熙、何翔迥（代），副师长游广居、何翔迥。

在 127 师中校、一等军需佐、政训处少校团政训员的名单中，有三人标注为“阵亡”。以上史料均说明游广居的部队出川上过抗日前线。

在一份《中华民国南京政府授予将军全名录》资料中，有如下记载：1947 年 4 月 12 日，关世杰、任海军中将。许兆龙、游广居、李宗弼、袁带、岑运应、任陆军少将。也就是说，1947 年 4 月 12 日，中华民国南京政府授予游广居为少将军衔。这表明游广居是国民党军队抗日的有功将领。

此后，1945 年，略坪家乡人李道五、万象新等为解决乡人子弟读书难的问题，自发筹办私立略坪文明初级中学，游广居大力支持，并担任名誉校长，在成都为之奔波出力。

1967 年，游广居病逝成都，享年 76 岁。

易礼述老师讲的游广居将军的传记，在李其根的《古镇轶事》和由刘良国撰的《罗江历代人物传》中都有记录。略有不同的是，李其根《古镇轶事》中记载的游广居出生于略坪游家巷，而刘良国《罗江历代人物传》则说游广居出生于略坪场天台山（今略坪镇建国村）。不管游广居将军出生地在游家巷还是天台山，游将军都是略坪乃至罗江人民引为骄傲和自豪的人物。

让人怀念的乡贤李道五

略坪诸多人物中，还有一位人生经历多，热心略坪公益、从事文化教育工作多年、口碑良好的乡贤人物——李道五。

综合略坪人李其根的《古镇轶事》、罗江历史文化工作者刘良国的《罗江历代人物传》以及《德阳回首录》等资料及走访当地老人，简述李道五的生平事迹如下。

李道五，字明达，清光绪二十八年（1902）出生于罗江县略坪场（今罗江县略坪镇）。其父李笑山，以耕读传家。道五幼勤奋，善学习，父亲将道五送到光绪年间进士（举人）蒋国祯门下为学生，习古文。

《古镇轶事》里记载：李道五随后又拜拔贡石调南为师习书法。李道五广读经史，且擅书法，苏体见长。李道五既有学习天分，又踏实肯学。后考入江油龙绵联合师范学校。1929 年于绵阳投军，在刘存厚部任文书。随军转战于潼川（今四川省三台县）、顺庆（今南充市）、绥定（今四川省达州市），1930 年调川陕边防督办署任主任秘书。

民国时期的四川，是当时中国最混乱的省份，四川境内大大小小的军阀有很多，他们之间相互讨伐，给四川百姓带来了严重的灾祸。刘存厚当了四川督军以后，联合其他川系军阀，赶走了驻守在四川的滇军和黔军，1933 年，蒋介石任命刘存厚为四川剿共军第六路总指挥，让他围剿共产党。1934 年，中国工农红军徐向前部进入川北通（江）南（江）巴（中）地区。刘存厚奉令“征剿”，却被打败，刘存厚被罢官，部队解体。

李道五回到罗江，经举荐任罗江县立第六小学（在略坪场上）校长。校园萧条破败，老师们也无心认真教学，良莠不齐的师资，学生们也为数不多。李道五到任后着力整治校规，调整教师队伍，延聘有实力的教师，修葺旧校园（校址即略坪场上南华宫古庙），使学校焕然一新。学生由 100 余名增至 160 余名，在李道五的管理下第六小学盛况空前。

1936 年李道五应好友李大中之请辞去校长职务，到崇庆县（今成都崇州市）任县府秘书。不久任崇庆县民政局局长。1938 年李大中调任蒲江县县长，邀李道五到蒲江任县府秘书。1939 年在李大中推荐下，李道五出任四川省统计处（厅）统计科长。

“风声鹤唳官场险，谋略交错斗心机；权谋纷争春秋局，暗箭飞舞斗厮杀。”数千年来官场人事纷争，钩心斗角，互相倾轧，排除异己，使用亲信屡见不鲜。1943 年，王陵基入主川政，省府人事纷争严重，互相倾轧，令他心灰意冷，毅然辞归故里，实现建设家乡的夙愿，倡导重修富贵桥和创办明文中学，立即得到全乡人民的响应，同时受到安县参议长万象新、德阳县长龚万材、罗江县长刘度的支持，李道五经常往来于安、绵、德、罗之间筹集经费，为适应与官方的往来，他接受全乡人民的推举，出任略坪名誉乡长，一切行政事务实际由李申之、李瑶光负责。

游子再次回归，在当时的农村，绝大多数人家，食不果腹，一年吃不上几顿肉，一件衣服几孩穿，补丁叠叠重重一层又一层，冬天寒衣单薄，大部分孩子的脚板长鞋子短，被磨穿的鞋子常常把脚趾头露在外面。在缺衣少食的时代，读书是很多农村小孩可望而不可即的事情。

在《德阳回首录》“文教史话”章节中，李道五写的《略坪乡兴教的曲折历程》里“初级中学”一章介绍了办学的艰难。

略坪自清代开办学堂以来，到解放前夕，历时四十余年，小学毕业生多因经济困难不能升学。据统计，四十年来略坪的中学以上毕业生仅有四十余人。有鉴于此，略坪的开明士绅万象新，首倡开办中学，并愿以他们崇化堂的田产三十亩捐作办学基金。略坪各慈善团体亦都乐于捐助。统计这项捐产约三百亩，于是商得罗江县长刘度的同意，积极展开筹备工作。

1945 年 2 月 22 日，在略坪乡公所开筹备会议，参加开会的共有一百四十余人，县长刘度也到会祝贺。大会决议，略坪开办明文初级中学校一所，校地以万寿宫改建。团体所捐的田地三百亩，作为常年基金，并陆续募集。各捐赠团体出具捐赠手续之后，即由董事会接收管理。董事会中公推十一人组成。公推万象新为董事长。尽先筹备学校的建设。县府则视其筹备情况再决定招生时间。

紧接着筹备会就拨出捐赠的黄谷五十石，作为建修校舍和教育用的开支。经董事会的努力，到了七月已建成教室六个，和其他一些房舍。学校虽然初具规模，还在继续施工时，县政府就指示要在秋季招生。董事会认为筹备未周，施工未毕，拟在下年春季招生，而县府坚持必须在秋季招生，先开学招生再说。

于是经董事会开会决定，秋季招生开校。校长暂由董事长兼任，俟施工完毕，再专聘校长。为了贯彻办学目的，对于本乡学生，不收学费。招生广告贴出后，报名学生异常踊跃，考取了 58 人（其中本乡学生 26 人），于 1945 年 9 月 10 日开学行课。本乡教职员都是义务任教，只供伙食。外籍教师，才给薪资。第二学期，罗江邓公显先生担任教职，不要报酬，并对学校前途有所筹划。略坪副乡长李子莳荐来一位女教员，开校不到两月就与李恋爱，往来频繁，影响校风，经董事会决议，发给了这位女教员的全期薪资送走。另聘米亨通任教，当米先生正在上课时，李子莳竟以手枪威胁米先生离开。董事会对李严厉批评之后，李才承认错误离开，但李却向各方面挑拨是非，诽谤学校，并声言拥护丁识一为未来明中校长，受其怂恿的罗礼文等，竟向省上控告，攻击学校的内容空虚，办理不善，有变更学校领导的必要。不久教厅曾派督学彭鼎到校调查。

这时罗江县长是杨长济，他也认为这所学校是前任同意筹备开学的，与自己无关，因此态度模棱两可。而彭鼎回省不久，罗江县府就接到省令，以学校未准立案前，即行招生授课，于法不合，饬令停办。现有学生，交由县中校接收。这时，学校的董事会已聘请贾君谟担任校长，贾校长亦已到职，并印好招收第二班新生的广告，董事会接到停办令，只好宣告遵令停办，把学生 58 人册送县中校，但本乡学生 25 人，有财力到县中的，仅刘淑华等 3 人，其余学生完全失学。

学校既停，教育科长谢延朝要学校把校具运送县中校，李道五说学校还要办理，谢延朝说申请立案未必准。接着李道五同万象新写了两封信：一给范英士先生，一给名誉董事长游广居，请他们专请县长杨长济，收回停办的命令。

学校的主要问题是立案，于是李道五又请董事会写好呈请立案的公文，邮寄给他。文中说明明文中学开办的经过，请教育科长门启昌为略坪的穷苦学生，开一线曙光，科长答复是派员调查后处理。

不久省教育厅派一位姓徐的督学来略坪调查，同董事长米克仁等洽谈后，他认为开办中学是改造略坪社会环境的大事，现在既然已经具备开办的条件，开办以后再逐步充实，是有前途的。他回省不久，教厅就准予立案，而这时人民解放大军业已飞渡长江，南京政权垮台，省教厅瘫痪，几乎停止办公。准予立案的指令，迄未下达。

学校停办时，万象新辞去董事长，由米克仁继任。解放后，举丁识一继任董事长，丁调县学习后，由刘辨之继任。并兼略坪中心小学校长，小学生增至一千人以上，中心小学教具缺乏，董事会就把明文中学所有的用具图书，全部移交中心小学。开办不到一年的明文中学校就这样结束了。

1945 年李道五辞职回乡。又号召略坪各界人士集资修复富贵桥，并带头捐资，主动承担修桥事务，经多方努力，桥成。遗憾的是因资金不足，人力、物力、财力都不够充裕，富贵桥刚建成，当年就被洪水冲垮。

1948 年省统计处处长李景清再次邀请李道五回省任职，李道五难却友情回成都任省统计处统计科长，直到四川解放。

新中国成立之初，李道五回到略坪，长期从事教育工作。1979 年因病去世，享年 77 岁。

李道五为人正直，热心家乡公益事业，关心国家大事。生前撰写了大量高质量的文史资料，如《国民党政府的“货币”》《略坪乡兴教的曲折历程》《罗江民工修建广汉飞机场回忆录》《福堂镇今何在？》等，对研究旧中国四川地方史有一定的价值。

据《古镇轶事》记载，李道五编过一本《略坪乡土志》，此志一名《罗江采访册》。1947 年由李道五采辑而成，内容比较繁杂，万余言，系采访稿，多记山川道里之类。一说该志有存稿，一说已散失无存。笔者未见过该志，亦未深查。

在《德阳回首录》“货殖生计”章节有一篇李道五所作的《建国前的略坪水利》，文中详述了略坪水利在新中国之前概况。略坪水利发达，是略坪成为国家水稻、油菜制种基地的重要原因。

略坪：一方水土养多方人

略坪镇位于罗江西北部，是绵竹市、旌阳区、安州区交汇处，是周边七镇物质集散和贸易中心，是省级环境优美建设示范镇，境内帽儿山被命名为首批“省级生态示范小区”，隐逸山被命名为“省级农业生态小区”。

从初夏到盛夏，再到金秋十月和深冬，笔者多次漫步在略坪的乡间田野。考察和访谈间，颠覆了我们脑子里根深蒂固的一句俗语“一方水土养一方人”，即略坪这一方水土能养多方人。

在长玉村，一大片平坦的田间，初夏时节，青色的稻秧勃勃生长。到了秋天，金黄稻谷丰收的场景令人喜悦。空旷的田地略微休整一段时间后，油菜苗子又在田间竞赛生长，到深冬时节，齐膝盖高的油菜已经密密铺盖田野，有农人在村道上用塑料水管冲水灌溉。

有人可能会说，上述景象不是农村常见的景象吗？

远远看见田间竖立着排列成一线的 11 个广告牌，每一个广告牌上是一个红色美术大字，连接起来看就是“国家级水稻油菜制种基地”。制种？这是一个需要科普一下的农业种植名词。

▲ 国家级水稻油菜制种基地（陈涛 / 摄）

制种是指生产已经培育成功的作物良种，如制杂交水稻种子。

制种就是培育种子，分人工杂交制种和非人工杂交制种两种。所谓人工杂交制种，就是通过人为的方法，在不同的品种之间进行选配，使后代产生变异，获得新品种的一种方法。

杂交制种通常有父本和母本两方面，既可选择将父本的花粉涂抹到母本的花柱上形成杂交种子（可设定为正交）。也可选择将母本的花粉涂抹到父本的花柱上形成杂交种子（反交），这两种方式形成的杂交种子一般会有区别，因此采种时要注意区分。

而非人工杂交制种，亦称常规制种，即只有雌花授粉后，结果形成的种子，经清洗、筛选、晾晒作为生产用种。

略坪镇的制种是人工培育成功的作物良种。大春是杂交水稻制种，将选好的水稻种子进行一系列加工、处理和管理，以获得高质量的种子。小春是杂交优质油菜的制种，就是用不育性稳定、经济性状优良、品质合格的不育系作母本（A），用恢复力和配合力强、花药发达、花粉多、吐粉畅、品质合格的恢复系作父本（R），按照一定的行比相间种植，使母本接受父本的花粉受精结实，生产出杂交种子。

略坪镇何以成为国家级水稻油菜制种基地？略坪镇分管农业副镇长杨勇介绍说，略坪属于成都平原北边向丘陵地带和山区的过渡地带，略坪镇辖 10 村 1 个社区（其中有两个村属于丘陵区，平原占了大部分），人口不足 3 万人。略坪 55 平方千米，耕地面积有 3 万多亩。制种基地要求条件很高：一是土地平坦肥沃，宜于大面积种植；二是气候宜于农作物生长；三是水源充足。略坪三个条件都具备，特别是水源充足这一条，一是有都江堰人民渠二处二期到七期干渠过来的水，进入罗江区域，首先进入略坪，如果水源不足，还可以引用绵远河的长流水，如果遇到干旱（罗江历来属于干旱较为严重的地区），略坪镇还建有沉井提灌，作为最后一道极端天气下保证农业用水的屏障。正因为有如此良好的条件，罗江全区制种基地核心村总数有 21000 亩，略坪有水稻制种 6000 亩，油菜制种 4000 亩，占罗江最大面积。制种的经济收益明显比普通种植收益高：水稻每亩净增加收入 2000 多元，油菜制种比普通种植每亩净增加收入 1500 ～ 2000 元。

于是，我们看到，近年来，长玉村依托“国家级水稻种子生产基地”优势，集中流转土地 2450 亩，高标准建设国家粮油制种示范园，打造中国“种子芯谷”，构建“党建加速引领、产业规模发展、土地集约管理、种植订单化生产”的发展格局。2021 年，长玉村荣获德阳“市级乡村振兴先进示范村”称号。

制种大多是双季，双季制种即在同一田块大春水稻制种、小春油菜制种轮作，落实制种“专地专用”制度，固化制种土地，形成制种专属区域。

“罗江制种历史悠久，产业优势明显。发展水稻、油菜制种产业已有 40 余年历史，是全国首个编制水稻油菜制种产业镇级片区规划的区县。”罗江种子站负责人介绍，作为全国首推水稻与油菜双季制种模式的区县，目前罗江采取水稻与油菜制种轮作，已发展双季制种 8000 亩，双季制种亩均净利润 3500 元以上，是单一制种模式的 2.3 倍以上，种植商品稻谷与油菜的 5 倍以上。

如今，罗江已成为四川最大油菜制种基地，油菜制种面积（2.6 万亩）占四川省油菜制种面积的 40%以上，年产出油菜种子占全国用种量的 20%以上；也是四川最高亩均单产制种基地，水稻、油菜制种亩均单产 200 公斤、142 公斤，分别高于全省水平 40 公斤、29 公斤。

略坪镇生产的双季制种（水稻、油菜轮换）销往省内外，受到全国多地农民欢迎。近年来，略坪镇以建设国家级（农业）种业示范园区为契机，坚持项目和产业“两手抓”，打造高标准农田，让“小田变大田”，进一步改善农田基础设施条件，提升农田质量、生态和产能，为保障国家粮食安全发挥重要的作用。稳增制种面积，产业发展有“干头”。探索实行“流转—整理—再流转”承包方案，持续推进土地流转。加强高标准农田建设，加快制种产业扩面，2023 年，全镇制种面积增至 9000 亩，其中水稻制种面积增至 6000 亩，油菜制种面积增至 3000 亩，实现产值 3300 余万元。

近日，笔者在略坪镇政府党政办主任黄凯陪同下，来到标示着“制种基地展示中心”的一处宽大建筑房屋，走进大厅，看到墙壁上一段红色的文字，十分警醒国人。这是习近平总书记的一段讲话：“中国人的饭碗要牢牢端在自己手中，就必须把种子牢牢攥在自己手里。”

转到建筑房屋背面，“罗江种子加工中心”几个红色大字十分显眼。因为是加工淡季，门未开，隔着大玻璃，看见里面摆放了多台大型种子加工设备，可以想象种子加工旺季，这里的繁忙场景。

一粒种子可以改变一个世界。种子是农业的“芯片”，粮食安全的基石。罗江区属亚热带湿润型气候，自然禀赋优越，具有浅丘地形的制种天然隔离条件，现已发展水稻、油菜制种产业40余年，是国家级杂交水稻种子生产基地和国家级油菜制种大县。这其中，略坪镇无疑是罗江制种业的排头兵。

略坪镇属于亚热带季风气候，气候温和，四季分明，冬无严寒，夏无酷暑。日光充足，病虫发生少，预留光合产物的积累，适合蔬菜的种植；园区所在地属于都江堰灌区，保证了蔬菜种植所需的水源；平整而肥沃的耕地保证了蔬菜种植的土地需求。且周边没有工矿企业污染源，空气与土壤条件适合于发展绿色蔬菜种植；同时略坪镇有长达千年的农业种植习惯，具备发展现代农业蔬菜园区的主、客观优势。略坪镇农业循环园区选址距离略坪镇场镇0.5千米，罗绵（竹）公路贯穿整个园区，交通便利，农产品运输和农业观光旅游地理和区位优势十分明显。

我们看到，近年来，安平村除种植当季蔬菜外，还发展大棚蔬菜、反季节蔬菜800余亩，建成蔬菜种植大户17户。2021年，安平村荣获“区级乡村振兴先进示范村”称号。

建国村已建成养殖家庭农场10家，翠冠梨家庭农场4家，专合社2家，发展了以翠冠梨为主打品牌的果林带530余亩。2021年，建国村荣获“市级乡村振兴先进示范村”称号。

“春风十里为凝绿，顾盼莺飞花红。”“春风十里”生态农业旅游区是略坪镇按照县委“文化立县，旅游兴县”要求，结合新农村建设，依托生态农业建设的乡村旅游区。景区内生态四溢、景色宜人，有生态梨树 8000 亩，生态桃树 1000 亩，枇杷 1000 亩，原始森林 3000 亩。

双佳实业、年出栏 100 万只獭兔的金富公司两家大型无公害养殖场，有略坪蔬菜种植专业合作社及雨辰菌业、朝辉农业公司三家种植企业入住，四川农科院、四川农业大学提供智力和技术支持；采取园区 + 基地 + 公司 + 农户的模式，现有“隐逸山”“略坪”等商标品牌，年实现产值 1500 万元，带动农户人均增收 450 元。

通过近两年努力，略坪镇农业循环示范园初具规模和效果，初步达到“三个先进”，即先进的农业经营理念、先进的农业经营模式和先进的农业技术集成；实现“三个一流”，即一流的生产水平、一流的产品质量和一流的生产效益；构建“三个一体”，即融土地、资本、技术、项目、人才为一体，融农业科技创新、科技成果示范推广、技术培训功能为一体，融产业发展、示范展示和农业生态旅游休闲功能为一体。力争通过 3 ～ 5 年建设，围绕“产业创品牌，一三产业互动，高效惠民促增收”，建成 4000 亩种养结合的标准化循环农业基地，将略坪蔬菜产业园区打造成德阳地区特色农业样板园区，最终建成 2 万亩精细化蔬菜种植基地，打造德阳地区蔬菜产业强镇，推进罗江县蔬菜产业化发展，把罗江区打造成德阳地区最大的蔬菜生产、加工和集散基地。

利用时间差，通过稻菜轮作，农户们在收割完水稻的间隙栽种一轮青菜，每亩田除了有种庄稼的收成外，还可额外增加 2000 余元的青菜钱收入，农闲时村民们还可以到略坪镇场口的泡菜厂打工，增加收入。

黑白花公司的落地，以及略坪镇蔬菜产业的声名鹊起、发展壮大，不得不提及一个人，他就是刘光华。就是他，把“不起眼”的蔬菜年产值做到超过 7000 万元。

早在 1990 年，刘光华的蔬菜复种面积就达到了 10 多亩，产量 2 万公斤，实现年纯收入 3 万多元。在他的带动下，当地农民纷纷效仿，仅略坪镇锦屏村蔬菜种植面积就扩大到 1500 多亩，产量达 450 万公斤。2004 年，略坪蔬菜种植专业合作社成立，刘光华当选为专合社主任。创立初期，他组织社员到县内外参观学习、举办技术培训会，引进外地蔬菜加工企业到略坪投资发展蔬菜、食用菌加工厂，探索出“公司、合作社、社员、基地”蔬菜产销一条龙模式。当年，入社农户就增收 200 多万元，人均增收 4000 多元。

目前，略坪镇蔬菜种植专业合作社的生产基地已扩大到罗江区 7 个镇和中江、绵竹、旌阳以及绵阳市的安州区等地。合作社主要从事蔬菜种植、加工、销售、集中育苗以及农特产品销售，通过远程教育、广播、会议培训、发放技术资料等方式传授种植技术和知识，为加入的村民定向、定量组织蔬菜生产和销售提供决策依据，形成了一个以技术为支撑，融产、供、销为一体的产业链。

略坪镇建国村地势偏低，日照充足昼夜温差大，土地条件优越，甘蔗种植历史悠久，糖度高、口感佳，甘蔗被当地群众誉为“甜蜜产业”。近 50 年的发展，建国村的甘蔗产业已成为该村最大、涉及面最广、影响最深的重要支柱产业，也是该村经济发展的一张“绿色产业”王牌。与此同时，在村两委的带领下，建国村把产业做大做强，实现立体循环发展，通过将甘蔗加工成甘蔗酒和红糖，有效解决了种植户的后顾之忧，提高了甘蔗附加值，真正让村民种出了甜蜜，收获了甜蜜。

据了解，建国村目前甘蔗种植面积达 300 余亩，亩均纯收入近 10000 元。依托甘蔗产业开设了酒厂 10 余家，完善了全产业链条，带动了当地村民就业，实现了农民持续增收、农业持续增效。

与此同时，略坪镇的梨花节等乡村旅游和餐饮业也发展起来。位于略坪建国村的新庙农家乐就是一家远近闻名上规模上档次的乡村特色饭店。饭店占地面积1000余平方米，环境布局设计合理，环境清幽，小桥流水凉亭，整体装修风格复古格调，四季如春，景色宜人。前庭、中庭、后院，宽敞大厅，多个大包间，以及茶室、棋牌娱乐室、小孩游乐场一应俱全，可同时容纳1000人就餐。特别是前庭几个分别以德阳的区域名“旌阳、广汉、什邡、绵竹、中江、罗江”命名的包间，体现了老板的德阳意识和包容大气。其菜品特色烧鸡公、天蓬圣果、黄金碧玉豆吸引远近客人。大门口摆放了近年来获得的多种荣誉匾牌，最醒目的匾牌是国家文旅部颁发的“中国乡村旅游金牌农家乐”。有意思的是，新庙农家乐创办人、老板名叫范学建，祖上是范仲淹第20代孙范养源在“湖广填四川”时到罗江落户，属祯祥公房第19世后裔。新庙农家乐是当地人范学建于2000年在小商店的基础上创建，并逐步扩大发展起来的。

对略坪镇来说，蔬菜产业就是当地乡村振兴的“牛鼻子”。紧紧抓住这个“牛鼻子”，当地广大群众找准了勤劳致富的“好路子”，开启了乡村振兴的新征程。

随着略坪的水稻、油菜制种走向省内外，随着打上略坪水土印记的水果、蔬菜走向更加广阔的市场，略坪，这一方水土上的物产不仅很好地养活略坪镇勤劳创造的近三万人，正在随着农副产品的规模化生产和批量外销养活更多的“他方人”。

明末清初历史军事地理学家顾祖禹在其《读史方舆纪要》记赤祖镇“在（绵竹）县东北”。有人考证赤祖为罗江略坪镇，说据史料记载，“略坪镇，古称赤祖，因西汉隐士赤祖于镇西北秀龙山修道成仙而得名”。

秀龙山上有一处景点，传说是赤祖在此修道长啸，后人称之为长啸台。想来目前山顶正在打造的秀龙山观光台，即是从前的长啸台。登上山顶，环顾空阔四野，无论远观还是近俯，天地景色，确有非凡之处。

网上看到一篇作者不详的美文《长啸台记》，写出了长啸台的万千气象：

罗江县西之古戍重镇略坪，山环水绕、凤翔龙蟠。其山号秀龙，其水名玉女，杂花生树，云影天光。昔西汉赤祖修道山中，每于晨曦之时伫岭长啸：北仰巴山秦岭，吭八百连云，凤鸣九霄；南俯蜀水绵洛，啸千里沃野，龙吟天府。练气修身，得道成仙。此长啸台之名由焉。

▲ 长啸台（略坪镇人民政府供图）

啸为心曲，心感万物。吟啸也，始于远古，盛于魏晋，兴于当代。一声长啸，令人神清气爽，百体舒展，周身通泰。时值孟春，红雨梨雪绣龙山，长啸绵远振云天，天籁地籁岭上绕，人潮花潮松林喧。置身春和景明之间，且啸且行，其乐融融，意蕴悠远。今之吟啸，为恢复古风、发掘非物质文化遗产之创举，亦属推行全民健身活动之善举焉。是为记。

鄢家：文化铸就乡村魂

星光村里看星光

罗江本地文史作家赖安海作《菩萨蛮·鄢家岭》："江东滴翠萦鸽哨，鄢家岭上风光好。诗韵漾云峰，山村香柚浓。阿哥把曲度，嫂子闻声舞。岭上嗨山歌，山间田野和。"这首词道出了鄢家镇独特的地理位置和迷人的自然风光，将鄢家镇的"鸽子会""云峰农民诗社""嫂子歌舞团"以及"柚花节"等丰富多彩的文化活动都纳入其中，抒发了作者对鄢家这方土地的热爱与赞美之情。

这也成为我们考察、走访、写作鄢家镇的指示路标。

关于鄢家镇名的来历，说法颇为一致且较为简单：原名任家沟，明万历时当地有鄢姓人中进士做官，返乡省亲时大兴土木建房，初名鄢家岭，兴集后更名为鄢家场。后成为乡，成为公社，成为镇。2006 年，将原回龙镇区域并入鄢家镇。

罗江自古"讲诗书，说礼乐，素有粟里之风"，诗风兴盛，在晋代产生了中国古代著名的《巴歌》；宋代陆游、清代姚鼐、张问陶无不题诗于此；清代以李调元为代表的"罗江四李"闻名巴蜀，更有罗江女诗人李季兰等人名列四川诗坛。抗战期间，著名诗人李广田、方敬寓教罗江，成为罗江新诗崛起的标志。罗江的诗歌不仅走向民间，而且孕育了众多农民诗人。这里有中国最早的民间诗社之一——云峰诗社，这也是举办“中国·罗江诗歌节”的历史渊源。2006 年以来，连续多届的诗歌节的举办以及现代诗歌博物馆的建设，使罗江真正成为诗歌文化之乡。

罗江星光村是云峰农民诗社的社址所在地，也是近年来乡村旅游的必去打卡地。

▲ 云峰诗社（鄢家镇人民政府供图）

在鄢家镇政府文化干事米丹丹的引路下，我们前往星光村。

沿罗桂公路穿境而过。在镇政府通往星光村的路口，竖立有雕刻“出入大同”大字的四个宣传石，每个石头下方又各刻有“出如画、入有余、大和谐、同快乐”的字样，体现出星光村独有的文化内涵。

继续往前行驶，“岭上花开农业公园”广告牌映入眼帘。该公园为“西蜀柚乡”核心区域。岭上花开果然名不虚传，此时正值柚子、柑橘成熟季节，道路两旁果树上挂满橙黄色的柚子与黄澄澄的柑橘，满满的“柚”惑让人犹如进入花果山。

顺着飘散着果香的乡村水泥路，具有鄢家文化特色的风情小院一一呈现，他们如美丽端庄、热情中透出含蓄的姑娘，总让你不由得想驻留片刻。

车在一处立有“馨苑”牌坊的小院门前停下。这雅致的小院，让我们眼睛一亮，这不正是文化人一生梦寐以求的田园小院吗？！小院朝向碧翠的马鞍山，由德阳市罗江区文体广旅局设立的“柚乡诗话”的大石就立于“馨苑”牌坊的对面，与两道印有两首乡土诗歌的木栏并排而立，仿佛在向我们诉说星光村厚重的乡土文化。

不同品种的柑橘树穿插栽种在院坝旁菜园子里，果实累累压弯枝条，生机盎然的绿色、红色时蔬点缀其间。小院正门左边是由废旧的石磨、石碾组合起来打造的“石来运转”景观；右边的景观叫“福从天上来”，废弃的茶壶被悬挂在空中，壶嘴便缓缓向外流出水来。正门上有木雕对联一副：“乡风陋室珍藏万卷，儒雅耕夫闲赋诗书。”这漂亮的小院就应了那句“幸福生活，从建设文化院坝开始”。

笔者痴迷古老的物件。正当我们仔细端详民国时期的牌坊，琢磨牌坊上的对联“创业维艰念先祖倍尝辛苦，守成不易教子孙切勿奢华”时，文化干事米丹丹朝着小院喊：“龙叔，采访您的老师们到了。”原来我们已经到达星光村 6 组龙敦仁的家了。

精神抖擞的龙敦仁从小院里走了出来，踩着脚下刻写着“像爬格子一样栽秧子 / 像栽秧子一样爬格子”诗句的石板路向我们满脸笑容地走来。

龙敦仁老师是云峰诗社复社后的首位社长，也是全国首届“书香之家”获得者。2010 年 3 月，中国 • 罗江第三届诗歌节开幕式《诗韵罗江》由 CCTV7《乡约》栏目打造，有一个很重要的环节就是要为首届全国十大农民诗人颁奖。在颁奖之前要有一首农民诗人所写的反映农村题材的主题诗用于现场播放。

导演组决定两个备选方案，一是找罗江本地诗人写，二是约北京的诗人写。作为罗江本土诗人的龙敦仁一听急了，心想罗江诗歌节的主题诗就应该由罗江人来写。于是在把事情揽了过来，当《乡约》栏目导演邱万富打电话给龙敦仁说马上就要主题诗时，龙敦仁即兴写了一首四十多行的诗《我们是农民，我们更是诗人》，邱导演看了十分满意。录制后在诗歌节现场播放，获得全场好评。这首诗成为后来每届罗江诗歌节必被朗诵的重要诗章。其中“我们用稻麦抽穗的空闲，播种诗意；我们在冬天的被窝里，酝酿诗兴；我们在夏天的竹林里，培育灵感”脍炙人口，常常被文友们朗诵传播。

龙敦仁指着会客室墙上自己创作的一首歌词，一边念一边给我们解释：

山不峭称着高垭／岭不俊呼作云峰／鄢进士播下多情的种子／男人喊响铿锵诗篇／女人舞动水袖长龙／老翁吹响蓝天鸽哨／孩子放飞灿烂笑容／／读不完朦胧诗意／看不够你风情万种／赏不尽你漫山黛色／闻不够你满园香风／小山城释放时代风韵／三百年古镇翰墨流芳／鄢家岭　播种金子的地方／山的气质　岭的阳刚／山岭铸就你雄起的脊梁。

这首诗歌应看作是代表鄢家形象的一首镇歌。龙敦仁绘声绘色地为我们讲解歌词的内涵。

参观完龙敦仁乡村气息和文化气息完美融合的家，吃着他刚刚摘下的柑橘，那满口清香的柑橘味让我们久久回味。瞧瞧龙敦仁家的左邻右舍，每家小院门前的园子里都挂满柚子、柑橘，不得不说鄢家“西蜀柚乡”之称名副其实。

小院旁边一座朱红木质结构的房屋，即是复社后大名鼎鼎的云峰农民诗社会员们学习、交流的活动场所。

室内整整齐齐地摆放了很多书籍，除了有云峰诗社的刊物，还有德阳、罗江的文献书籍。正中墙上挂着装裱的龙敦仁那首《我们是农民，我们更是诗人》的诗歌。活动室宽敞，明亮，书香气浓郁。龙敦仁介绍说，在云峰诗社复社时，为了方便会员们和外地来的诗歌爱好者学习交流，他主动腾出自家的自留地，政府出资把云峰诗社建在小院旁边。

在长长的会议桌上，笔者随意选了一本 2023 年第 4 期《云峰诗草》翻阅。一首《桔满坡》的现代诗歌吸引了我们：“牛儿坡的桔枝上 / 挂满了小火球 / 三个一簇，五个一拥 / 仿佛将点燃一场盛宴……”

见我们喜欢看这些农民诗人写的农村题材的诗歌，龙敦仁非常高兴。

笔者最早知道云峰诗社和十大农民诗人，是 2010 年 3 月 16 日举行的第三届“中国·罗江诗歌节”开幕式上，由中国诗刊社和星星诗刊社联合主办的首届全国十大农民诗人评选活动颁奖仪式，其中有笔者认识的成都青白江诗人李龙炳，也有罗江本地鄢家镇的农民诗人杨俊富。

后来有机会和杨俊富认识，对他的情况也有了进一步的了解。杨俊富出生于高峰村，1984 年高中毕业，因严重偏科而高考落榜。父亲觉得他天天看些文学书籍没有前途，认为男娃子应当去学一门手艺以便养家糊口，于是买了两瓶老白干送给村里一位泥工师傅，让杨俊富跟着学砌砖，他从此开始了泥工生涯，偶尔在农忙时回家帮忙干农活。但杨俊富从小痴迷文学，加之受云峰诗社的熏陶，但凡有一点空闲时间就忙着学习写诗作文。当工友都在打牌、逛街的时候，他却趴在工地的板架上认真看书学习。当工友把钱用在买烟和打牌以及别的消遣花销时，杨俊富却把钱用在购买刊物和文学书籍上。杨俊富多年的不懈努力终于得到回报，他的诗歌不仅得到周围诗友的认可和推荐，更是成为首届全国十大农民诗人和云峰诗社副社长。随着诗名影响力的扩大，杨俊富时常受邀参加各地的文学交流活动。

诗歌创作之外，近年来，杨俊富还在成都一家文化公司专门从事各种文体的写作工作，成为一个从乡村走出来的真正靠写作谋生的人。

《星星诗刊》2017 年第 10 期发表了一首杨俊富以“坡坡地”笔名写的《星光村》：

一定是得到了星神的眷恋
才有了这个闪亮的村名
一定是那颗星神领了玉皇的旨意
下凡来，在星光村盘绕、留恋
撒豆成兵，让星光村的坡坡坎坎
长满柚子树、橘子树、梨子树……
让这些树长成一把把大扫帚
为星光村人扫出一条星光大道
在星光大道上奏响一曲曲昂奋的灵韵
让稻草人守望的柚子林
一夜之间长出遍地的童话
向世人讲述贫穷被星光掩埋的故事
讲述粉色的农院里，巧克力体验屋

汗水浇灌出来的日子里，幸福的甜蜜
讲述一个土里土气的村子
在中国，在四川，在德阳，在罗江
成为一颗星的闪亮传奇

这首诗被刻在星光村的一座石碑上，游客到了星光村，读到乡情浓郁的诗句，自然体会到乡村之旅的愉悦。

现为云峰诗社名誉社长的龙敦仁说，鄢家岭上有一个云峰寺，云峰寺后来在清代中期改为云龙书院，当时用于教育和童试。

关于云龙书院与云峰寺，当地还流传着这样一种说法：在鄢家岭上过去有个川主庙，始建于明朝天启年间，清嘉庆七年（1802）重修，有五重大殿，僧舍、禅房十余间，乐楼一座，为鄢家的大寺庙，并占有街房铺面数十间，田地二百多亩。从前每年农历元月二十四日寺内办雷祖会，远近烧香者络绎不绝，并在庙会前后唱戏十余日。在咸丰年间，一名叫“云峰上人”的高僧路过鄢家岭，在川主庙的寺院停歇，见当地民风淳朴，人们在不耕种的空闲时间阅经论政，只可惜当地却没有一处像样的书院。云峰上人出家之前考取了举人，只是他看破红尘，对仕途不感兴趣，出家为僧游走四方。有着普度众生悲悯之心的云峰上人产生了创办书院的想法，于是在川主庙留了下来，并将川主庙改为云峰寺，腾出僧房数间交申、王二位满爷兴办义学，还亲自手书一块大匾悬于庙堂门楣，名曰“云龙书院”。1927 年庙会产业拍卖无余，前殿归为米粮市场。1928 年建小学用去后三重殿和所有僧房，山门建于临街，楼二重，塑灵官魁星神像，两根柱头的磉墩雕石狮一对，形象生动，雄壮有力，如承重物状，现存镇政府内院二楼门两侧。

民间另有传说：清道光年间，有远来僧人鄢家川主庙。僧人自幼曾读儒书，通文，厌官场，弃举业，披剃入山，精习佛理禅宗，博入法海。兼习草书，尤喜写大字，于每日早晨，用灰浆水在玉皇殿阶沿三合土上，练草书大字数百，继后用清水冲净，不分寒暑，数十载如此。为川主庙住持时，僧人自号云峰上人，将川主庙更名为云峰寺，曾于玉皇殿天灯基石上，立横石碑一块，草书“好善”二字，高达三尺，笔势外柔内劲，有飞鹤舞凤之姿，落款为咸丰二年正月上九日云峰上人。1929 年，因扩建学校，石碑被毁坏。又于咸丰中，约集街人有名望者申、王二满爷，带头兴办义学书院，为鄢家培育人才，自愿让出云峰寺僧房数间，作为书院馆舍，名曰云龙书院。在天井内手植铁甲松树一株，经八十余载高可齐檐，围大二尺有余。书院石门对联其文曰“德性无殊，尽可希贤学圣；门墙匪骏，皆容入室升堂”。为欧颜二家融汇一体笔意，清秀雄健。后为鄢家小学，新中国成立后学校迁入新址，原校交付粮站使用。六十年代因建修房屋，树被砍伐，石门坊已作为基石用，今不可寻。

云峰上人是道光帝年间还是咸丰帝年间到的川主庙虽无法定论，但云峰寺得名和云龙书院创立则是云峰高僧所为无疑。

鄢家星光村原名斜桥沟，清光绪年间，谢家双龙门谢援贡，名里介，系罗江县岁贡生，为当时乡内第一文人，现存墨迹鄢家城隍庙（现居委会茶园内）石刻对联：“莫云天可欺，幽有鬼神明有律；谁谓恶无报，远及儿孙近及身。”字迹遒劲端好，有欧柳一体之风格。原云龙书院门户楹联与和平村净虚寺（俗名浸水庵）对联“赤面长髯引出丹心一片，青龙偃月劈开鼎足三分”和原关帝殿对联“慷慨一言成骨肉，艰难百战识君臣”皆也出自谢援贡之手。

历代文人墨客游历罗江，留下不少诗词歌赋流传至今，《四川通史》卷五《元明》中第十一章有记录明朝的四川状元杨慎的诗句：“豆子山，打瓦鼓，阳坪关，撒白雨。白雨下，娶龙女。织得绢，二丈五。一半属罗江，一半属玄武。我诵绵州歌，思乡心独苦。送君归，罗江浦。”此诗前几句“豆子山，打瓦鼓，阳坪关，撒白雨。白雨下，娶龙女”把蜿蜒明净的罗江水拟为龙女织成的绢素，十分形象生动。

唐代诗人杜甫由秦入蜀过鹿头山时感怀写下了《鹿头山》；宋代诗人陆游在罗江写下《罗江驿翠望亭读宋景文公题壁诗》《鹿头山过庞士元墓》等诗篇；清代桐城派代表姚鼐在罗江写下了《题醒园图》；性灵派三大家之一的张问陶写下了《绵州》；袁枚“童山集著山中业，函海书为海内宗”称赞的就是罗江大文人李调元。

罗江“一门四进士，兄弟三翰林”的李化楠、李调元、李鼎元、李骥元皆为官，也写得一手好诗文，他们深深影响了其后的罗江文化人、诗人。

民国时期，鄢家更是人才辈出，黄大明曾任上海市政府顾问，周嘉禾、黄备臣曾任城口、江油县长，周谦、谢裕元等老中医有口皆碑。赵开尧、范德荣、刘友华、谢兴寿等一批现代精英在省市内外施展才华。黄大明，字文澍，1913 年 1 月 4 日生于罗江县回龙场（回龙场，现为鄢家镇回龙村），1976 年 1 月平反后，回上海市水产局工作，先后任上海市水产研究所、上海市经济研究所负责人、上海市政府顾问。离休后，坚持笔耕不辍，以文会友，健身娱乐，著有《雁声集》《黄大明文集》等。1996 年 11 月，应农业部水产专业高评委之邀，回成都参加评选活动，借机回罗江，在得知罗江复县后，即以诗记之：“暮年回故土，城野倍情亲。相见不相识，发白忆发青。屈指比华岁，半生别故人。奎星楼焕彩，料得文坛新。才子铸神貌，他山石勒铭。雨村宜会友，创业有新程。开拓丽今古，风骚勉后人。双江形胜地，好景定长青。”

抗日战争时期，山东济南一中流亡师生在罗江成立国立六中四分校，任教者有著名教育家孙维岳，中共早期党员和领导人之一、著名史地教员马克先，著名作家李广田及著名诗人陈翔鹤、方敬等，著名诗人贺敬之曾在此求学。著名作家沙汀、著名诗人卞之琳等多次在罗江聚会，探讨研究“五四”以来中国诗歌的发展。他们为罗江文化传播做出了不可磨灭的贡献。后来鄢家岭云峰诗社的成立自然受到罗江这方土地崇尚诗文传统的影响。

云峰诗社发起人周嘉禾，又名周熙、煜昌，字嘉禾，清光绪十八年（1892）出生于罗江县鄢家乡马鞍山周家老房子（今鄢家镇云峰村一社）。周嘉禾在国民革命军第二十九军田颂尧部任过营长，1924 年在四川军阀混战的广汉战役中因有战绩被委任为江油县长，不久升为骑兵上校团长，兼任南部县长、县征收局长，1929 年，晋升为军部参赞。就在别人都认为周嘉禾官运亨通时，谁料周嘉禾眼见军阀混战割据称“王”，战乱不止，民生涂炭，毅然辞职回到罗江，经人介绍到罗江县立初级中学任国文教员。1948 年春，在鄢家乡绅周嘉禾的倡导下，邀约当地能文善诗的杨凯、周谦、杨伯屏、唐忠海、陈贵忠等人结集诗社，并结合当时鄢家岭上的“云峰寺”和“云龙书院”之意取名为“云峰诗社”，成为罗江县最早的现代民间文学社团。当时诗社自编过一本诗集，收集农民诗歌百余首，开鄢家农民写诗之风。诗社成员中有教书先生、乡间秀才、医生，也有乡公所的职员。诗社虽没有明确社长等职，但大家一直举荐诗才横溢、卓有威望的周嘉禾领衔，推举当时供职于乡公所的周谦担任“记事”，负责处理日常事务，收集整理诗稿。

闲暇之余，诗人们三五相邀，汇聚在“云龙书院”品茗抒怀，谈古论今，命题作赋，合韵填词，交流诗文或切磋诗艺，抨击时弊，借诗发愤，抒发忧国忧民之情。

诗社成员从开始的三五人发展到最后的十余人，期间创作了各类体裁的诗词、歌赋、楹联百余首，还筛选其精品装订成手写线装册子，曰《云峰诗草》，诗社从兴起到终止历时不到两年，后因种种缘由被解散。天长日久，诗集在辗转传阅中大部分散失。

1950 年后诗社停止活动，现有当年手抄本《云峰诗草》，由周谦之孙保存。

龙敦仁说，1984 年鄢家镇在编第一次乡志时，得知了云峰诗社创始人之一的周谦老先生还健在，从周谦老人那里找到了云峰诗社原初的诗刊《云峰诗草》，收集整理了 38 首，成为鄢家人一份宝贵的文化遗产。另周谦本人有个人诗集《坚柏生诗草》（周谦，字坚柏生），据说有诗 220 来首，作序人为周嘉禾，还有周嘉禾附录 10 首，合起来有 230 余首，也是手写小楷线装诗集。《坚柏生诗草》也是鄢家镇首部个人诗集，诗集现保留在周谦孙子周德那里。

《云峰诗草》主要是旧体格律诗，含五言、七言律诗，其中包括"凤顶格""鹤颈格""鼎峙格""雁字排空格""笼纱格"以及限韵同题诗。如《过鄢家岭》（限冬韵）等各体诗。诗篇多以忧国忧民、讴歌正气、赞美家园为题，在兵荒马乱年月，能有如此情怀，足见一代诗人的独具匠心。如杨凯的"香罗步步连芳草，意约殷殷念故人"，周谦的"落花随意压诗稿，明月多情照酒杯"和杨伯屏的"落花有意贴春草，寒月无心催晚梅"，周嘉禾的"三桀桃园同义气，七贤林下好清谈。好亲梅鹤林和靖，不拾园金管幼安"及"冬藏春发天无声，山隐朝居各自荣。如汉严光高节操，睡同光武竞逃名"等诗句，足见这些诗人以诗会友，切磋诗艺，各有绝活。

1984 年，龙敦仁和周贵绵找到当时 60 多岁的周谦老先生希望其担任社长，复社复刊，可惜因条件不成熟，只好作罢。直到 2007 年，罗江县委提出"以文化立县，打造十点五线一中心"，十点就是十个景点，五线就是以调元、三国等为五线，一中心就是以罗江县城历史文化为中心。而十点中鄢家镇就占有两个景点，一个是国色天香，另一个是锄月沟（梦月湖）。锄月沟因形似月亮而得名，民国时期有名望士族谢氏宗族在此居住。

2007年6月，罗江夏韵乡村旅游节在长堰村的国色天香隆重举行。县文化部门组织开展农民诗歌创作采风、诗歌征集、评奖和朗诵会等系列活动，受到广大诗歌爱好者的积极响应，编选印制《罗江县农民诗歌会作品选》。也是在本次诗歌节上，中断了59年的云峰诗社终于复社开始诗社活动，龙敦仁也成为云峰诗社复社后的首任社长，龙敦仁连续担任了9年社长，2016年换届选举黄世顺为社长，现社长是2023年春换届选举的鄢家镇原政府退休干部黄蕾。

云峰诗社复社后，《云峰诗草》也随着复刊开启了一年一刊诗稿征集与编印，现在诗社有100多名会员，诗社会员大部分是本乡农民，年龄段从13岁孩童至80余岁耄耋老人，有学生、农民、老师、机关干部、退休教师、待业青年等。为发掘培养学生诗歌爱好者，《云峰诗草》刊物还开设专栏“诗草新苗”。

文化是一个地方文脉的传承，也是一个地方社会风尚的引领。云峰诗社复社后受到罗江区政府和鄢家镇政府的大力关怀资助。地方政府把诗歌文化与乡村旅游产业相结合，在每年四月的鄢家柚花节和十月的柚子节到来时，扶持《云峰诗草》由原来每年出刊一期增加为每年两期。

云峰诗社在鄢家镇及罗江周边地区久负盛名，是当地民众耕读传家、诗书继世的一面旗帜，是罗江区的一张重要文化名片。正如出席2023年中国·罗江诗歌节的《星星》诗刊主编龚学敏对云峰诗社会员代表说的一句话：“云峰诗社是罗江诗歌节的重要支撑之一。”

鄢家作为有着响亮名号的农民诗人基地的诗歌之乡，中国·罗江诗歌节已举办九届，而其中的两届就在鄢家镇举办。

2017 年 11 月 8 日晚，在鄢家镇星光村梦月湖畔，一曲《罗纹江畔我的家》拉开了 2017 中国罗江诗歌节的序幕。此次诗歌节，中国作协全委会委员、《诗刊》原主编叶延滨，四川省作协主席、茅盾文学奖获得者阿来，广东省作协副主席、作家杨克，《诗林》主编潘红莉，《星星》诗刊主编龚学敏和国内文学界、书画界的艺术家、学者以及本土的农民诗人数百人集聚鄢家镇，体验“农民诗歌”文化，感受当地“四好村”建设美景。活动期间，诗人们夜宿农家院，品尝乡村美食，走访农家，体会当地老百姓的生活：“住上好房子，过上好日子，养成好习惯，形成好风气。”

正如杨俊富所说，鄢家镇以诗歌文化立镇。云峰诗社书屋，是有情致的游客必去的打卡地，是鄢家镇农民诗人的诗意栖息地。而鄢家镇农民诗人从云峰诗社出发，把诗歌传播到更为广阔的远方。

鄢家岭星光村，每家小院设计各有不同。但相同的是，每家屋门旁边都种有柑橘和柚子。每户墙壁上都贴有当地农民诗人写下的诗句。

有家小院围墙特别引人注目，在一通红色砖壁围栏上镶嵌腌菜坛子、油罐子、重叠的车轮胎、雨鞋。里面种植一株不同种类的花草，并贴上当地人写的顺口溜：

腌菜坛子上方贴诗：

祖宗留下一对宝，
东东用宝种花草。
环境优美好技巧，
客人见了乐逍遥。

油罐子上方贴诗：

百多年的油钵钵，
放在瓦上谁见过？
生古倒怪真不错，
种出花草笑呵呵。

重叠的车轮胎贴诗：

大轮胎与小轮胎，
打造家园把花栽。
环境美化创未来，
欢迎大家都来嗨。

写给雨鞋的贴诗：

家里几个烂雨鞋，
以旧创新挂石岩。
就栽各种花出来，
环境美化笑开怀。

龙敦仁说，鄢家镇的农民富裕后，对精神文化的追求更加迫切了。随着社会主义新农村建设的深入开展，一种具有时代气息的农村文化正在融入鄢家百姓的生活，给鄢家这片热土带来了缕缕新风。在罗江县鄢家镇，农村文化的繁荣活跃是促进新农村建设的关键因素。

嫂子歌舞新时代

鄢家镇有二宝：一为云峰诗社，二为嫂子歌舞团。20 世纪 90 年代初，鄢家镇因地制宜，率先发展柚子、柑橘等经济作物，老百姓的日子蒸蒸日上，鼓鼓的腰包与匮乏的精神文化生活形成鲜明对比。于是鄢家镇党委通过以文化立镇，用文化影响群众的思想观念。经过几年时间打造，建起了农民诗社、嫂子歌舞团等，给枯燥的山岭注入了勃勃生机，鄢家镇变成了“四好村”建设示范点，成为罗江区一张乡村旅游的名片，村民们的幸福感也越来越强。

在云峰诗社访谈龙敦仁时，他曾给我们提起过嫂子歌舞团，因为龙敦仁是歌舞团的文学编剧，就连“鄢家嫂子歌舞团”这个名字还是他拟的呢。在龙敦仁的家里书架上还摆放着嫂子歌舞团成立十周年纪念彩印册。

彩印册上有嫂子歌舞团成员们的彩照与简介：周军碧、王金凤、魏花琼、舒蓉、周玉萍、李会英等人，她们都同是罗江县音乐舞蹈协会会员。周军碧，鄢家嫂子歌舞团剧务，中国人寿保险罗江县支公司业务经理，擅长舞蹈、曲艺、戏剧表演；王金凤，鄢家歌舞团声乐演员，全国推新人大赛优秀歌手，在鄢家镇回龙学校任教；李会英，鄢家嫂子歌舞团舞蹈演员、服装设计师，在鄢家下街新艺相馆经理，擅长舞蹈、服饰搭配、摄影；魏花琼，鄢家嫂子歌舞团戏剧演员，有近 30 年舞台经验，擅长曲艺、歌剧、话剧、影视剧表演；舒蓉，鄢家嫂子歌舞团领舞，节目主持，任教于罗江县实验小学，擅长民族舞、现代舞、编排表演，以及主持；周玉萍，鄢家嫂子歌舞团舞蹈演员，多年从事幼儿音乐舞蹈教学，擅长舞蹈编排、表演。

▲ 嫂子歌舞团（鄢家镇人民政府供图）

正如她们的团长所说，她们来自不同职业，她们分工不同，她们各自擅长领域不同，但她们同属于鄢家嫂子歌舞团，她们团结一致，个个心灵手巧，多才多艺，上百套戏装、道具和舞美饰品，都是她们自己出资并亲手设计制作，她们因情趣爱好而自由组合，虽未经专业培训，但能刻苦自学，坚持数年，已有丰富的排演默契和舞台经验。她们的节目清新淡雅，服装靓丽，超凡脱俗。主要表演声乐、舞蹈、曲艺和戏剧小品，尤以紧扣时代和村民生活的自创节目为群众喜闻乐见，常有三五台保留节目。

早在唐代和宋代，四川的杂剧艺术就闻名全国。在明代中后期时，随着社会经济的恢复与发展，市民对文化消费的需求逐渐增长，加之皇室宫廷对于戏曲艺术的喜爱，民间迎神赛社风俗的兴起，以及知识分子对戏曲的参与，种种因素都为戏剧艺术在四川的崛起创造了必要的条件。正是在这种背景下，“川剧”艺术应运而生。

被誉为“川剧之父”的罗江人李调元，著有戏曲理论《曲话》《剧话》等。书中记载了当时勃兴的吹腔、秦腔、二黄腔、女儿腔的流布情况，对弋阳腔、高腔的发展脉络，进行了细致的探索，为后世戏曲史特别是剧种声腔史的研究提供了方便。被贬辞官后的李调元更是时常带着他的戏团四处演出。

在鄢家镇镇志上，记载了民国时期被称为川剧第一丑角大师王国仁的事迹：王国仁，原名黄伯寿，1922 年生于罗江县鄢家乡（今长堰村六组黄家火砖房子），其父黄备臣本名黄尊武，曾任四川省城口县县长，娶魏氏，生二子黄伯寿、黄伯清。黄伯寿自幼随父住成都，于成都天府中学毕业，后考入成都美术专科学校，主攻图案、油画。1941 年师从川剧名家鄢炳章学艺，与陈全波、刘金龙同出鄢门。黄伯寿学艺专注，修炼刻苦，取他人之长，补自己之短，既向李德才学扬琴，又向曾炳昆学“被单戏”，胡琴、笛子、盖板子，他无所不会，集编、导、演于一身，生末净丑各行当都有拿手好戏，四十年代末，王国仁成为名噪全川的一代川剧名角。

王国仁下海唱戏后，曾一度用“中国人”为艺名，身为“七品”的父亲，认为儿子下海唱戏，为“下九流”，曾责令归家，“如荒不顾黄门家声，自甘下贱，决与汝断绝父子关系……”，黄伯寿为了忠于艺术，一再抗其父令，其父黄备臣果真登报与他脱离了父子关系，鉴于当时正处抗日救亡时期，国难当头，自己又无家可归，黄伯寿遂改名王国仁（谐“亡国人”之意），这也是王国仁后来不断发奋成才的重要原因。

王国仁的成名戏主要有《归正楼》《关公走麦城》《血汗衫》等，他不仅对这些传统剧的一腔一调、一招一式都演得十分到位，而且还善于抓住观众心理，紧扣社会时局，利用戏剧舞台唤起人们的爱国救亡热情。早在抗战初期，他就随母回罗江同爱国人士严代泽等人组织爱国救亡宣传活动，绘画抗日漫画，自编自演救亡活报剧，他把所学的美工、漫画艺术与川剧舞台艺术融会贯通，创造了鲜活的人物形象和震撼人心的舞台效果。王国仁不仅忠于川剧艺术，而且大胆革新传统川剧，享有“红灯教主”之誉，也就是胆子大、不信邪，对于传统的、陈旧的、落后的东西敢于大胆开拓创新，率先搞中西音乐结合、舞美灯光布景，结合观众的要求，开展老戏新编，旧戏新演。

抗战期间，王国仁有感于人力车夫捐献钱物的义举而编了一出名为《车夫爱国》的戏，此戏触痛了国民党当局，遭到禁演，于是全市车夫为愤不平，罢工三日，当局不得不恢复上演。抗战和内战期间，他先后创作改编了《天宝图》《盘丝洞》《血滴子》《纣王无道》《蜀山剑侠》《兽官虎侠》《关公走麦城》等连台剧目，尤其首创丑角行演关公，在当时川剧界引起轰动，王国仁在编、导、演中刻画人物生动，语言台词诙谐，针砭时弊犀利敏锐，他见戏敢演，演啥像啥，戏路极广，戏评家称他是“抓风可成石，撒豆能成兵”。他的丑角戏更是诙谐、洒脱、传神、噱而不俗、丑而有道，让观众过目难忘。

1949 年后，王国仁回到罗江，不久加入德阳川剧团，以新的姿态开创他的川剧事业，配合党的宣传工作，将歌剧《白毛女》改编为川剧，还先后编、演了《闯王进京》《战宛城》等剧目。

1951 年春，王国仁被推选任西康省雅安川剧团团长。

1957 年，王国仁离开川剧舞台。1959 年，王国仁再次回归川剧舞台，以扮演《碧波红莲》中的龟丞相而名声大振，不久调四川省川剧实验团工作，后又受聘到四川省川剧学校任教，1961 年 10 月 5 日王国仁因患肝癌病逝于成都，年仅三十九岁，一位正义爱国的热血青年，一位川剧改革的先驱，一位川剧舞台的当红名丑，一位风华正茂的戏坊新星，就这样过早地陨落了，他的英年早逝带给人们更多的是惋惜和思念。

翻阅资料，可见罗江民国时期的各种民间民俗文化社团不少。

1936 年前后，杨葆臣以其兄杨齐之舵把子为靠山，组织成立了一个川剧团，有演员二十余人，由袍哥管事唐文贵率队，活动于罗江、德阳、中江、三台等县毗邻乡镇的小乡场上。

清光绪时，有一批人以袍哥为势，自发组织“武英会”，即是因鄢家场头之武公的英俊而聚合办的围鼓，又叫玩友，也称板凳戏，现为川剧坐唱，一般在茶馆里坐唱川剧，回龙场上的副舵把子刘渊如等组织爱好者在管事茶馆里（福三茶园）常搞川剧坐唱。

还有正月期间的耍龙灯，民国时期，鄢家有龙灯五六组，于农历正月初二开灯，挨门串院贺年。

不仅在民国时期，即使在清代的耍龙灯也是每年正月必有的隆重节目，李调元就曾在《十六日夜再观灯》诗中写下耍龙灯的场景：

明月留君君漫猜，残灯尚可酌金罍。
龙经烧尾犹蟠舞，马为抽心却到回。
玉漏频催门渐掩，金吾收禁户长开。
倚栏听得游人说，明岁还邀旧伴来。

新中国成立之初，鄢家乡的群众文化活动丰富多彩。村民中有才艺的演出人员自编自演各种曲艺节目，如“金钱板”“花鼓词”“莲花落”“对口词”“三句半”等，表现出广大人民群众翻身得解放的幸福和喜悦，如当时 14 村（现星光村）的业余剧团还排演了秧歌剧《小放牛》《兄妹开荒》等。

1966 年至 1976 年十年间，星光大队排演的《奇袭白虎团》《智取威虎山》，云峰大队排演的《红灯记》最有特色，不仅在本公社演出，还多次到邻近公社演出。

1970年，由鄢家天台大队党支部书记周作泉组织的“毛泽东思想宣传队”，1980年改名为“鄢家川剧团”，有演员30余人，多为本乡社员，利用农闲排演节目，自制道具，并在成都戏装厂购买部分戏装，以演现代川剧和传统折子戏为主，常在本乡和外县场镇演出。

鄢家镇业余文艺演出队，由镇文化站站长周贵绵创建，1979—1993年在本乡及临近市、县、乡演出1000多场，观众上百万，四川电视台、四川人民广播电台、《四川农村报》《大文化》等先后报道。后镇文艺演出队在文化专干周贵绵调任后停办。

在我们访谈周贵绵时，周贵绵说：“鄢家最大的特点是群众文化这一块，鄢家对整个罗江的群众文化是有引领作用的。”

1977年，周贵绵初中毕业后回到云峰村务农，当上了村团支部副书记。因为周贵绵从小就喜欢唱歌，还会写歌词，能识歌谱。村上就让周贵绵组织演出队并担任演出队队长。开始演出队只表演红色样板戏，改革开放后，演出的节目丰富起来，如《刘三姐》《洪湖赤卫队》和《长征主歌》等村民喜闻乐见的节目。当时鄢家公社有十三个大队，每个大队都有演出队。周贵绵负责的云峰演出队表演节目精彩，鄢家乡各大队都邀请他们去巡演。1979年春，德阳县将举行首届农村文艺调演，鄢家公社十三个大队演出队参加比赛，云峰演出队因表现突出，代表鄢家公社到德阳县演出。周贵绵的独唱《毛主席的恩情比山高比水长》获了奖，于是被德阳县留下加入德阳县农村文艺宣传队，到德阳周边包括罗江县的34个公社巡演。周贵绵因嗓音好，成了鄢家公社的歌唱“明星”。

1980年1月，鄢家公社成立文化站，周贵绵被调入文化站任宣传文化辅导员，享受民办教师待遇。文化站开办之初，镇上划拨一间50平方米的旧街房供文化站使用。周贵绵把自己多年珍藏的200

多本书和从绵阳开会带回的50多本书一同摆进文化站，每逢赶集日，到文化站看书的成人和学生络绎不绝。两年后，文化站各种图书增加到3000多册。1989年镇政府改建文化站，收藏图书近万册。鄢家文化站年年被评为市、县先进集体，1992年被评为四川省一级文化站。

20世纪80年代，周贵绵又组建了鄢家镇文艺演出队，编排了大批群众喜闻乐见的歌舞戏曲节目，深入附近30多个乡镇的村落院坝演出1500多场，观众近百万人次。演出队被评为四川省群众文化先进集体。

周贵绵调任中共鄢家区委任宣传干事后，鄢家镇的文艺演出队终止活动。随着“挖掘文化精髓和传承文化脉络是鄢家镇推进农村精神文明建设和乡村振兴的重要抓手”政策的出台，1998年冬，在周贵绵和龙敦仁的指导下，鄢家镇幼儿教师范华秀和个体户陈光颐、谢洪梅等人组建一支业余演出团队“鄢家嫂子歌舞团”，有队员20余人，均为二三十岁的女子。并谱有团歌，设有团徽，团员们公认陈光颐为团长，范华秀、谢洪梅分别为业务副团长。

建团以来，凡县内和周边乡镇的重大节日和庆典都有嫂子歌舞团上台亮相，三次选送节目参加县新年团拜会，与国家、省、市名家同台演出。多次代表县、镇参加省、市的各种调演和比赛，有声乐、舞蹈、曲艺、戏剧、小品获市级创作表演奖。嫂子歌舞团的高光时刻，是2016年4月12日在北京国家大剧院演出，引起轰动。四川省文化厅《四川文化》杂志以“罗江县文化馆赴京演出斩获四项大奖”为题进行了报道。

鄢家嫂子歌舞团的演出多属义演，常年活跃在农村舞台，每年演出二三十场，观众达数十万人次。随着影响的逐渐扩大，鄢家嫂子歌舞团受到众多媒体关注。《德阳日报》《四川法制报》《四川农村日报》《精神文明报》等报纸曾以《从“麻嫂”到“戏嫂”》的醒目标题报道鄢家嫂子歌舞团的事迹。中央电视台《新闻30分》、四川电视台《人口广角》和《金土地》等栏目先后发表专题报道，嫂子歌舞团成为县内群众文化的亮点，作为鄢家的文化品牌，鄢家嫂子受到政府的重视和支持，2007年12月正式向国家有关部门申报注册。

当青春靓丽的鄢家嫂子们身着五彩的舞服，婀娜多姿的身姿随着乐曲在舞台上翩翩起舞，你会忘记她们是一群来自田间劳作的“嫂子”（虽然多是年轻女子，但因名为“嫂子歌舞团”，大家亲切地称演员为“嫂子”）。正是“嫂子”们的执着、无私奉献，让枯燥乏味的乡村生活充满文艺气息。广大乡村观众看到自己熟悉的生活内容和场景被带有泥土气息的“嫂子们”生动地表演出来，他们的脸上流露出喜悦的神情。

看着鄢家镇一村一景的田园景致，行走在文化浓郁的乡间村居，感受村容整洁、民风淳朴、文艺兴起的“归园田居”，令人心生留恋。

鸽哨吹出幸福曲

“北方的晴天，辽阔的一片，我爱它的颜色，比海水更蓝/多么想飞翔，在高空回旋，发出醉人的呼啸，声音越传越远……要是有人能领会，这悠扬的旋律，他将更爱这蓝色——北方的晴天。”这是艾青的诗歌《鸽哨》，“鸽哨”被用来形容北方的晴空，通过“鸽哨”清脆悠扬的的声音，来表达对生活的热爱和对未来的希望。

鄢家镇鸽子会起源于明清时期，被列为罗江区级非物质文化遗产。据《罗江县非物质文化遗产集成》记载，在三国时期，刘备率军攻蜀，到了涪关（今绵阳）与军师庞统兵分两路攻打雒城（今广汉）。庞统兵马途经与鹿头山相对约二十华里的鄢家岭，只见前方山势险恶，树竹阴森，荆棘遍地，庞统一时心疑，便从岭上老百姓家借去二只信鸽并留下少许兵士驻守。庞统兵至鹿头山东南山坡（今落凤坡），果遇蜀将张任伏兵，立时，箭疾如雨，将士遭受两面夹击，进退不得，尽皆死伤，庞统身中数箭，在咽气之前拔出血箭，写下战情，由信鸽将情报传交刘备，刘备感念信鸽立了战功，便赐给养鸽人一些银两并封这对信鸽“凤凰”之美称，而“凤凰”是谐“凤雏”之意，正乃庞统字号，后来，岭上的人们为怀念庞统便家家养鸽。人人爱鸽，他们把鸽子视为“凤雏”，奉为“天神”，经年累月，鄢家岭成了鸽子的故乡。后在清朝雍正初年，人们在鄢家岭上修建了凤凰寺，并在寺院后石壁凿了巨幅凤凰头像图案，以之祭奠“凤雏”。凤凰寺系悬山式建筑，造有二殿、一乐楼，大殿后有千年花楸树三株。清道光年间，鄢家岭的鸽子会已形成规模，每年农历六月二十四日凤凰寺逢雷神庙会（双驹雷祖会），方圆百里的人都来赶庙会、放信鸽，名扬四州五县，放的人还自发订立了在会期“不准在境内枪杀、捕捉放飞的信鸽”等行规道矩。

鄢家岭因地处丘陵，新中国成立前水利不通，农田无自流灌溉之利，全靠冬水田种植水稻，池塘蓄水以抗旱。每年夏季水稻拔节之际，多逢天旱，为祈祷风调雨顺、幸福康泰，乡人认为信鸽能到达天庭送信，每年农历六月二十四日便在岭上凤凰寺举办祈雨保佑康泰、放飞信鸽的庙会。按放鸽人的说法，凡是来赶了鸽会的鸽子，不生病，不发瘟。信鸽的顺利回归，象征着吉祥好运、幸福平安。凡遇大旱之年，鄢家岭凤凰寺鸽子会还要请戏班唱大戏，天就会下大雨，“乐楼”锣鸣鼓响，鸽子蓝天高翔，祈求神灵保佑风调雨顺，粮食丰收，阖家安康。久之，家家户户饲养信鸽，在岭上放飞信鸽，沿以成习。

几百年来鄢家的鸽子会从未间断，凡遇太平盛世，谷物丰年，凤凰寺香火旺盛，鸽子会更是盛况空前。清代至民国时期，鄢家岭鸽子会由鸽子会理事与凤凰寺共同组织。改革开放后在鄢家镇镇政府领导下，由镇综合文化站管理，镇鸽协指导全镇会员和养鸽爱好者如何饲养、辨识品种、训练、放飞，防病治病，鸽笼、鸽哨制作及选用等，养鸽户分布在全镇各村、场镇社区，总户数已逾千。

罗江县鄢家镇鸽子会是川内历史最悠久、主题最鲜明、规模最宏大的鸽子盛会。改革开放后人们的生产、生活发生了大的变化，饲养花鸟、宠物成为时尚，养鸽放飞被国家列为健康有益的体育项目，当地党委、政府充分利用这一川内首屈一指的资源优势，努力建设信鸽特色乡镇，争创巴蜀文化品牌，使鸽子会在市、县以及省内外都小有名气。

如今信鸽爱好者不断增加，全镇有千余农户驯养信鸽，有不少人加入了市、县信鸽协会。鄢家岭鸽子会的规模也逐渐扩大，近年进入鼎盛时期。人们在继承优良传统文化的基础上，把鸽子会与体育健身活动相结合。每年农历六月二十四日这天，鄢家集镇成为庆丰收、享太平的特殊日子。在四川，知道鄢家鸽子会的人远比知道罗江县鄢家镇的人多。

放信鸽、看大戏、求吉祥成了鄢家镇代代相传的一种休闲娱乐活动。2023 年 8 月 10 日，一年一度鸽子会在德阳市罗江区鄢家镇柚乡广场举行。本次鸽子会为该镇第 63 届鸽子会。一大早，从各地赶来的养鸽大户、驯鸽专家和爱鸽人士纷至沓来，各类名鸽和五花八门的养鸽器具、药品、书刊在这里交流出售，各地鸽友们在这里相约汇聚，交流切磋养鸽技艺，各路艺人和川剧玩友纷纷前来助兴，正如新盛德安骡马会一样，盛况空前。

据了解，活动前期，鄢家镇鸽协集结了 325 羽赛鸽举行了 215 千米短距离赛，活动现场为表现优异的鸽子们举行信鸽竞赛颁奖仪式。鸽子放飞，千鸽竞翔。据统计，本次活动有 2 万余群众、鸽友参与，土鸽子、洋鸽子等 10 余类品种鸽子在此展览交流赏鉴。

鸽子会期间，鄢家政府组织各村、场镇各单位彩车、方队、盛装游行，嫂子歌舞团广场献艺；川剧座唱茶馆显能，送文化下乡电影助兴；过街横幅、宣传标语、信鸽归巢排行榜，为小镇更添活动趣味。信鸽交易场所设置规范，高、中、低档赛鸽、肉鸽、观赏鸽各有处所，《中华信鸽》《四川鸽讯》《鸽友》《翱翔》《赛鸽天地》等杂志琳琅满目，鸽笼、鸽药、赛鸽日用产品目不暇接。两边的店铺，排开的桌椅板凳，为鸽友准备好了茶碗、茶水。鸽子象征着“和平、友好、吉祥”，鸽乡为鸽友和有志之士敞开了大门，以鸽联谊、以鸽招商、借鸽添翼，满足了人们文化生活需要，促进社会经济腾飞。

当地人说，除了每年农历六月二十四日的鸽子会外，每逢鄢家的逢场日，鄢家岭的街道两旁都会有很多与鸽子相关的交易进行。正如罗江区信鸽协会鄢家分会会长李罡表示，鄢家镇鸽子会既是百年传统，也是鄢家镇弘扬历史文化、助力乡村振兴的重要举措。

相关鄢家鸽子会盛况，我们在整理查阅资料时，看见了龙敦仁写的《鸽子的故乡——鄢家镇传统鸽子会纪实》一文，读后有身临其境之感。文中写道：

1998 年 8 月 5 日（农历六月二十四日）这天，在罗江县鄢家镇是最祥和的日子。

上午 10 点，上千名信鸽爱好者把街道塞得水泄不通，鸽叫声、谈笑声、鸽哨声嚷成一片；信鸽、肉鸽、观赏鸽，洋鸽、土鸽、杂交鸽，形成了鸽的王国、鸽的世界。

这天的鄢家场上，街头巷尾，茶馆酒店，只有一个话题——养鸽、驯鸽、赛鸽、买卖鸽。老鸽友们在一起谈门道，新入围的在一旁看热闹。在鸽子交易市场更是热闹非常，买菜鸽的掂一掂重量；买种鸽的看一看年龄和品种；买信鸽的就考究了，他们一般不轻易出手，先在笼外看好体型、羽装，然后再用放大镜仔细观察鸽子的眼睛。据行家说：鸽子的眼砂可看出信鸽的家系、亲缘以及识别方向和归巢能力。

有相当部分信鸽爱好者来自重庆、成都、广元各地，他们远道而来，并不是为了交易、拍卖，将带来的鸽子亮市之后，骄傲地打开笼子，信鸽全部飞向天空，盘旋一周便扬长而去。过一会儿，放鸽人摸出腰间的“大哥大”，“喂，娃儿他妈，我家的‘小鸟’回来没有？”只听对方回答“回来了，一只不少都回来了”。这时，放飞人的脸上甭说有多欣慰和自豪。

鸽子会这天午后，大多数参加鸽子会的都提着笼子，他们带着放飞的快乐和成交的喜悦，来到镇文化茶园品茗、听戏。每年这天，川剧玩友也从周围市、县赶来助兴，举行川剧坐唱，乡亲们称之为“板凳戏”，据说在古时，这场面要延续十天半月。

鸽子在鄢家镇不仅仅是鸽子，而在罗江人的心里更是光彩夺目的凤凰。既传承了三国文化，给当地人的精神文化生活添了一道大菜，也给商贸提供了不错的平台。

柚子花开好运来

被冠名为“西柚之乡”的鄢家镇，柚子树种植面积达到1.5万亩，不管你行走在长堰村还是星光村，在鄢家岭总能看见高低起伏的成片柚子园，在成熟季节更能远远地闻到柚香。

20世纪末，在罗江复县后，鄢家岭人大力发展柚子种植产业，民国时期，鄢家本乡部分农户在房前屋后栽植少量果树，其品种多是毛桃、柿子、红橘、枣子、李子、石榴、麻梨、梅子、杏、枇杷、葡萄、气柑等十多种水果。新中国成立后，在党和政府的号召下，鄢家岭坚持发展全乡果树生产是搞活农村经济、活跃农村集贸市场的一种有效渠道的理念，在全乡原有的十七处较为成规模的果园进一步加强了技术指导和果树防病治虫等管理，区园艺协会成立后，动员全区四乡瓜果药种植能手，在协会的组织和指导下，使一些长满杂草、面临毁灭的果园又起死回生。

听星光村一位大爷讲，在20世纪70年代初期，星光村三组庙儿湾里就有一个五亩八分地的柑橘园，树木是七十年代初就栽下的，由于无人管理，栽树快十年了，只见开花，不见结果，任其自生自灭，侥幸存活下来的531株算命大，还少量挂果。就连生产队长也抱怨不该栽下这些树。

为了发包这五亩八分地的柑橘园，到当年腊月二十八日开第三次社员大会，承包款一降再降，队长放开嗓门喊五百！四百！三百！如果再没有人来承包就砍树还耕。眼看五百株果树就要毁于一旦，社员刘自义猛地站了起来，“还它身价，五百元我包了”。刘自义一承包就承包了10年。为了不断地提高种果技术，刘自义不辞辛苦，上川东，去重庆，到中国柑橘研究所求名师、查资料、找良种。终于在承包的第五年，该园的柑橘产量翻了五番。后来社员们在刘自义的影响下，也都纷纷在自己的地里种上了果树。

1984年12月17日由中共鄢家区委主持，成立了德阳市市中区鄢家区园艺协会，园艺协会在理事会领导下开展各项工作。区园艺协会成立后，有力发挥了全区四乡瓜果种植能手的才干。刘自义1974年被聘任为星光大队果树技术员，1989年被聘任为鄢家镇果技员，1994年被聘为镇科技专干，1999年任鄢家园艺协会理事长，被评聘为高级农民技师。刘自义多年从事果树技术管理和科技推广工作，积极探索，敢于实践，大胆引进和推广新品种、新技术，先后受到国家、省、市科技部门的奖励和表彰，被乡亲们亲切称为果树栽培管理技术土专家。

现在鄢家以外的人大多习惯称鄢家岭上的柚子为西蜀蜜柚，鄢家本地人则更喜欢称之为云峰柚。云峰柚，历史悠久，为鄢家地方土产水果，云峰柚相传为云峰寺云峰道长种植的。《罗江旅游故事·西蜀柚乡的故事》载："明熹宗天启年初，云峰道长云游至鄢家岭，见其地。'峰峦叠翠，岭势如潮''凤凰扑地，云龙盘焉'，遂于岭上建庙，曰川主庙（后名云峰寺）。庙成，有凤鸽衔柚籽翔于殿前，道长拾而播之，不数年，树高于檐，枝叶繁茂，春末夏初，花簇如鸽，'清明翠盖雪点点，谷雨十里岭飘香'。夏去秋来，'花谢溜青垂端午，碧绿橙黄熟霜降''剖开白瓤梳玉瓣，剔透晶莹射胞浆'，尝之，'甜酸玉汁沁心人'。道人叹云：'西蜀仙品度云峰。'故名以'云峰柚'。道人除自食外，每遇忠厚饥贫者，亦多所馈赠，岭上亦人家渐繁，场镇兴焉。"

20世纪末，鄢家岭人大力发展云峰柚。农民诗人杨俊富的家就在鄢家镇，作为诗友，笔者在四月时曾看见他的朋友圈晒柚花盛开的图片和视频，漫山遍野的白色花朵，像大片大片的雪花笼罩在碧翠之上。笔者家老屋也有一株柚子树，每年花开，花香四溢，远远都能闻到。用龙敦仁的话说，只有柚花才能真正称得上沁人心脾。他说：“你们无法体会那种整个一大片柚子花开的感觉，空气里全挟裹着香，就这花香每年都会吸引大量的游客前来。”

2018 年，“岭上花开，等你来嗨——德阳市罗江区春夏乡村旅游系列活动暨罗江区第三届柚花节”在鄢家镇梦月湖广场盛大开幕。以花为媒，以花聚人，以花扬名，游客在梦月湖畔尽情呼吸柚花花香，体验参与活动的快乐。柚花节促进了鄢家农旅结合，推动了乡村振兴新征程。最近访谈中，星光村的严大爷对我们说：“柚花有行气、除痰、镇痛的功效，常闻柚花香气有助提神醒脑。柚花还可以搭配茶叶制成花茶。很多游客在四五月来我们鄢家捡拾柚子花花瓣，他们说可装在香囊袋里当香料用。”

十月是鄢家柑、柚成熟的季节，1996 年罗江复县后，鄢家镇农业果技部门致力于良种选育。截至 2004 年，以岭南长堰村、岭北星光村为种植地的云峰蜜柚因其果大黄润、酸甜适口、脆粒晶莹鲜美、营养丰富，被誉为柚中珍品而走俏市场。近年来，在国家政策的扶持和区、镇两级政府的大力推动下，鄢家岭万亩云峰柚无公害优质水果基地形成。

近年来，鄢家镇全镇蜜柚产业规模达到 10628 亩，挂果面积 4600 亩。2017 年鄢家蜜柚年产量就达到了 13800 吨，产值达 6210 万元，2018 年，鄢家蜜柚踏上“一带一路”专列，发往俄罗斯和东南亚诸多国家。

四川公共频道曾采访鄢家镇长堰村村委会主任谢秩学。谢秩学说：“我们这个环境土壤很适合种蜜柚，我们通过很多地方了解，我们鄢家这个地方出产的蜜柚口感，相比其他地方种的都要好些，所以我们柚子的价格，就要比别人的柚子价格高些，但从来不存在滞销的问题。”

鄢家的柚子色泽鲜艳，果肉色洁如玉，多汁柔软，清甜微酸。果实富含钙、镁、磷等多种矿质营养元素，有助于调节人体新陈代谢，也有降压舒心、祛痰润肺、消食醒酒的功效。柚子不仅让地方创收，更能带动文化的发展，在柚子收获的季节，鄢家举办“柚来，鄢家嗨”活动。嫂子艺术团、农民模特队、农民诗社、快板队、罗江区火凤凰艺术团等演出嘉宾表演以柚文化为主题的文艺节目，还有农民诗社的《云峰诗草》诗集赠送、柚王评选颁奖、柚子王集中拍卖、五轮抽奖等活动。甚至把传统川剧脸谱也“搬”到了柚子上，造型夸张、色彩艳丽的川剧脸谱在柚花节上大放异彩。

赖安海先生曾写的《踏莎行·暮春走岭柚花节》：“绿染云峰，岭荣鸽哨，送春归去朱栾笑。层峦林表吐琼花，清风馥馥天香绕。梦月湖光，鱼波渺渺。诗情画意墀台妙。山川沟谷嵌银盆，游人如织花间闹。”以形象优美的词句，将人们带入柚花盛开的场景以及盛大热烈的节日现场。

鄢家镇把罗江倾力打造“十点五线”乡村旅游景点的要求落到了实处。以诗歌充实旅游文化，以精品梨、柚为观光特色；是集赏花品果，览田园美景、尝农家风味、观嫂子歌舞，熏陶诗词歌赋的好去处，一提到鄢家柑橘，笔者立马想到挂在枝条沉甸甸的黄色柚子，那美美的柚子风味不由涌上舌尖。

鄢家岭上览胜景

鄢家镇原名任家沟，是四川省先进文化乡镇，鄢家镇 2000 年被四川省委、省政府列为重点小集镇。鄢家岭的街道并不宽敞，因为街道两边都是坎，街道修不宽，三次拓宽都只有八米。鄢家岭在山体上，就像个小山城。鄢家岭是罗江乃至整个四川唯一一个被称作岭的地方，而称坝的地方却很多。

鄢家岭位于龙泉山脉中部，系典型的浅丘地带。鄢家镇虽无名山大川，但文脉渊源久远。现有记载的便是鄢家人源于任家沟及第进士鄢襄。据嘉庆二十年《罗江县志》市镇志记载：“鄢家岭，县东十五里，昔鄢姓居多，因此为名。”

《鄢家乡志》上有这样的记载：鄢家高峰村十组有一“进士屋基”，相传在明朝万历年间，这里是一姓鄢的进士居住，早年曾有花园、书房遗址等残物，故名进士屋基。该进士姓鄢名襄，高中进士后，在朝中跟随过宰相严嵩，为门下士，仗势欺压同僚，后严氏势败，便失靠山回祖籍，仗曾任京中显官，横行乡里，霸占田产，恰好甲申事变那年，鄢襄病死在家里，国丧当中，儿孙只得在宅居山上垒一小冢，立短石碑，上书“故进士鄢襄之墓”七字。民国年间，墓只有一抔土大，碑上字迹不清，据说在张献忠据蜀时，部将孙可兵扎白马关，查得鄢襄子孙数人是残明亡臣后裔，并且公子少爷在乡间作恶，诛斩无余。鄢姓者改名换姓，远逃他乡，从不敢归，所以至今鄢家岭无姓鄢之人。还传说鄢襄失势后，疑其原土地旧街压断他家龙脉，使他不得出任为官，便顺路在远离他家的一个岭埂另建一街，并以鄢姓命名，故有鄢家岭之称，相传至今。鄢家当地村民还有另一种说法，进士鄢襄在朝廷犯了法，要满门抄斩。消息传回，一夜之间，鄢家岭全部鄢姓人家都改作郳姓。

在罗江区地志办易礼述老师和诗友杨俊富的交谈中，笔者知道了鄢家岭曾经有老王爷庙、新王爷庙、广东馆（南华宫）、江西馆（火神宫）、城隍庙、凤凰寺、禹王宫（湖广馆）、净虚寺（浸水庵）、观音寺、杨窄寺、壁山庙、景福院、黑虎庙等寺庙。新中国成立后，凤凰寺改成粮站，火神宫改为学校，可惜，到现在一座寺庙也无存。云峰诗社先辈们曾作的同题诗《路过鄢家岭》为证，其中最佳的一首就是云峰诗社先贤创始人之一周谦前辈所作：“路过鄢家岭，徘徊寺九重。翠柏笼暮烟，百鸟啼林中。”

杨俊富说，鄢家在民国时期东西两头栅门外还各有字库一座，分别有库联为“金衡丹桂藉，执掌紫泥封”“断简残篇须敬惜，片文只字勿轻抛”。

鄢家镇文脉久远，具有丰厚的历史传统文化积淀，民国时期有文人、官员黄大明、周嘉禾、黄备臣、王国仁、杨伯屏、周谦、范华宝等人，在民国时鄢家镇还创办有几所学校。

自孔子倡导有教无类设坛讲学后，私塾便成为一种办学形式，是传授知识的主要场所，遍布于民间，相传了二千多年，到了清代时期更加盛行。在咸丰元年（1851）以后，鄢家岭的私塾教育也逐渐兴旺起来。清代学制是地方教育事业，国家不办学，由地方人士自行创办。当时鄢家岭私塾有塾师自行设馆的，也有联办的团馆，教育经费自筹，由东家或学生家庭直接交付老师。而私塾转成学校则是在民国时期兴起的。

在鄢家岭有一个村叫星光村，星光村有块地方被称为锄月沟。锄月沟有一个谢氏大家族，谢氏家族的屋基形如半月，被周围人称之为月亮屋基。过去谢氏宗族多出才子官员，现锄月沟仍有谢氏祖坟墓碑，一碑文刻有“诰命夫人”等文字。

有记载：早年，在鄢家星光村二组“月亮屋基”有罗汉松二株，清道光年间，谢姓武生居此，年轻时，能舞刀举鼎，擅长矛乡矢，中武秀才。当时太平军兴起，各省招募兵勇，遂投营吃粮，入四川督中协塔齐布营为马兵。曾国藩练湘军，出省作战，为释疑清廷对汉人带兵的猜忌，奉调塔齐布为统兵官，谢随塔入湘军，出征九江一役，几乎全军覆没，塔齐布阵亡，存者只剩百余人，谢生还诠叙功劳，补援四川金堂县把总。亡故后迁葬于自家屋后，罗江进士谭有容为其撰书碑文及墓志铭，现有墓碑和墓志铭可辨。岭上仰观白云悠悠，俯视浅丘硕果累累。过午时，我们下岭驱车去往下一个走访点——千佛山摩崖。

▲ 千佛山摩崖造像（鄢家镇人民政府供图）

沿着省道罗桂公路行驶一段路后，转入机耕道路。机耕道路由水泥铺就，平整干净，盘山蜿蜒，路旁两侧都栽有柑柚或梨等果树。金黄的果子压弯了翠色的枝条。

鄢家镇政府办工作人员米丹丹为我们带路，来到了千佛山摩崖。千佛山摩崖造像早年有庙宇殿堂，均毁于“文革”前期，周围还有灯盏窝、雷打石等自然景观。后来有当地人募捐在此搭建小庙，雕塑神像，为唐时摩崖造像遮风避雨。1992 年 5 月，德阳市人民政府核定公布千佛山摩崖为市级文物保护单位。

千佛山摩崖造像位于鄢家镇灯盏村（原属回龙镇）。灯盏村村委副主任李青凤叫上附近村民、七十岁的李廷辉老人，带我们来到千佛山崖壁。我们看到，摩崖造像为唐代摩崖造像，佛像占地面积 7.7 平方米。李廷辉老人说起灯盏村名字由来：“千佛崖对面的山上有一个三四十平方的大石头，山头上面有两座坟，坟地已经存在数百年了，两座坟地之间是凹陷的，远远看去就如灯盏窝一般。”

千佛崖位于灯盏窝对面的那片山，背靠白马关镇原上马村，之所以称为“千佛崖”是因山崖壁上雕刻有拳头大小的佛像一千个，所以寺庙称为“千佛寺”，而那座山就叫千佛山了。

寺庙门前有一株老树，与寺庙连体的崖体上仍隐约可见刻字的印迹。在崖壁下立有三个石碑。靠路口的碑上刻有“德阳市市中区文物保护单位，千佛山摩崖造像，德阳市市中区人民政府，一九九〇年五月日公布，回龙乡政府立”。另一个碑上刻有碑记，碑记内容已风化，文字难以辨别，只有“道光二年三月”几个字清晰可辨。

步入庙中，抬头可见殿上有一匾题有“千佛生辉”四字。匾中间竖有小字一行：“回龙乡千佛寺大雄宝殿庙。”

据《四川省乡镇简志·德阳市》第六章第七节鄢家镇中记载：崖壁长 30 米，高 6 米，坐东向西。浮雕造像位于石壁南端。摩崖石刻佛像横向排列 2 龛，中刻 2 龛：一号龛半圆雕“西方净土变”，龛高 90 厘米、宽 83 厘米、深 20 厘米，龛内雕阿弥陀佛跏趺坐于须弥座及侍者立像，像高 50 厘米；二号龛半圆雕“释迦牟尼说法”，龛高 90 厘米、宽 70 厘米、深 50 厘米，龛内释迦牟尼跏趺坐于莲蓬，像高 54 厘米，两侧各立佛弟子及金刚像 2 尊，像高 44 厘米。两龛上下左右四方剔地起突 20 排小龛群，小龛内各雕高 9 厘米、宽 6 厘米、深 1.5 厘米跏趺坐佛一尊，共 623 尊，今存 559 尊。

另据《罗江县非物质文化遗产集成》“罗江壁画”中记载：因“文革”时遭破坏，今仅存 509 尊。庙宇基及石碑于 20 世纪 70 年代“农业学大寨”时拆除移填于堰塘堤下，现掘出清道光十三年（1833）十二月“修复碑记”碑一通，其碑风蚀严重，文字模糊难辨。现存二石龛佛像及菩萨像 10 尊、浅浮雕小龛坐佛 509 尊，均残留有道光时涂金。“以光为墨、以刀作笔”石刻浮雕线条、轮廓圆润而光洁，诸佛及菩萨慈眉善目，视之亲切，西方极乐跃然壁间。

离开千佛山，我们几人又驱车到了位于大垭村魏家沟庙儿嘴，打听寻找罗江名人叶秉诚的墓地。

“唐刘知几言：史才须有三长，谓才也、学也、识也。清章学诚著《史德篇》，以刘氏所谓才、学、识犹未足以尽其理，以为能具史识者必知史德。较刘氏所言，已属进步。顾其所谓史德者，不过关于著书者之心术纯驳而已。此乃文史之心，非史心，与章氏谓刘氏文史之识非史识何以异乎？余故于刘氏才、学、识，章氏史德之外而言史心。”这是叶秉诚著作《史心》中的第一段文。

叶秉诚（1876—1937），名治均，字茂林，生于四川罗江县城厢（今罗江万安镇），少时聪敏好学，熟读经史，年弱冠县试名列前茅中秀才入庠，州县院试补廪生，送入四川最高学府成都尊经书院就读。清光绪二十九年（1903），叶秉诚应四川癸卯科乡试，中清末四川最后一次乡试举人。光绪三十一年（1905），清廷实行新政，废科举、办学堂，次年四川法学堂成立，隔年，叶秉诚受聘入法学堂任教员主讲世界史，与邵从恩、许用康、颜楷等四川学界名家共事。四川辛亥保路运动领导人之一，社会活动家、著名学者、历史学家。论史主“史心”说。历四川法政学堂教员、四川保路同志会秘书长，川北法校、南中县立中学教员，四川省政府秘书长、川东道尹、川军刘湘军部秘书长，国立成都大学教务长兼历史系主任、教授，四川省政府整理大学委员会委员、国立四川大学历史系教授，四川省政府公审委员会委员。著有《中国上古史》《中国中古史》《中国近古史》，另有《史心》等史论传世。

宣统三年（1911），四川辛亥保路运动爆发。6 月 17 日，4000 余人集聚于成都岳府街参加“四川保路同志会”成立大会，叶秉诚与林山腴等人代表学界投身到斗争前列，被推选为秘书长，与蒲殿俊、罗伦、张澜、颜楷等并为“保路同志会”领导人。

辛亥革命成功后，叶秉诚出任四川省咨议局参议员。1912 年，中华民国成立，张澜出任四川军政府川北宣慰使，邀约叶秉诚与卢廷栋（南充人、学者，随张澜从政）随往南充助其业。二人先是于私立川北法校任教，继而协助张澜创办县立南充中学并执教于校。

1915 年，袁世凯篡权称帝，蔡锷在云南通电起义，率军北上。叶秉诚投身于张澜领导哥老会在南充设立的“讨袁护国”组织，联络川军师长钟体道共举起义事宜。钟率所部立即响应，宣布南充独立，全川继起声援。

1917 年，张澜出任四川省省长，聘叶秉诚为四川省政府秘书长。

1921 年，四川军阀刘湘被推任川军总司令兼四川省省长，叶秉诚出任川东道尹，任内兴利除弊，整肃吏治，创办《新蜀报》，邀请国内新派学者高与罕、陈启林、文芄村到重庆讲学，大开川东新学之风。后因军阀混战，叶秉诚辞职前往北平，旋接刘湘电邀回川处理军政要务，出任军部秘书长。

1926 年 4 月，张澜从南充来到成都，接替原成都高等师范学校校长傅振烈未完成的国立成都大学筹建工作。同年 11 月 10 日，国立成都大学终获北京政府教育部批准成立。12 月 1 日，张澜被正式委任校长，聘叶秉诚担任大学教务长并兼历史系主任、教授。

1931 年，国立成都大学、国立成都师范大学、公立四川大学合并为国立四川大学。叶秉诚任四川省政府大学整理委员会委员（委员会中唯一的教授）、四川大学历史系教授。主讲《中国史》，开设了中国上古史、中国中古史、中国近古史等三门课程。代表作有论文《史心》，史学专著《中国上古史》《中国中古史》《中国近古史》。

1936 年，叶秉诚因患喘疾，辞去教职，仅保留了四川省政府公审委员职。1937 年，四川大学历史系教师缺人，便请离职在家养病的叶秉诚先生代授《宋之制度概况》和《宋代之道学》，这一年旧历 10 月初，叶秉诚气喘症突发，逝于川大诚庐寓所，享年 61 岁。先生病危时，民主革命家、教育家，前成都大学校长张澜先生闻之急赴探视。既卒，张澜痛挽以联“百年一鹤来华表，千秋卓识见史心”悼念。成都学界、政界往悼者众。叶先生去世后，归葬罗江祖籍地鄢家场南回龙乡魏家沟猫儿嘴。

叶秉诚去世后，1939 年川大八周年校庆，学校校刊专文发表了叶先生学生、留校任教的吴天墀所撰的《严毅精神——悼念叶秉诚先生》。1985 年版《四川大学史稿》、2006 年修订版《四川大学史稿》皆对叶秉诚在成都大学和四川大学任教记录有所记叙，1994 年出版的《四川通史》第六册记有其参与四川辛亥保路运动的事迹，2001 年版的《四川省志・人物志》、2015 年出版的《罗江县志》等皆有传载其生平的叙述。

我们到达大垭村并没有找到叶秉诚墓地，那块墓地早成了庄稼地了，但我们还是得知了关于墓地的线索。20 世纪 50 年代，叶秉诚坟被挖掉。70 年代，大部分墓碑文物又遭遇毁坏。

当地人称叶秉诚墓地为“叶举人坟”。在当地老人访谈中，老人们告诉我们叶秉诚是大名人，下葬时特别隆重，有高大墓碑、八字形墓墙及墓志铭。现在墓碑横额和墓志铭残存部件都被运到罗江文管所保存起来了。

从鄢家政府提供的资料中我们得知：原叶秉诚墓很壮观，墓庐墓碑规模宏大，墓碑高 3.6 米，宽 5.4 米。有着四柱三开间的牌楼式仿木石刻，主碑文字是“四川大学教授叶公佛秉诚之墓”。左右耳碑刻有叶氏子孙名字及赞文，主碑两侧有张澜书撰的楹联石刻，上联为“百年一鹤未华表”，下联为“千秋卓识有史心”，横额为“字者之归”。墓道两旁呈八字形，叶秉诚墓志铭分为上下两部分，分别嵌在八字形墓道壁两边，墓前处还有华表一对。

鄢家镇既有山城古镇的特色，又具有现代都市的风姿，随着社会主义新农村建设的深入开展，一种具有时代气息的农村文化正在融入鄢家镇人们的生活，给鄢家这片热土带来了缕缕新风。

云峰诗社、嫂子歌舞团的组建，每年一次的鸽子会都是鄢家镇开展社会主义新农村建设中的一个缩影。近年来，在全面建设小康社会的实践中，鄢家镇以农村文化促进新农村建设，以精神文明涵盖农民生活，提高对外开放的吸引力，造出了人气，造出了商机，也造出了效益。我们有理由相信未来的鄢家镇会越来越美丽，越来越富强。

新盛：拨开迷雾故事多

艾家坝的传说：有人性的张献忠

说起罗江新盛镇的来历：清朝建场，取新市场繁荣昌盛之意，又名“艾家坝”。

传说，明朝末年，天下大乱，张献忠造反，一路杀到四川。张献忠入川后，大开杀戒，一时间各州府县兵荒马乱。有一天，张献忠从绵州向成都进军，一路逃难的人很多，张献忠看见有个中年妇女背着一个六七岁的娃娃，拉着一个三四岁的小孩在逃难，感到十分奇怪，于是叫手下人把那个妇女带到跟前，问她道：“你这个妇人，怎么把一个大娃娃背上，却把个小的拉着走，是何道理？”那个妇女吓得浑身发抖，好半天才哆嗦地开口：“听说八大王见人就杀，我们是逃难的。这大的一个是我兄嫂的，小的一个是我自己的。兄嫂去年害病都去世了，侄儿没人照看，我带过来养。如今兵荒马乱，侄儿没爹没娘，我不把他带好，咋对得起他父母！”张献忠叹息一声，心想，这个妇人是个难得的好人，自己的儿子不要紧，反倒是侄儿要紧，真贤惠啊！想给她一点好处，突然看到路边有一片艾叶草，于是说道："我张献忠从来只杀坏人。大嫂，我看你是个好人，这样，你赶快回去，扯一把艾扎好挂在门口，今后对你有好处！"这妇女回到家中，将扯来的艾扎成小把挂在门框上，并挨家挨户地告诉邻居，她说："八大王很和气，叫我扯把艾挂在门上，有好处。"于是人们纷纷学她在门上挂起艾。不久，张献忠的兵从这里路过，见家家户户都挂有艾，秋毫无犯悄悄把队伍开走了。原来张献忠吩咐过，见门口有艾的人家不得打扰，所以这一方百姓都平平安安。后来人们就把这个地方叫作艾家坝。张献忠入川后全川的人逃的逃、死的死，而艾家坝的百姓却保住了性命，那天恰逢农历五月初五，于是艾家坝人端午节挂艾草以逢凶化吉的做法便世代相传。

对这个传说故事，较真起来，真还不好说。奇怪的是，新盛镇境内的宝镜寺也有一个与张献忠有关的传说故事。

据说张献忠平定四川后，在成都建立了大西王国。可是好景不长，被大清顺治皇帝派来的大军绞杀，一路向川北逃去。逃亡到了艾家坝时，他的一个爱妃正要生产，于是便下令扎下大营。就在这天晚上，王妃生下一个儿子，张献忠又喜又愁，喜的是年近花甲得子，愁的是当下军情紧急，战事不利，这个婴儿恐难保全。正在此时，一个侍卫前来禀告，说外面有人求见。只见一个妇人进得帐来倒头就拜。张献忠莫名其妙，不知是怎么回事。那妇人说："几年前，大王路过我们这里，我带着侄儿和儿子去逃难，是大王让我在门上挂上一把艾叶草，方保住了我们艾家坝的平安，大王您怎么就忘了！今天，我是特意来叩谢大王您的。"张献忠这才记起，是有那么一回事。听着婴儿的啼哭，想到眼前这位妇人的善良，他便将孩子托付于那位妇女。为了将来相认，将一面铜镜交给那位妇人作为信物。

说起这面铜镜，可也不是普通之物，这是张献忠和李自成攻破明王朝，从一个公主那里收获的。据传，这面镜子是杨贵妃用过的宝镜，此镜形如满月，虽经历千年沧桑，仍光鉴毛发，背面丹凤朝阳的浮雕尽为珠宝嵌成，其中一颗祖母绿大如蚕豆，工艺精湛，是稀世奇宝。

不久，张献忠败亡，王妃也死于乱军之中。再说那位妇人也不久病故，临终前拿出那面宝镜，吩咐侄儿和儿子二人要好好对待大王之后。待到小王子长到 15 岁，得知了自己的身世，于是万念俱灰，出家当了和尚，将宝镜供奉于寺内，青灯黄经了却一生。和尚死时，宝镜幻化出万丈光芒，将整个寺庙笼罩其间。之后宝镜便不翼而飞，有人说它随和尚一起飞升了，于是后人便将此寺庙称之为宝镜寺。

宝镜寺一直香火鼎盛，到清嘉庆二十二年（1817），当地民众又捐资维修，寺里的住持遍请川西绘画名家，在庙内四壁绘制了《西游记》《西厢记》等壁画近百幅，是宝镜寺的镇寺之宝。

这两个与张献忠有关的传说故事，可以看成是一个完整故事的上下集。而且都发生在新盛镇，这就有探究的必要了。

一是关于张献忠是否大肆屠杀四川人的问题。二是为何在艾家坝留下张献忠有人性的故事?

历史上，张献忠大肆屠杀四川人，几乎是定论。为何屠杀？有一个说法是，1644 年，张献忠在成都称帝，改元大顺，建立大西政权。张献忠听说南京大兵将至，又恐暗中受川人算计，把他驱逐出川，因他虐杀川民之故，已失民心。于是张献忠命令刘进忠（即大西军骁骑营都督）率领大兵驻守汉中，以防满兵，并防归路。后来满兵抵汉中，刘进忠献城投降，张献忠闻之大怒，于是大杀川人。

顺治三年（1646），肃亲王豪格和吴三桂率清军由陕南入川，攻打张献忠的大西军。顺治四年（1647）七月，张献忠撤离成都，北上与清军作战。临走时下令屠城，并将全城放火烧得干干净净。同年十一月，大西军被清军包围。当时张献忠正忙着在西充屠城，匆忙出城迎战，被清将雅布兰射死在凤凰山（在今四川西充县北）。

有史料说，张献忠死后，清朝官员到成都来接管，城内竟然找不到做衙门的屋舍，不得不临时将省府衙门改设在保宁府（今阆中市）。一直到顺治十六年（1659），省府才迁回成都。那时全川人口大约八万，十里不见人烟。成都全城居民才数十户。有人站在南门城墙上，一天之内看见锦江对岸先后有 13 只老虎相继走过。经历了张献忠的屠刀，四川人几乎都被杀光了。

目前流传下来的张献忠不分青红皂白杀人的史料很多。这些史料的作者背景不一，有清朝史学家，也有反清学者，还有在张献忠身边待过一段时间的普通文人，甚至还有与张献忠共处了两年的外国传教士，以及更多无名无姓的家谱作者……这些几乎背景毫无联系、毫不相关的作者们，在记载张献忠屠川一事上大同小异。

笔者知道广汉房湖公园内现存有一块圣谕碑，由一道黑漆栅栏包围保护起来，无围墙，四根柱子的顶上是翘檐瓦阁，旁边立有一个石碑，上写：德阳市文物保护单位“圣谕碑”。

《华西都市报》曾于 2019 年 12 月刊载发表作家田闻一的文章《张献忠之死与抗清大幕的落垂》，文中说，广汉房湖公园内现存有圣谕碑。他多次去广汉房湖公园，细观默察圣谕碑：高 210 厘米，宽 100 厘米，厚 19 厘米，质地是红纱石；正面上方镌刻精美的龙纹，很是飘逸；中有“圣谕”两个苍劲的大字；下为一行阴刻“天有万物与人，人无一物与天。鬼神明明，自思自量。”碑的另一面，是打败张献忠的前明大将杨展命人镌刻其上的《万人坟碑记》。

张献忠在彭山江口遭遇杨展阻击，财货尽失。大顺三年（1646）

七月，张献忠在败离成都时，下令放火，把成都烧成了一片废墟，让成都在此后的一百多年间，成了虎狼出没之地。因此，清初，清廷不得不将四川省的省会迁往离关中相对近，破坏相对小得多的阆中；同时也开始了绵延一个多世纪的“湖广填四川”的大规模人口迁移。

杨展命所部将士在全城搜索，看能不能搜到活物或有用的东西，结果只搜到了蜀王宫废墟下一块署有大西皇帝张献忠印记的《七杀碑》。这碑落款大顺二年（1645）二月十三日，整体上是一块质地坚硬赤褐色产自雅安芦山的花岗石，高约七尺，宽约三尺，厚约八寸。上面镌刻着一排钢叉大字：“天生万物与人，人无一物与天，杀、杀、杀、杀、杀、杀、杀！”特别是那七个杀字，相当吓人，如同飞掷出去的七把钢叉，森然狰狞。

七杀碑在后，圣谕碑在前，两座碑在时间上仅隔三个月。

杨展领军一直向北追击张献忠，一直追到距成都百余里的汉州（今广汉）止。汉州也被张献忠一火而焚之，情状惨不忍睹。杨展下令全军各部扑灭余火、救死扶伤。汉州这座从前城池阔大、人烟稠密、市场繁荣的城市，经张献忠屠戮，处处断壁残垣，残尸狼藉。

兵士们在房湖公园中搜到张献忠的圣谕碑。杨展命部下在房湖公园中挖出一个大坑，将城中搜到的万余具尸体埋入坑中，这就是后来众所周知的万人坑。他提笔写下一篇《万人坟碑记》，详细地记录了汉州遭受的浩劫，命军中有金石镌刻技能的将士，将自己撰写的《万人坟碑记》镌刻于圣谕碑背面。有立此存照的意思，碑文说：复省，提兵过此痛彼白骨，覆以黄壤。爰题曰：万人坟。挂平寇将军印左都督杨展题。

而今，广汉房湖公园中的圣谕碑尚在，但圣谕碑的另一面，镌刻的杨展题词却被铲除了，留下一片模糊。

当然，也有人替张献忠翻案，说有史料显示，张献忠在入川前的几年表现甚好，他天资非凡，作战非常勇猛，“战辄先登”，每次战斗都身当矢石，亲临前线指挥。除此之外，他的领导才能也十分突出。他吃苦耐劳，“夜尝不寐，裹甲微行，携刀巡视”。当时在大西军的外国传教士这样形容他：“张献忠人甚聪明，与士卒同甘苦，自由谈话，表现坦白，温情大量，慷慨态度，且常与属下饮食。”史书说张“阴贼多智”。据曾与张朝夕相处的西方传教士在《圣教入川记》中记载，张为人“智识宏深，决断过人”，令这位传教士“亦暗暗称奇”。在崇祯十六年（1643）以前，他的军队实力和声威一直在李自成之上，朝廷也一直以他为最大敌人。

即便入川后，也不全是盛传张献忠杀人如麻。1980 年，四川大学胡昭曦《张献忠屠蜀考辨》为张献忠叫屈。有研究者通过对明末《成都府志》和清初《简州志》《资县志》与《明史》有关内容的综合研究，得出结论：“清军和南明军队才是蜀民凋残的主犯，张献忠倒在其次。”特别是关于张献忠七杀碑和圣谕碑的来历也有不同说法。

非虚构散文作家蒋蓝耗时两年，考察与写作《黄虎张献忠》一书，其中也写到自封的大西国皇帝张献忠曾经发布一道神奇的“圣谕”：“天有万物与人，人无一物与天，鬼神明明，自思自量。”并于广汉房湖公园内立碑为令。那是 1646 年秋季，大西国粮食告急，内忧外患，张献忠弃成都而北走。南明平寇将军杨展在江口击败大西国船队，继续追至广汉。于是一碑两用，将其背面改刻为《万人坟碑记忆》，碑文记载：“崇祯十七年，逆贼张献忠乱蜀，将汉州人杀戮数十万……”蒋蓝据此推测，张献忠这道“圣谕”的用意是昭告数十万即将被杀的蜀人或者已经被杀的鬼，勒令大家老老实实挨刀就戮或者远赴黄泉，而且自我反思“逆天”之罪，不得鸣冤叫屈。

鬼神是否明明不得而知，张献忠乱蜀杀人却是不争的事实。明末以来记载此事的官史野史多达数十种，尽管各有差异，核心内容基本一致，有人说张献忠几乎把四川人杀光，也有人说杀人的不仅张献忠一人。由于统计资料严重缺失，张献忠杀人数量根本无从知晓，直接导致张献忠的形象黑白莫辨。

蒋蓝指出，明末清初四川经历长达 30 余年的战乱，加之大规模的战争，尸横遍野，瘟疫随战乱而蔓延，川内千里荒芜。南宋时四川 1000 万人下降到明中期的 400 多万人，而到清初最低谷时川人只剩下不足 60 万人。

笔者本意不是为张献忠申辩，而是想探究张献忠留在罗江艾家坝的故事为何是一个充满人性的正面张献忠形象？

就艾家坝地名的来历而言，或许当地历史上有姓艾的人家，或许真是当年张献忠经过此地发生过这个故事，人性是复杂多面的。就对人性善恶来说，笔者秉信“人之初，性本善”。即是说，笔者是相信艾家坝地名的来历与张献忠有关的。至于故事的下半段宝镜寺名称的来历，笔者倒以为是因艾家坝传说而衍生出来的传说。

笔者推测，明末清初，四川 30 多年战乱不休，历史记载：罗江“生民凋敝，邑几为墟”。艾家坝这个地方的老百姓渴望消除战乱，保一方平安，也知道艾草的医药作用且有端午节挂艾草的习俗，当地一位颇有智慧的人突发灵感，编撰了一个与张献忠有关的传说，意思是艾草有辟邪的作用，端午节挂上艾草就可以逢凶化吉，连杀人不眨眼的狠人张献忠见了艾草都畏惧，转而把张献忠塑造为一个讲良心、有人性的人。而后战乱平息，平安来临，当地人便把这个地方取名为可以辟邪的“艾家坝”，继而把故事继续自圆其说下去：当年张献忠将一面铜镜交给那位妇人作为信物，小王子出家当和尚，将宝镜供奉于寺内，当地人便将此寺庙称之为宝镜寺。而在佛教中，镜子是空和净识的完美象征。镜子常常作为供养佛菩萨的法器，佛具中的镜子，是用以增添佛堂及光背的庄严，亦称悬镜、坛镜，也有祛除邪气、镜鉴人心、佛光普照之意。佛教还以铜镜为喻，阐明玄妙佛法，解说佛教哲理，观自在，悟自在心，往往要借助镜面的无尘埃和光亮。张献忠与艾家坝和宝镜寺的传说，让人感受到，新盛这方土地，既神秘而令人神往。

宝镜村，依山傍水、山清水秀。这里有座寺庙，川西古刹——宝镜寺。石砌山门上“秀挹群峰”题刻为广汉举人、宛平县令张怀泗所书，赞叹宝镜寺之美。石匾下刻有一副对联：“云呈瑞彩户纳千祥，竹报平安门迎百福。”

▲ 宝镜寺（左琳 / 摄）

宝镜寺始建于清初，前殿供奉文昌及关圣帝君，后殿为佛堂。清嘉庆二十二年（1817）重建后殿，道光十五年（1835）进行重大维修。原有建筑面积 3000 多平方米，整个建筑为木石框架结构。目前保存比较完好的除了石砌的山门和寺庙大殿外，最为珍贵的便是寺内的清代壁画了。文物专家称，宝镜寺中留存下来的近百幅清代壁画是四川罕见的。

殿内有壁画近百幅。左右两壁工笔彩绘了唐宋传奇、明清公案及佛经故事，右后壁内有墨绘山水仙人写意图，敞门上壁线描《西游记》故事。有西蜀著名画家蒋继焕之画作，据清同治《罗江县志》记载："蒋继焕，号花龙，四川罗江人，精心书画，自二王以下凡欧、虞、薛、柳、苏、黄诸大家无不临摹。酷浩董香光，得者尺幅以为秘玩，流传甚广。所至握管无虚日，手皆生胝（生茧）。"

壁画色彩斑驳，多为彩色的国画。尽管经过两百年时光，壁画上那些彩色画面所描绘的人物、花鸟、山水和动物等看上去仍然栩栩如生，不少画面上人物众多，故事内容丰富。有的甚至还可以从画面上分辨出人物的衣着和身份。从壁画的形式上看，当年的那些画师是充分利用了寺庙中用石灰抹平的墙壁的大小，恰如其分地用白描和工笔等技法，一丝不苟地完成这些壁画。壁画颜料多系天然矿物质，尽管许多已经风化，脱落，但仍能感受到当初的鲜艳美丽。

从这些壁画中，可以窥见清代初期人们的衣着、生活习惯、房屋建筑结构、民情风俗的形象实证，仿佛走进一段远去的历史。

历经两百年的沧桑，以及各种原因的人为破坏，宝镜寺曾经先后做过学校、仓库、加工厂，这批古代壁画能够逃脱各种劫难，比较完好地保存下来，流传至今，也是十分不容易。

罗江文史作家赖安海先生曾写过一首诗《宝镜丹青》赞颂宝镜寺的壁画："传奇故事明清案，释到西游壁上观，妙手丹青疑继奂，名冠巴蜀光剑南。"

宝镜寺靠山面坝，周围绿树成荫，寺庙前面有一竹林环绕的池塘，相映成山光水色。伴着牛犊唤母，鸭群戏水的声音，与周围的农舍构成一幅乡村情趣盎然的景观。

昔日土城与周家祠堂：家风家训千古传

走访新盛，土城和周家祠堂是当地人口中出现频率很高的两处地名。

在新盛土城村，不仅有青砖砌成的碉楼一座，还残留有萧家祠堂。走进祠堂，跟随笔者走访的本村肖姓人说，这座土城就是他们上几辈人修造的。他们祖上本姓萧，自说是萧何一脉子孙。考察肖姓和萧姓的渊源，很多人认为“萧”是“肖”的异体字，或认为“肖”是“萧”的简化字。而也有观点认为中国原来就有“肖”姓，与“萧”的源流不同，这还有待考证。

在和土城村原老书记肖作达手机通话中，笔者感知了家族文化传承的重要性。

▲ 肖家土城（新盛镇人民政府供图）

肖书记现已七十多岁。他从他口中了解到，现在所看到的碉楼，其实是近些年经绵阳平武那边碉楼绘图建造的，而这座碉楼的原址是过去的土城所在地。土城外建有碉楼以及烽火台，土城高 4 米，宽 1 米，厚度 1 米。土城内当时有三道龙门，有十多个天井，有书房，有两个花园，前面还有个鱼池。土城是清朝乾隆时期家族中一位当过武将官员萧玉麟老辈人出资修的，那时主要为防御和抵抗土匪的抢掠。

虽然现在我们无法再看见当年土城内外的辉煌建筑，但石头铸就的龙门依旧还矗立。龙门上刻有一副对联，上联：奇节不矜楼阁崇高贤相业；下联：汉书堪读子孙远载旧家风。肖书记说对联是映照他们的家风家训的。上联含义：萧家后代官再高，名再好也不能张扬，低调做人，不能趾高气扬；下联含义：子孙必须要读书传家。曾经有人想高价收购龙门，被肖书记拒绝了。进龙门能看见清嘉庆年间修的祠堂。祠堂两侧有对联一副："南朝郡王府，西汉宰相家。"南朝郡王府指南朝皇帝萧衍，西汉宰相家西汉开国名相萧何。萧衍是萧何的二十五世孙。估计萧何也没想到，自己的后代会当上皇帝，南朝承东晋，历代史学家以南朝为正统。

据说当年萧何给自己选择造房子的地方时，总是挑偏僻又贫穷的地方，房子盖好以后，甚至都不修围墙。他的儿子问萧何原因，萧何说："后世贤，师吾俭；不贤，毋为势家所夺。"意思是说，如果我的后代贤能的话，他们比我还节俭；如果后代没有我这样的能力，即使给他们修建了豪宅，他们也守不住家业，最终被有势力的家族夺去，反而会害了他们。

从这一点上，不得不感叹萧何的聪明和深谋远虑，正是凭借这句话，萧何保全了家族的平安。萧何的知足和谨慎态度也是他留给后世的宝贵遗产，从此萧氏家族养成了勤俭的良好家风。旌阳区的

《萧氏家训》有条目："敬祖先、孝父母、和兄弟、教子孙、睦宗族、和亲邻……"说明萧氏家族十分重视家风家教。

透过肖家土城和萧氏残留的祠堂，我们看到尽管萧何的后代在历史长河中经历了兴衰和起伏，但他们仍然以萧何为骄傲，继续传承他的价值观念和家风。这种传承是中国历史文化中的一部分，展示了中国人对于名誉和家族家风的重视。

笔者在网上看到一篇文章《三台县土城之谜与萧氏家族的移民迁徙发展史》，提到四川三台县黎曙镇西南的土城村，一条小溪蜿蜒流过，溪名涧漕河。沿河南下的长河埝灌溉区，地势平坦，土地肥沃。20 世纪 70 年代以前，这里曾矗立着一座闻名三台、中江两县的土城，村名也因土城而来。

从留下的遗址看，土城略呈椭圆形，占地 15.6 亩，基础用石条垒砌而成，上筑夯土，空中俯瞰，犹如一颗明珠镶嵌在大地上。土城的主人姓萧，他的后代，就散居在土城附近。三台土城是明末清初一个来自广东平远县上举乡，名叫萧明仕的客家人带领家人辗转上川创业建造的。

罗江区新盛镇的土城和三台县黎曙镇土城，都是萧氏居住地，想来两者之间是有关联的。

说到家风，自然要去拜访新盛镇老君村的周家祠堂。走进村落，"清水荷塘·步步莲花"湿地公园映入眼帘，此时已是深秋，荷塘中只有零星的枯干荷叶。想来夏天荷塘中碧绿的莲叶中点缀着朵朵红色、白色、粉色的荷花，该是何等美景。村里有一周氏祠堂，里面悬挂着"濂溪家风"匾额，据查，这里的周氏族人是"濂溪一脉"，是宋明理学开创者、千古名篇《爱莲说》作者周敦颐的后人。他们在清朝初年"湖广填四川"时辗转迁移到此，繁衍生息，并发展为一个庞大的家族。

▲ 周氏祠堂（新盛镇人民政府供图）

1933 年，周氏一族为纪念先祖，商议修建新盛场街房三间铺面作为祠堂族产。

为使周氏家族家风声名远播，“濂溪”文化世代传承，众议祠规刻于石碑之上。碑文上记载了周氏先祖修建宗祠的缘由、艰辛的筹资修建过程以及留给后代子孙谨记的十九条家规家训，其中的“尊老爱幼”“勤俭治家”“公正公开”“与人为善”“规行矩步”等都体现了“濂溪”文化的精髓，教育了后代子孙为民者“积德、行善、慈爱”，为官者“兴农事、重教化、救良民”。现在读来亦是受益匪浅，为乡村治理中传承好家风树立了典型。

走进周氏祠堂，首先映入眼帘的便是祠堂前两侧一壁上刻的周敦颐的《爱莲说》。周敦颐（1017—1073），又名周元皓，原名周敦实，字茂叔，谥号元公，北宋道州营道楼田堡（今湖南省道县）人，世称濂溪先生。周敦颐是北宋五子之一，是宋朝儒家理学思想的开山鼻祖、文学家、哲学家，著有《周元公集》《爱莲说》《太极图说》《通书》（后人整编进《周元公集》）。清代乾隆皇帝从小爱读周敦颐的《爱莲说》，视之为楷模与圣人，说："予唯周子所云，固一贯之道，夫人之所当勉者也。"一千年来，濂溪先生对后世产生了深远的影响，尤其是《爱莲说》堪称经典之作，那净然独立的莲荷，就是他思想人格的化身与生命理念的写照。

正对面墙壁上则是由赖安海先生撰写的《周氏祠堂简介》。

祠堂前的另一面墙壁书写有大写的"濂"字和"立诚以修身，守洁以处世／奉公以为政，求仁以爱民"的两句家训。

周氏祠堂《碑记》及吴老太夫人墓志记录了雍正九年（1731），年届六十的周母吴老太夫人率子子元、子亨、子利、子贞从广东嘉应州长乐县入蜀，徙居罗邑县东，卜宅罗江县东村三甲倒挂金钩处开创基业及其周氏家族数辈族人迁徙简述。

赖安海先生的《周氏祠堂简介》里介绍：周家桅杆房子（周家大院）位于罗江区新盛镇老君村六组倒挂金钩山，庭院占地千余平方米，坐南朝北，是座三进四合院。祠堂坐西向东，该院始建于乾隆初，现存大院为清光绪二十二年（1896）所建。据墓记、祠堂碑记、族谱记载：宋朝儒家理学思想的开山鼻祖、文学家、哲学家周敦颐族裔南迁，第一世周仁德四兄弟移居南京，仁德之子继迁临安杭州杨梅岭，第三世周必达再迁至广东嘉应州长乐县水寨下八楼，清雍正六年（1728），十三世祖周宇佑卒，雍正九年（1731）周宇佑妻吴氏携子子元、子亨、子利、子贞四个儿子入蜀，于罗江县东村三甲倒挂金钩山定居开创基业。吴氏被尊为周敦颐族裔入川罗江一脉的开基之祖。

现场周家子孙周康贤告知我们，在罗江老君村定居后，除吴老太君四子子贞这一支仍留在新盛老君村外，另三子则分住在罗江不同地方，如鄢家天台村、慧觉二龙村、文星的天井庵（小名望天狮子）。

周康贤现年已是 73 岁高龄，据他说自己是宇佑公的二十四辈孙。

院前广场占地五百平方米，两侧各有二元斗木桅杆，在封建社会时期只有家族里出了大官的人家才能竖立桅杆。在祠堂附近居住的周家人说，在周氏家族入川第二年，十五世孙中先、魁先，先后中秀才入国子监学习，周家人便在自家门口立了两根木桅杆光耀门庭。由于年代久远，我们现在看到的是近年来由铁铸造的桅杆。

另有文友告知，在位于罗江区的鄢家镇星光村八组也有周家桅杆房子，为清康乾时期“湖广填四川”大潮中，由广东省长乐县徙四川省罗江县鄢家岭的周得中及其后裔居所。周得中后世孙周道南为道光乙酉科拔贡，周家名声大振。时众族人商议，依例启立桅杆，以彰文名。桅杆高近 10 米，由上等柏木精制而成，用青石抱脚，抱脚高约 2 米，雕有祥云。桅杆上挂笔斗，寓意才高八斗。桅杆起树之日，四乡八邻来贺，事迹遍传州、县。此后，周家桅杆房子代替周家大房子，远近闻名，代代相传。今“桅杆房子”作为小地名标志，在网络地图中仍可搜出。

祠堂广场西立有泰山石敢当石碑。关于石敢当的来历，有很多不同的传说。石敢当，又称泰山石敢当，文字记载最早见于西汉史游的《急就章》：“师猛虎，石敢当，所不侵，龙未央。”元代陶宗仪《南村辍耕录》中记载“今人家正门适当巷陌桥道之冲，则立一小石将军，或植一小石碑，镌其上曰石敢当，以厌禳之”。明初姜准《岐海琐谈》：“人家正门及居四畔，适当巷陌、桥梁冲射，立一石刻将军，半身埋之，或树石刻‘泰山石敢当’字，为之压禳。”1938 年第 22 期《抗战画刊》上的画图《泰山石敢当，勇士敌难冲》，把泰山石敢当绘成一位抗日战士的形象。2005 年 12 月，中国政府公布了首批国家级非物质文化遗产保护名录，“泰山石敢当习俗”名列其中。曾多次有人提出购买石敢当都被周氏族人拒绝，石敢当在周氏人心目中，不只是镇宅之物，更是缅怀先祖和家族文化传承重要精神物证。

祠堂宅院青砖灰瓦，雕梁画栋，古色古香，令人神往。庭院大门有周氏家族门匾。大门前立有1924年篆刻的周氏修宗祠志与家训堂碑记。前院两侧为厢房，步入大厅，进入后院可见东西两面有精美青砖屏隔的天井。最里层为享堂敦本堂，濂溪家风的牌匾挂在龛堂之上。龛堂两侧有一副对联："祖德爱莲百代长留血食，宗功细柳千秋永撰心香。"另一处门上吊挂一副木牌对联："檐前水点点滴子孝父母儿孝您，过去事件件在生留榜样殁留名。"

祠堂后面坡地上，有一座"周母吴老太君墓"，墓碑上刻写一副对联："自是佳城垂万古，乃知吉地亘千秋。"碑上还刻写了吴老太生平："吴老太君生于一六七一年七月三日，卒于一七四九年三月十八日，粤东生长人氏，忠厚传家，诗书继世，所生四子——子元、子亨、子利、子贞克勤克俭创业万金有余，乃卜置田舍于罗邑倒挂金钩。"

墓碑上落款时间：二〇二二年五月廿七日。看来是周氏族人新立的石碑。

周敦颐后人流散在全国多处，所以全国有多处宣扬"濂溪家风"的周氏后人聚集地。而"濂溪家风"也作为周氏后人的一块荣誉牌，在当地受人尊重。

周敦颐是"上承孔孟、下启程朱"的理学鼻祖，是联合国教科文组织授予的第36位世界文化名人。正如老君村村党支部副书记潘琴玲所说，新盛双桅杆房子的周氏人，一直不忘家风遵循家训，实现"家风"与"国风"的完美融合，以良好家风推动形成良好的社会风尚，着力构建遵规守纪、崇德重礼的"清廉罗江"。

周家祠堂虽历经世事变迁，但以周敦颐《爱莲说》为精神理念，颂扬优良道德行为，以爱莲颂莲为精神的爱莲文化根基不会消除，只会扎根得愈来愈深。正如罗江文友们说，罗江农民诗社（云峰诗社）创始人的周嘉禾、周谦，以及被评为全国第三届“书香之家”的周贵绵也出于周家桅杆房子这一族脉。

周贵绵公开出版的《那条岭那条江》中有一篇文章叫《周嘉禾传略》。

周嘉禾，名煜昌，字嘉禾，又名周熙。清光绪十八年（1892），出生于罗江县鄢家乡马鞍山周家老房子（今鄢家镇云峰村一社）。其父周文光，为前清武秀才，在成都开煤炭铺。周嘉禾生来聪明颖慧，幼年随父赴蓉读书，好学不倦。每遇家中无米下锅之时，宁不吃饭，也不辍学。学习成绩常常名列前茅，深得先生厚爱。

1907 年，周嘉禾在成都高等学堂毕业后，考入了四川陆军小学。在校期间，周嘉禾与李家钰、刘甫澄（刘湘）、刘文辉等人要好，言谈甚为投机。同学数年，建立了深厚的友谊。

1913 年，周嘉禾以优异的成绩在四川陆军小学毕业。当时中国训练陆军采用德式操典，周嘉禾认为效仿德国军事必须精通德文才能探索其中奥秘，于是进入上海德文学堂研修德文，学习经费由川人江苏都督程德泉供给。1916 年，袁世凯称帝，程德泉下野，周嘉禾学习经费失供，他只好弃学回川。

1916 年，周嘉禾入川军何光烈部任排长，旋即升任连长。何光烈被暗杀后，周嘉禾转入国民革命军第二十九军田颂尧部任营长。在指挥全营攻打广汉城大获全胜后，改任江油县县长。不久又升为四川陆军骑兵上校团长，兼任南部县县长和县征收局局长。1929 年，周嘉禾被晋升为军部参赞。真可谓官运亨通，前程似锦。正在迈向将官坦途之时，他却快马勒缰，急流勇退。他感慨戎马二十余载，眼见尽是军阀混战，割据一方，国民党政府全无救国救民之心。

愤怒之中，他辞去所有职务，回居成都，潜研佛学。由于家父病故，其经营的煤炭铺陷于破产，周嘉禾的经济基础严重受挫。为全家生计，只得将购置于成都红庙街的公馆、鄢家岭街房和乡下田产陆续变卖，用以维持在成都居住时期的生活。

1941 年，周嘉禾回鄢家，锐志又萌，欲以教育兴邦，遂入罗江中学任语文教员。谁知“六腊战争”[①] 胜过真枪实弹，不到一年又被解聘。1944 年，广汉修飞机场，罗江县县长刘度在广汉督工，仰慕周嘉禾才能，聘任周嘉禾为罗江县政府秘书，代行县长事。广汉飞机场竣工后刘度回县，周嘉禾即行辞职回家。此后一段时间，周嘉禾深感报国无门，意志颓丧，终日喝茶饮酒，常与文朋好友牢骚诗文，抒发爱国忧民之情。

1947 年，国民党日趋衰败。蒋介石为挽救其覆灭的命运，在各地搞“在乡军官总队”，以高薪诱其反共。通知周嘉禾去报到领薪，被他断然拒绝。有知己故旧劝他看开一点，便于取得薪俸维持生计，但他甘守清贫，不为所动。

1948 年春，周嘉禾邀约鄢家乡能文善诗的周谦、杨凯、杨伯屏、唐忠海、陈贵忠等十余人在鄢家岭“云龙书院”成立了云峰诗社。这是鄢家乡乃至罗江县最早的现代民间文学社团。诗社从兴起到终止虽不到两年时间，但创作了各类体裁的诗、词、歌、赋、楹联一百五十多件。其中大部分作品体现了诗人们忧国忧民、怀悼忠烈、赞美家园的爱国主义精神，给鄢家的后代子孙留下了一份宝贵的文化遗产。

周嘉禾一生喜好咏诗作赋，创作了很多诗、词作品，特别是他

① “六腊战争”即旧时每年六月和腊月教职员工必须向省教育厅官员、县教育科督学、学校校长等领导“进贡”，否则，将在一年两度的续聘中被解职；为谋求饭碗，教职员工之间也展开了激烈的明争暗斗。

在隐居鄢家岭期间，借诗发愤，借诗消愁，创作了大量诗文。可惜在戎马生涯和辗转流离中散失不少，现仅存数首。“九•一八事变”后，他回鄢家过年，给区正周吉赠联“何处寻桃源，逖情莫如鄢家岭；中原多壮士，抗日独推马占山”。1944 年，爱国将领李家钰在山西抗击日寇阵亡。灵柩回川路过罗江时，他设路祭赋七言绝句哀悼：“少同陆小壮同袍，只同年齿不同高，同学少年多不贱，谁比将军胆气豪。”以上两首抒发了他对同学、对家乡、对祖国的满腔热爱，表达了他对前线将士奋起抗战的崇敬、自豪之情。1947 年，周嘉禾断然拒绝加入“在乡军官总队”。他在诗中写道：“君择臣兮臣择君，成功失败两悠分。景升帷幄无诸葛，袁绍貔貅少赵云。辅汉张良平大乱，仕秦王猛建殊勋。识时务者为俊杰，敢为一官损令闻。”从这首诗中足以看出，周嘉禾虽然终日酗酒，而头脑却不糊涂。他对时局的把握成竹在胸，早就看出国民党气数已尽。他不为金钱、高官所诱惑，不做对不起中华民族的事，充分体现了他坚定的民族气节和高尚的人格。

1949 年，罗江解放。罗江县人民政府召开首次征粮动员大会时，他作为特邀代表出席大会。以后，他还将独子周盛传送到人民军队服兵役。他身体力行，积极配合人民政府的工作，决心为人民多做一些有益的事。但他却于 1953 年春患脑出血不幸病逝，享年 60 岁。周嘉禾的生平事迹收入《德阳县志》《鄢家乡志》。

周嘉禾一生忧国忧民，不与腐朽的国民政府为伍，不但首创全国最早的农民诗社，更是在新中国成立后把自己的儿子送入部队，秉承了周敦颐一脉良好的家风家训。

周谦，字牧轩，号坚白山人，鄢家镇人，生于 1920 年，卒于 1998 年 6 月，享年 78 岁。

周谦毕业于罗江县中学，后随鄢家名中医马文采学医，专心致志，学业有成，青年时开始行医，1948 年任鄢家乡公所副乡长兼文书，为官正派。1949 年鄢家解放后，被人民政府——鄢家区公所留任一年后下放，回家行医，务农。1955 年成为鄢家乡联合诊所医生，1967 年“文化大革命”初期下放甘湾村五组劳动。1982 年以后重操旧业，长期在鄢家中街陈家药铺坐堂行医，虽年过花甲，但精力旺盛，其医术以达到炉火纯青地步，成为当地有名的老中医，德阳、绵阳、中江、三台等地求医者络绎不绝。1984 年至 1998 年连任鄢家个体卫生协会会长。他利用手中医术济苦助难，治病救人，凡年老、孤残他常不收问诊挂号费，他擅长中医内科、妇科、杂病，众采博学，总结、收集医案，凡经他治愈的疑难怪症他都记录有详细病历和验方，到了古稀之年，他的中医理论精深，但依然壮心不已，潜心中医学研究，一生中辑有《古今医案》《历史名医临证要言录》20 余卷，撰有《证治方歌类编》《牧轩临证笔记》等中医著数卷，给后人留下了宝贵的中医学文献。

周谦自幼酷爱诗文，青少年时期尤喜诵唐诗、宋词，常常到如痴如醉境界，吟诵之余，灵感萌生，诗兴大发，缕缕诗情倾泻于言表，悠悠诗篇挥毫于纸不倦。他的诗作以五言律诗，七言律诗，田园诗见长，有个人手写诗集《坚白生诗草》共 302 首，外附录诗 14 首。抒情状物，描景叙事耐人寻味，“多才楚屈子，独陷重昏间，媚世孽行盛，容身正道难，凤凰栖枳棘，乌鹊巢堂坛，做贼投江死，贤臣万古传”（周谦《诗人节怀屈原》）。“暮色八窗蛰语衷，银河耿耿月徘徊，频逆犬吠知民苦，转辗秋思把酒杯”（周谦《秋夜有感》）。仅这两首诗，足见周谦怀念忠烈、忧国忧民的爱国主义热情，以及诗人深知民众疾苦而又无可奈何，只好借酒消愁的矛盾心理。

周谦不仅具备文人的儒雅、医生的慈善、官场的视野，更具有诗人的激情、奔放和豪迈。1948年，身居乡公所副乡长要职的周谦，看透了国民党的腐败没落，个人要想解救民众于水火之中已无能为力，便邀约乡间周嘉禾、杨凯、杨柏屏等文人雅士成立了罗江第一个民间文学社团“云峰诗社”，周谦担任“纪事”，负责处理日常事务，收集、整理诗稿，负责编辑社刊《云峰诗草》。诗集在辗转传阅中散失，但80年代初期诗社大部分诗稿经搜集整理，录于《鄢家乡志》，给鄢家的后代子孙留下了一份宝贵的文化遗产。

周谦不仅能诗善对，而且练就一手好书法。他幼年开始习字，楷、行、草、隶，特别是他的行楷取王羲之、苏东坡之长，自成一体，形成特色，曾多次参加市县书法展，受到好评。

周谦一生，时逢变革，历经坎坷磨难，但他为人谦逊，心肠和善，待人宽厚，勤奋好学，多才多艺，倍受乡民的尊崇和爱戴。

有“草根文化人”之称的周贵绵，文化成就显著，成为罗江的文化名人。

1954年秋天，周贵绵出生于罗江县鄢家乡云峰村，父亲识字不多，却当了村“扫盲”识字班的“先生”，教村民读书写字。周贵绵自幼酷爱读书、唱歌，从小学到初中，无论在上学的路上，还是在放牧的牛背上，他都书不离手，歌不离口。

周贵绵的青年时代，父母先后病逝，他成为一个孤儿，几乎失去了生活的勇气。恰好，几位下乡知青带来了《青春之歌》《播火记》《林海雪原》等当时被视为禁书的书籍，他把这些借来的书不分昼夜反复诵读，渐渐走出困境。

他的“抄书”活动是从“抄歌”开始的。当时，他从几个下乡知青那里抄来了《我的祖国》《芦笙恋歌》《敖包相会》等歌曲。为抄《英雄儿女》《卖花姑娘》等多部电影插曲，他反复看了七八场“坝坝电影”。他经常步行20多里路到县城图书馆去抄录歌曲。

从1966年到1978年，他抄下了500多首歌曲，并将这些歌曲整理装订成4个手抄歌曲集。他抄录的小说、诗歌、民间故事、谚语等100多万字，如今还在他家的书柜上珍藏着。

2000年5月，周贵绵被调入罗江县文化馆担任副馆长兼音乐文学干部。近20年来，他参与编辑《罗江县优秀文学作品选》《罗江县非物质文化遗产集成》等地方文艺作品集10部，由出版社出版；他的个人音乐文学专著《牛蹄踏出的音符》《诗意中国》《那道岭那条江》由国家级出版社出版。他还定期举行乡镇文化专干培训班等，深入乡镇、企业、社区、学校对文艺骨干进行培训辅导。2014年12月，县委、县政府为他成立了名师工作室，其创作编排的多首合唱歌曲唱响北京国家大剧院，还在中国民歌合唱节等比赛中获奖。

60多年来，周贵绵热衷于读书、买书、藏书，现今家庭藏书4000多册。他还向社会捐赠书刊2000多册。2018年年底，第三届全国“书香之家”入选家庭公布，周贵绵名列其中。2019年，在他的影响下，他的两个女儿也酷爱读书、热衷写作，两个家庭分别藏书2000册以上。同时，两个女儿也学有所成，正致力于家风家教社会教育传播工作。

几十年的书香墨缘，改变了周贵绵的人生和命运。由于在农村群众文化工作方面取得的突出成绩，他先后成为中国音乐家协会、四川省散文协会会员，当选为罗江文联副主席，被评为罗江拔尖人才、德阳市有突出贡献文艺工作者、全国文化系统先进工作者。

寓意独特的罗汉寺童儿会

新盛镇下辖的罗汉场社区，是一个颇有故事的地方。

罗汉寺是罗汉场社区的一处佛教旅游点。明万历二十七年

（1599），乡民在场口建寺，因其后山酷似阿罗汉，故名罗汉寺。清雍正八年（1730），罗汉寺香火日旺而渐成集市，名罗汉场。

冬日暖阳的一天，我们与新盛镇政府工作人员左琳到了罗汉寺。寺庙住持普弘介绍说，罗汉寺始建于明朝万历二十七年（1599），由惠源禅师募捐建成“大佛殿”“关圣殿”“送子殿”“千手观音殿”。时任知县张振道捐白银两千两，题名“罗汉寺”。清雍正六年（1728），遭兵火焚化，雍正八年（1730），玄空禅师重修启殿。清乾隆三十一年（1766），洞源禅师建罗汉桥，知县杨周冕捐资，题名“罗汉桥”，赠“十殿一洞天”匾。乾隆三十三年（1768）钦颁御制赠“万岁牌”，嘉庆十二年（1807）塑灵宫于前楼，造碧山殿、檀香殿于南北两侧，筑戏楼于前寺。

罗汉寺每年都要举办童子会，童子会形成于清代嘉庆年间，历史悠久。当地人称童子会为“童儿会”。嘉庆年间起，罗汉寺信众创办了“三月三童子会”。此后每年农历三月三日这天，来自方圆百里的万余民众手牵孩童来寺中过“童子会”，此习俗沿袭至今已有数百年历史且从未中断。其规模盛大，影响深远，名噪川西北地区。

古往今来，罗汉寺观音送子的故事家喻户晓，各地求嗣者纷至沓来，络绎不绝，殿堂香烟缭绕，烛光通明，人声鼎沸，热闹非凡。

每年立春后，童子会举办者会请艺人制作数个木童偶（后改为布童偶或瓷器童偶），用于活动。庙会当天，巳时，钟声起，会首（活动负责人）在寺前临街戏楼宣布童子会开始，致吉祥辞后戏楼开始上演川剧酬神，场镇农业生产物资交流同时开市。午时戏停，点燃鞭炮，罗汉寺布道，法师抛出经过开光的童偶，众人争抢，得偶者于大殿或祈福或求子，把抢得的童儿看作是观音菩萨恩赐赠送的，便捧回家虔诚供养，祈求来年早生贵子，心诚者多有灵验。当天还要为去年三月三抢得童儿如愿以偿的人举行还愿仪式。是时，人们唱歌跳舞，唱大戏，耍狮灯直至深夜，为得子者庆祝贺喜。

每届童子会戏楼连续上演大戏三日。每年童儿会都有很多新婚夫妇和不孕家庭慕名而来。

出了罗汉寺，走一段街道，来到罗汉桥。此时的罗汉桥正在修复之中，工人们正在忙碌。桥头上，一位谢姓大爷谈起罗汉桥的来历：乾隆十三年（1748），罗汉桥由罗汉寺住持洞源禅师募捐建而成。这座桥位于罗汉寺以东的百步溪上，乾隆三十三年（1768）知县杨冕书赠匾额，题名“罗汉桥”。这座桥长2.2米，据说这是我国现存最短的廊桥。

站在桥上，笔者想象春夏时节，俯瞰桥下流水潺潺，享桥上方亭灿然。过路游者凭栏临风，心旷神怡。沿溪瓦屋错落，垂柳依依，颇有几分江南古风的韵味。

此时，河道上正在机械作业，拓宽，清淘淤泥，工程浩大。左琳透露，这里要打造成一个旅游打卡点了。

经历复杂的“罗江新派”人物米庆云

在新盛做访谈时，新盛政府的米文博老师对新盛的传统文化侃侃而谈。

米文博老师是个热心人，在得知我们的想法后，便四处帮笔者寻找对他们家族渊源最清楚的那位长辈米迪其。

米迪其现年70岁，家住新盛镇老君村六组。他说：“我们新盛米家出了一位经历复杂、被误解后又被重用的‘罗江新派’人物米庆云，又名米珍。”

有关米庆云的事迹，一是听米迪其的介绍，二是在《德阳回首录》中笔者看到米庆云本人写的回忆录文章《忆在大革命浪潮中兴

起的罗江“新派”》

1927 年，米庆云还在读师范时就在同乡、同学的支持下被推选为罗江县“旅江学会”主席，常在“会刊”上著文揭露罗江贪官污吏、土豪劣绅的丑行。又与王泽寰、解光远等同学一起，同新盛乡的团总廖楚珩、李定英，罗汉场的团总梁兴裕等进行了激烈的斗争。他们动员农民起来反抗，终于把强占的庙会田产夺了回来，并以这些庙产在新盛乡办了一所小学。

1928 年秋，米庆云考入四川大学中国文学院，在中国文学院的同学石兰，成都大学的赖世平、谢曼秋等人支持下，米庆云被选为罗江“旅省学会”主席，又创办了《新罗江评论》，大力宣传反帝反封建的革命思想，揭露军阀、土豪劣绅、贪官相互勾结压榨贫苦农民的丑恶面目。许多同学先后接受了马克思主义思想。同时米庆云等人又用“新罗江评论社”名义，吸收罗江中小学教师、校长作为“中国社会劳动党”的外围，准备在罗江开展有组织的斗争。

1932 年 7 月，米庆云于四川大学毕业返县，任罗江县立中学教务主任。次年任代理校长，同时还担任罗江县教育会常务干事，并兼任国民党罗江县党务指导委员会委员。赖世平、谢曼秋、赵凡钦等人同任委员。全县的教、农、工、商四法团都在党委会的领导之下，从而使全县绝大多数的中小学教师和知识青年与教育会、党务指导委员会团结起来，形成了“罗江新派”。同年 9 月，新派掌握了新盛、鄢家、慧觉、金山、御营、略坪等乡的政权，并大力发展教育事业和建立武装，控制了罗江东南区。此为新派势力的极盛时期。

1932 年，米庆云和劳动党骨干赖世平、谢曼秋等人多次积极筹划，企图武装攻取罗江县城，建立由“中国社会劳动党”领导的革命政权。但由于他们缺乏武装斗争的经验，便一再推迟起事日期。

恰好此时中国共产党领导的工农红军正在通、南、巴一带建立川陕苏维埃政权。米庆云等人立即致函给川西北各县民众团体，号召他们联合起来共同反对征派“剿赤”军费，发起抗粮运动。以此打击军阀，支援红军，扩大声势，见机起义。各县皆积极响应。1933 年 2 月，各县派出代表到成都组织“川西北民众代表请愿团”。米庆云被罗江各法团推选为罗江县代表。

罗江县的“劳动党”人和“新派”人士接到赴蓉请愿团的紧急通知和米庆云的私函后，立即到各乡宣传、阻止农民缴纳捐税。在米庆云等人的宣传发动下，300 多名农民积极响应。他们手执扁担、柴棒涌入征收局，愤怒的群众把已摆好的酒席全部掀倒，并将会议桌上准备发给区乡的文告和征粮廒册等文书放火烧毁。征收局门窗桌椅等物被砸烂。县长徐炳先当天晚上慌忙通过电告三台告知 29 军军部和绵阳警备司令部，请求速派军队弹压“抗粮暴动”分子。第三天，军部就调一个团来罗江驻防，紧接着逮捕了罗江中学教务主任赖世平、鄢家小学校长赵凡钦，通缉“首犯”米庆云。在搜捕中谢曼秋、陈善卿等人出逃。“新派”在各乡任区正、乡长、团防队长、小学校长等人均被免职。“新派”在县内各地遭遇打击。

米庆云在成都开会时接到罗江的通知：速躲避，暂勿回县。次日米庆云经李元凯介绍，到第 28 军（军长邓锡侯）独立师（师长陈离）陶宗伯旅第 1 团（团长孙燮林）第 2 营任政治指导员。1933 年 4 月初米庆云随陶旅到绵阳待命北上。一天下午同营长等人到绵阳城内百货商店购物品时，被第 29 军便衣侦缉队围捕，交绵阳警备司令部关押，次日又派专车秘密押至三台入狱。

1934 年 9 月，米庆云由三台县第 29 军“清共”委员会的监狱提出。1935 年 1 月，米庆云任第 29 军政训处宣传课编纂股少校股员。1935 年 3 月 28 日，红军突破田颂尧部守卫的嘉陵江苍溪县境防线，田军河防部队全线崩溃。

1935 年 4 月 2 日，蒋介石解除田颂尧的军长职务，由孙震代理第 29 军军长。米庆云趁孙未到职之前，向政训处申请返乡省亲，经批准回罗江，结束了两年多的囚禁生活。

米庆云回家探亲后，立即到重庆面见张澜，感激张先生救命之恩。在逃的“新派”骨干也先后回罗江。直到 1935 年下半年“新派”的情况又有新的转机。

米庆云于 1940 年 9 月被委任为靖化县长。次年夏天，他在靖化铲烟，未能成功。

1949 年 12 月罗江解放。米庆云因为被人诬告是共产党叛徒，被成都军管会逮捕，关押两年多无罪释放。1956 年后，米庆云先后被安排任成都市西城区政协委员和常委、成都市政协委员。1986 年成都市公安机关发文，为米庆云建国初期两次被关押彻底平反。1987 年 1 月，中共成都市委和市人民政府又任命其为成都市人民政府参事，并给予优厚的生活待遇。

米庆云生前写过不少著作，主要有《抗战时期国民党的县政改革》《金圆券银圆券给四川造成的灾祸》《刘湘兴亡纪略》《国立成都大学兴废记略》等作品。

“八零后”剪纸非遗传承人刘绍富

剪纸是中国喜闻乐见的民间传统装饰艺术之一，有着悠久的历史。剪纸艺术大约出现于汉魏时代，主要应用到铁器和金银饰品的镂花中，到后来由于纸的出现，这种方式就转到了纸上，形成了最初的中国剪纸艺术。如我国出土的 5 幅剪纸作品，距今已有 1500 多年的历史。

剪纸因其材料易得、成本低廉、效果立见、适应面广而普受欢迎，既可做实用物，又可美化生活。剪纸不仅表现群众的审美爱好，并蕴含着民族的社会深层心理，也是中国最具特色的民间艺术之一。2006 年，剪纸经国务院批准被列入《第一批国家非物质文化遗产名录》。

在《罗江县非物质文化遗产集成》中，由周贵绵搜集整理的《罗江剪纸》讲到了罗江最早的剪纸传承人曾全章。三十多年间创作了大量反映新时代新风尚的剪纸作品，先后有 200 余件作品在国家、省、市报刊上发表，多次参加市、县级展览。

已过世的罗江老一辈剪纸艺术家曾全章有一个得意弟子，名叫刘绍富。

出生于 1981 年的刘绍富是罗江县新盛镇一位地地道道的农民，从事民间剪纸却已有 10 余年之久。刘绍富初中毕业便开始自谋生计，对于剪纸艺术，他说自己从初中课堂上接触过以后便深深地喜爱上了，没有任何基础的他开始自己学习绘画、剪刻技术。2006 年起，刘绍富和妻子在新盛西街（邮政代办点旁边），开起了自己的一家剪纸店。

说起剪纸，刘绍富的喜爱之情溢于言表。

笔者看到墙上挂着刘绍富创作的一幅幅剪纸作品。题材多样，雕刻精细，形象生动，艺术感强。

刘绍富说："我创作的剪纸，主要是以罗江的历史人文故事为题材，作为游客喜欢的旅游纪念品，更好向外界宣传罗江。"刘绍富创作的罗江剪纸主要有三类：一是三国人物篇，刘备、庞统、关羽等三国人物的单人剪纸；二是三国情节篇，桃园结义、三顾茅庐、三英战吕布、空城计、三计策蜀、连环计、绘西川等三国时期重要历史典故剪纸；三是罗江景点篇，根据白马关、庞统祠墓、调元故里、县城风景等罗江县境内的各个旅游景点而设计制作的剪纸。

2010 年 11 月，由刘绍富创作的罗江剪纸作品被评为四川特色旅游商品，这大大激励他更加潜心于剪纸艺术的探索。

刘绍富说："艺术无止境。罗江剪纸仍需要进一步打磨和完善。"

他每天都要抽出时间，静静坐下来，手拿刻刀或剪刀，聚精会神，沉浸到艺术中。这很难得。

笔者问起刘绍富为何喜好剪纸艺术能耐住寂寞默默创作，并致力于传承这项非物质文化遗产？

他说："剪纸艺术不仅是一种艺术创作，更是一种文化传承和表达，承载着丰富的历史、文化和精神内涵。我们年轻人，有责任将这一艺术传承下去，丰富大众的文化艺术生活。"

新盛，因艾家坝传说而充满神秘色彩；因罗汉寺童儿会而对生命传续保持美好的期待；因濂溪家风的传扬而让人们的精神状态更加积极向上；也因榜样的激励作用而让这方土地上的人们，更加充满创造的激情，不断追求更加美好幸福的生活！

金山银山蓄势正发

金山来历：藏金之地

成都到绵阳高速公路上，路过罗江，会看到一个名叫“金山”的出站口，笔者从没有从这里下去过。只是每次经过，看见“金山”两个字，都会浮想联翩。

因写作罗江，需要走访每个乡镇。由此，金山镇进入我们的视野。近年来，“青山绿水就是金山银山”的观念深入人心。“金山”二字更是频繁出现在人们视线中。只不过，这里的“金山”只是财富比喻说法，现在我们要说的则是一个真实存在的地方——“金山镇”。这个地方真的和财富相关。

在金山镇政府，笔者见到了镇关工委执行主任叶鹏。叶鹏是金山镇本地的干部，原是金山镇文化专干（以前又叫镇文化站站长）。出发到金山前，笔者在百度上搜索了一下“叶鹏”，看到 2019 年 5 月 27 日“罗江发布”的一则新闻《德阳市罗江区首届“罗江乡贤”名单公示》，共有十位，其中一位便是叶鹏，“1988 年至今从事乡镇基层文化工作整整 30 年不间断。他带头创作，以自编自导自演宣传党在农村的方针政策，讴歌身边的好人好事，批评身边的不文明现象，深受农村和社区群众的欢迎和好评，所创作的作品在省市发表 30 余篇。”

说起金山的历史，20 世纪 60 年代出生的叶鹏如数家珍，问啥答啥。叶鹏说：“正史记载，宋代元丰年间金山设镇。金山镇，曾设驿站，后改铺，又名金山铺。旧有明崇祯十五年（1642）都察院禁役铺兵碑。因地处金牛道绵州、罗江县之间，一直是成都至西安的官道，古驿道从金山穿镇而过。”

说到金山地名的来历，长期从事镇文化工作且健谈的叶鹏告诉笔者，金山地名来历的几种说法。一说因古时人们在场镇东外营盘山一带挖洞淘金而得名。二说因有一条长长的刺笆林街，街四周山上黄荆树遍地，人们说这是“荆棘满山”，时间久了，就成了“荆山”，慢慢地人们觉得“荆山”与“金山”相通，“荆山”是穷山，“金山”是富山，人们追求好日子，于是就把这儿叫成金山了。三说金山场镇（指场镇东西两条街）的地理形状很神奇，无论当地下多大的雨，周围看起来还要高一些的地方都被水淹了，金山场镇却安然无恙，当地人觉得神奇，于是到名山找来道行高深的道士推算，道士一看大惊，说不得了，场镇建在一“金蝉”身上，水涨上来，“金蝉”就浮起来，所以无论下再大的雨，场镇都不会淹，当地百姓就把这叫“金蝉”。这里以前是驿站，过往客商络绎不绝，商人讲究吉利，“金蝉”就叫成“金山”了。

三种说法中，笔者更相信第一种说法。查看绵阳市建置的历史沿革，公元 607 年，全国改行郡、县二级制，绵州改为金山郡。隋代潼州、绵州、金山郡皆以巴西县城为治地。618 年，仍置巴西县，复改金山郡为绵州。目前的金山镇简介是 1078 年设镇建制，便有了“金山”之名。笔者猜测，现在罗江金山镇名字的由来，是否为

618 年消失的“金山郡”地名，400 多年后有人将早已消失的“金山”地名又用来指称现在的这一方土地？因为金山表达了这方土地上人民对于财富的渴望与追求。

今天的金山镇是五个乡镇合一的大镇（1984 年，原金山乡、马驰乡、谭家坝乡三乡合并为金山镇，2006 年大井镇并入金山镇，2020 年慧觉镇并入金山镇），也是罗江区的第一大镇，总面积 98 平方千米，总人口 5.42 万人。

金山镇响亮的名头不少：中国金花梨之乡、四川省百镇试点示范镇、省级生态示范镇、四川省质量强镇示范镇、省级经济开发区所在地，是罗江的副中心、德阳市北大门；德阳市 12 个集中发展区域重点镇，2015 年被列为四川省 277 个国家级重点镇之一；2017 年入选全国特色小镇；2019 年 7 月，入选全国农业产业强镇建设名单；2022 年成功创建“省级百强中心镇”。

▲ 罗江区国家级开发区（罗超 / 摄）

金山设镇到现在已近千年。沧海桑田，看看现在金山镇简介和几个响当当的名头，你就知道，金山正在成为历代金山人心目中财富之地的真正象征。

金山遗迹：探秘寻踪

鸡鸣桥城隍

叶鹏给笔者提供了一份文字稿，他说：“金山的一些典故都在里面。”其中鸡鸣桥城隍的故事让人印象深刻。

据县、乡志记载，离金山十二里一直到与绵阳交界处，地形宛如一只公鸡。相传每日五更，邻村石鸡先鸣，群鸡乃唱。此地有一座小桥，当地人称为“鸡鸣桥”，桥西约十多米处有一泉，味道清甜甘润，山人魏双修筑成井，清乾隆四十六年（1781）解元魏傲祖题“精泉”二字，以此得名。该井还有一个民间传说：很早以前，罗江县城隍升任绵州（今绵阳）城隍（城隍，原是道教中守护城池之神。城隍信仰在南北朝时期兴起，至明清时期，由守护神演变成与人间政府所派遣的“阳官”对应的“阴官”，专责这一地区的大小阴间事务。各地的城隍由不同的人出任，甚至是由当地的老百姓自行选出）。按习俗，城隍都是夜间出行工作。上任当天，罗江城隍于黄昏由县城出发，在金山鸡鸣村到营盘山下的明月坡，被一溪水挡道，城隍差小鬼造一石桥，宽约1米，长十余米，石桥造成后鸡鸣声起，故称此桥为“鸡鸣桥”。鸡鸣后天已亮，城隍无法再走，于是用神功化作城隍塑像于一座小庙内，当地人称为城隍庙。后来有人在营盘山明月坡又建成一座“新城隍”。原城隍庙称为“老城隍”。由于明月坡又是成都通西安的大道必经之处，有人在明月坡顶设一小店，供过往客商打尖，故称“上店子”。

四川有一条俗语：鸡鸣桥的城隍，州也误了，县也误了。说的是从前有个罗江城隍升职到绵州。路过金山，被人留下请吃晚饭。他想到跨过金山就是绵州地界，就放心喝酒吃饭，不知不觉到早晨鸡鸣，才知耽误了行程时间。于是长叹一声“州也误了，县也误了”，此俗语也表明了金山距离绵阳很近。

营盘山东岳庙

早年营盘山脚有一东岳庙，该山原名叫东岳庙山，离庙三百米处有一条街，称长刺笆林街，也是成都至西安的古驿道的驿站，街长约一里。街市繁华，接待往返成都到京城（西安）的过往商客。

不知哪代，一杨姓将军在离东岳庙三十里外的杨家店作战，战火移至东岳庙，一方放火箭烧山，城门失火殃及池鱼，石头建成的古庙——东岳庙也遭到烧毁和破坏，长刺笆林街也遭到破坏，大火以后街房庙宇毁坏严重。作为古驿道的驿站，不能就此消失，战火过后，当地百姓将长刺笆林街迁到现在的金山镇场镇，东岳庙迁到现在金山中学所在地。

据传闻，明末清初，罗江县吴家坟（陵）乡的盐商曾红顺反对高利盐税组织起义，反贪官杀污吏，四处奔走，曾在东岳庙山安营扎寨，故此而得名营盘山。山顶有一株柏树，树龄约百年，距离几十里依旧可见，但却在五十年前被毁。

五里碑

五里碑位于距离金山镇东北五里处，将军山、人头山与长梁子交界口，据说此碑立于唐朝，为两米高的长方形大石碑，碑上刻有文字：“……南到杨家店 35 里，西到金山铺 5 里，北到破庙子 10 里。”后来被毁去上半截，只存下半截，一直保存到 20 世纪 60 年代被毁，埋碑的地点尚存。

相传唐太宗游地府借阴钱变阳钱，由于钱太多，决定从成都修一条送文书的石板大路，直通京城，沿途共 108 铺，金山是其中一铺，故称“金山铺”。从金山经过有两条大路：一条由成都到绵阳，一条由慧觉到塔水。为避免迷路，在离金山五里处的交叉口立一石碑指路，故称“五里碑”。后来不知何时有一将军骑战马路过于此被此碑挡道，马只能飞越过去，于是挥巨刀砍碎此碑上部，故凡见到此碑的人都只知道此碑为半截。

龙王堂

龙王堂位于金山镇东南 2 千米处，营盘村 7 组响鼓石果子西坡依山势而建的古庙。相传很早以前就有此庙，庙内主要供奉观音大士，故以观音法号为名，称“圆通寺”。当时有正殿，禅房百余间，主要塑像有观音、古代圣人、龙王等五十余尊，有和尚百余人。庙对面山腰有塔林、和尚坟，是一处规模宏大的山庙，庙前有两口井，井水清澈，从未干涸。明末张献忠进川时此庙被毁，只剩山门、土地石屋一间，门匾大书“古圆通寺”。清同治三年（1864），重建此庙，取名“龙王堂”。当时建有正殿三间，塑像有龙王、观音、财神等神像十多尊，每逢二、六、九、十月观音会，前来朝奉人很多，还唱戏，民国二十九年佛教徒四方化缘，又建房三间，塑神像多尊。后损毁，现保存正殿三间为民用，相传圆通寺被毁时有一直径约 2 米的大铜钟埋入地下，现未查出下落。

马驰寺

叶鹏带领笔者来到金山镇马驰寺。这座寺庙依山而建，从残存的大殿能看出当年规模的宏大。现在已无正式大门，只有石柱支撑高大的屋顶，笔者在高高的门柱上，抄下了几副对联：

正中一副对联：

暮鼓晨钟声声自在，黄花翠竹色色皆空。

邑绅蒋超凡题书

内侧一副对联：

灿烂无边绿水青山环寺外，峥嵘有象紫薇丹桂绕阶前。

拔贡罗有义撰

外侧一副对联：

马自奋驰想是驮经留古迹，凤常飞舞只因鸣盛应昌期。

邑处士张光撰

里边中堂存有一副对联：

劫尽已飞灰练就金刚长不坏，人心思复古装成宝殿更增辉。

从这几副对联的文辞来看，语言明白晓畅，易懂能记，应该是当地文人所做，易为香客信众接受。

除近三十来年新塑的佛像外，大门边摆放一尊塑像，一看就有上百年历史。这尊塑像既不是某个神像，也不是菩萨像，倒像一员武将，至于是谁，在场当地人谁也说不清。

倒是大殿左侧门边墙面有一处石碑，刻有《重修马驰寺正殿两廊碑记》，记述道：

治东马驰寺古刹也，以昔有马奔驰，山麓石上存马跪痕，因名马寺山之脉，自安县迤逦而来，登高顾諟宛如凤，又名凤凰山。……

清光绪十一年三月二十五日立碑

碑的背面有“石永发捐钱八千文”的字样。

罗红坤、黄忠福、廖久龄等各捐钱一钏。以下依次为捐赠六百文的人姓名，共有 384 个人。

在场的马驰村党总支书记唐清国说：“马寺山又名凤凰山。听老人们说，以前庙子占地很大。前面就是木鱼山，有两口古井，名叫马驰灵井，供老百姓使用。史书记载，马驰灵井也是罗江八景之一。”

川西北古刹——金莲寺

金山有一座始建于清康熙间，重建于 20 世纪末的金莲寺，远近闻名。

金莲寺，古名观音堂，位于金山镇大锣村，距县城 8 千米。寺院初为明季道观，清康熙年间改为观为寺，依所在地天台山形似莲花而名天台山观音堂。之后于清乾隆三年（1738）、嘉庆年间及道光、咸丰间数次维修、扩建。至中华人民共和国成立，为四合院式殿堂，有山门、大雄殿、百宾殿、财神殿、寮房及碾米房、磨坊等。1978 年在天台山掘屋基出土的龙王石雕、奉迎龙王石碑，1980 年掘废弃庙基出土阿弥陀佛石像、九龙万岁石碑，1987 年旧庙住户拆古墙得红砂石砚台等，显示了天台山寺庙由道观演化为佛寺的历史。1994 年，开始重建大雄宝殿，大雄宝殿总高 34 米、宽 28 米，建筑面积 1200 平方米，整个大殿为琉璃瓦双重檐，气势恢宏，颇为壮观。1997 年修建三圣殿（后改为客堂）。1999 年修建观音殿、五观堂及钟楼、鼓楼。2003 年 3 月，金山镇天台山观音堂更名为金莲寺，经批准对外开放。这一年，修建弥勒殿。2004—2007 年，建成地藏殿。2015 年对大雄宝殿、观音殿进行了翻盖装修。

在金莲寺，你可以感受到心灵的宁静与祥和，思考生命的价值和意义，体验佛教文化的庄严与神圣。

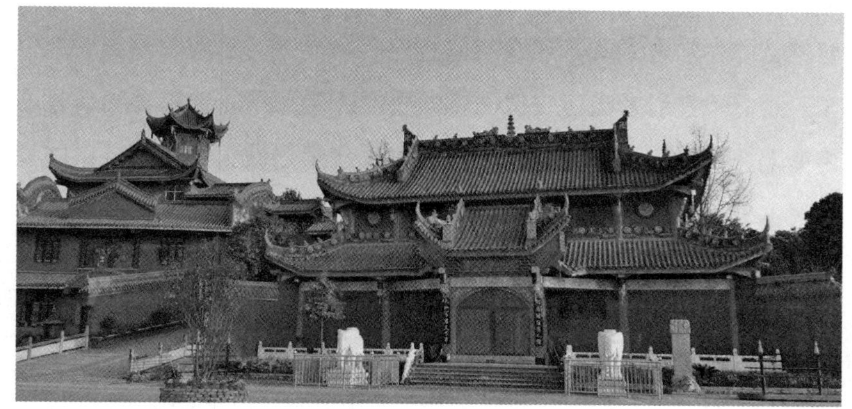

▲ 金莲寺（金山镇人民政府供图）

金山人物：青史流芳

清代名人：富商士绅谢华元

在《罗江历史文化名城保护规划（2020—2035）》中，笔者看到一段关于陕西馆谢氏宅（五世同堂大院）的文字介绍：陕西馆谢氏宅坐北向南，石木结构，为典型清代特色院落。在清朝同治年间，作为乡贤士绅懂生活会过日子的褒奖，这个院子被皇帝授匾“五世同堂”，占地面积约 3500 平方米，为“寿民”谢华元所建。谢氏在罗江从事调味品加工工作，五代都没有分过家，最鼎盛时，每天在正屋吃饭的谢氏家人就有 4 桌，每桌 10 余人。在 20 世纪 50 年代，谢家后人曾做过一次加固，而在那个风雨如晦的年代，同治帝赐予的“五世同堂”匾被毁掉。由于年代久远，谢家大院现仅存大门、中堂屋、上堂屋、东西厢房，有大大小小的房屋约 40 间。新中国成立后被收归国有，“文化大革命”期间遭破坏。现今大门上还有那时用油漆所书“四新大院”“红旗街 44 号”等文字。中堂屋面阔 6

间约 23.1 米，进深四间约 11 米。陕西馆谢氏宅因谢氏入川，五代不分家，故名五世同堂，其对研究罗江民俗、市民生活具有十分重要意义。

此前，我们曾在万安镇文化站负责人带领下，专门去寻访过。这里七八十年代还有谢氏后人居住。现在早已破损不堪，五世同堂大院占地面积宽大，分前院后院，前后院之间还有偌大的庭院，中有大树。现因无人居住，杂草丛生，房屋已破损，随时有倒塌危险。看起来，要维修保护起来都颇为困难。

在叶鹏带领下，笔者来到金山镇场镇附近乡村，寻访谢华元墓址。在菜地上，发现了一处墓碑，墓地很小，几乎看不出来。叶鹏说："墓碑几十年前因当地农民修氨水池被从上到下劈开过，现在是用水泥黏合拼接起来的，顶上的文字也有部分消失了。"我们仔细辨认墓碑上刻写的《承德郎上寿谢公神道碑序》字迹："谢华元，复兴公四子也。雍正时复兴公由粤入川置业金山镇之大岩坊四世家焉，故金山镇。……生于乾隆二十八年……幼聪颖好学博经……楼宇宏开……念本源令子回粤修墓，增置祀田罗邑独创宗祠祀神。鸡鸣即起，备极诚敬奉。……寿逾百年，覃恩宠锡。勒石表某，荣增宝树，辉映金山。……修桥路建寺院……五世同堂，沐恩宠锡庚戌。……以表功德焉。余作序，余不文，亦不敢次。因历陈梗概，勒石以垂不朽云。谨序。"落款为"庚午科举人云南大理县□□轩沐手敬书"，说明这是以为云南大理县科举人某某轩写的碑文，记述了谢华元从广东到四川罗江金山落户的经过。此后经商置业，家人五世同堂，且乐善好施，修桥路建寺院，受人敬重。墓碑两边刻写一副对联："戴仁而行必得其寿，乐善不倦惟以永年。"赞扬谢华元行仁义施善行的良好品质。

清代《罗江县志》记有谢华元经历清代五朝，一生勤奋、济困扶穷、热心公益，多次受清帝褒奖，是远近闻名的大善人和长寿之人。据说谢华元活了101岁，参加过皇帝举办的“千叟宴”。历史上，罗江进士李化楠的兄弟李化樟曾参加过“千叟宴”，推算起来，李化樟（1725—1788）参加的是乾隆五十年（1785）举办的第三次“千叟宴”。而第四次“千叟宴”是在嘉庆元年（1796）举办的，这一年，谢华元才33岁，如此年轻，不可能参加“千叟宴”。倒是谢华元为富行仁，乐善好施，家庭行孝道为远近的人所称道，推荐到京城受表彰，获赠“五世同堂”匾牌更为真实一些。

▲ 谢华元墓（张丹/摄）

谢华元经历清代乾隆、嘉庆、道光、咸丰、同治五朝皇帝。在那个年代，实属罕见。

从现有史料看，金山最早有名的富人应是谢华元。两百多年前，谢华元在金山买田产置业，后来又到县城中心建容纳五世同堂大家庭的谢家大院。这说明谢华元很有经商头脑，家庭殷实。如此富商绅士榜样对于后来的金山人具有很强的激励作用。

近代教育名人：严次笙

在《罗江中学历史沿革》史料上，笔者看到一个人名：严次笙。1926年，四川高等学堂理工科毕业的罗江秀才严次笙、拔贡向次元、秀才张翰等人筹备罗江县初级中学校，招收初中预科一班，校址设罗江西街“深雪堂”；1927 年，学校正式命名为罗江县立初级中学校，招收初中二班新生入校。

笔者在查找罗江县立初级中学校创办者之一的严次笙的资料时，看到朱懋雍主编的《德阳回首录——德阳市中区文史资料集萃》（1991）一书中，严代亨的一篇文章——《严次笙》，记述了严次笙的生平事迹。严次笙，号治镛，生于清光绪十二年（1886），罗江县金山乡（今金山镇）人。严次笙自幼聪敏好学，青少年时代考中秀才。清光绪廿四年（1898）废科举创办新学后，他于 1903 年考入四川省城高等学堂理工科，到成都学习，此学堂是当时西南最高学府，1905 年叫四川通省学堂，1927 年更名为国立四川大学，校本部在今成都人民南路省展览馆，理学院在成都南校场。1911 年毕业。严次笙在 1912 年至 1916 年期间，先后在四川省立成都一中、省立成都第一师范学校、成都联中、华阳中学任教。

1917 年，严次笙任罗江县劝学所视学；1918 年至 1923 年任龙绵师范学校校长；1924 年任罗江县教育局局长并筹备创办罗江县初级中学校。当时，严次笙鉴于罗江时风未开，文风闭塞，决心发展文化教育，培育英才。他克服重重困难，在是非不明、变乱无常的军阀割据社会里，每遇险阻，任劳任怨。一方面，利用县上出卖庙会财产的机会，争取到一部分款项作为建校经费，借用原模范小学旧址，因陋就简。另一方面，又四处奔走，到邻县拜会他的同学友人，聘请一批著名教师来校任教：聘请邑人颇有声望的拔贡向次元、秀才张翰等担任国文教员；德阳田宇量、绵竹贺萱仙担任英语教员；绵竹贺民湘担任物理、化学教员。广泛网罗人才充实师资力量，历尽艰辛，终于在 1927 年办起当时唯一的罗江县立初级中学校，严次笙为第一任校长。

1930年，严次笙到绵阳联中任教。1931年至重庆北碚兼善中学任教员三年，1934年任罗江县女子小学校长。1941年国立六中四分校被裁撤后，为使罗江青年能就地入学，又致力于筹备罗江县初中复校工作，寒冬烈日不辞辛劳。

严次笙毕生从事教育工作，对桑梓教育尤为热心，他在担任罗江县劝学所视学、罗江县教育局局长以及创办罗江县初级中学校和后来的复校期间，做了许多对人民有益的事情，在提高罗江人民文化水平方面，倾注了大量心血。

罗江解放后，严次笙拥护中国共产党和人民政府，解放之日，任罗江县临时治安委员会主任委员，对安定罗江政局起了一定作用。1950年任罗江县第一届各界人民代表会议特邀代表，1953年任罗江第三届人民代表大会代表，1961年因病逝世。

金山近代教育名人严次笙为人正直，不慕名利，在战争年代关心青年，投身教育，为罗江近现代教育事业起到了奠基作用，为罗江人所崇敬。

奔赴延安的谢曼秋夫妇

在《德阳回首录》一书中，米贞海写的《谢曼秋》让笔者记忆犹新。

谢曼秋，罗江区金山镇观音堂人。1912年出生。幼年丧父，弟兄姊妹众多，家境清寒，靠亲友接济才上了江油龙绵师范和成都大学文学预科。民国二十年成大预科毕业时，谢曼秋已经二十岁了，虽然还想读书，但家里的经济条件又不允许，于是回到县里教小学。1933年，因为他参加了罗江“新派”抗粮请愿捣毁征收局烧毁田赋廒册的运动，被迫离开了罗江。经友人介绍到永川县石足集乡任小学教员。1934年冬，校长了解到他离开家乡的真实原因，于是谢曼秋被解聘失业。他不敢回家，为了个人生计，到重庆考上了国民党“党工人员训练班”。1935 年夏受训期满，分配回县，任国民党罗江县县党部主任委员。

谢曼秋秉性憨厚质朴，豁达谦逊，酷爱文学，思想活跃，在江油和成都读书时，就爱读鲁迅、郭沫若、郁达夫的作品，爱看新文艺小说和进步书刊，加上三十年代反封建民主思潮的影响，因而他对旧社会对国民党感到不满。还在读成大预科时，就有“教育救国”的思想。他在成大预科毕业以后回县当小学教员时，就积极参加了旅省学会组织的同学下乡兴办学校的活动。他还积极参加了天旱抗粮请愿的运动。国共合作期间，谢曼秋积极支持和组织抗日宣传队，努力进行抗日后援工作。当时，县党部的副主任委员高培宗和省党部派驻罗江的特派员于述元经常与他意见不合，工作十分掣肘。眼见国民党当局消极抗日，难有作为。为了抗日救国，谢曼秋更加坚定内心的革命思想。

正当谢曼秋犹豫难决感到苦闷时，高培宗和于述元联合向上级告密，揭发他“偷看共产党书报，结交和支持一批一贯爱闹事的青年教师和青年学生，又曾积极参加前几年的抗粮请愿烧毁廒册的运动，确有共党嫌疑，请上级从速查办”。1938 年九月底，省党部的密函到了罗江，收件人却是于述元，而当时于述元又下乡未回。初识文字的县党部工友蒋里海收到密件之后，连同当天的报纸和信件一起交给谢曼秋。谢见有省党部的密件而收件人又不在家，很可能是急件要办，因此他拆阅了。看后，他无比愤慨，情不自禁地对他新婚的妻子张桂根说：“我能容人，而人不能容我！看来我只有被逼上梁山了！”当晚夫妻俩毅然决定，速速离开罗江去延安参加抗日。

1938 年十月初，谢曼秋筹足路费后，穿着黄呢子军装，打着国民党军官去西北考察的幌子，带着孔叔宛的介绍信，带着国民党省党部发给于述元立即扣捕谢曼秋的那封密件，偕同妻子辗转到了延安。

到延安后，谢曼秋和他的妻子张桂根都到抗大学习。谢曼秋在抗大毕业入了党，被分配到八路军“战地工作服务团”参加抗日工作。

后来谢曼秋又被调到新四旅工作。1944 年，随军回延安，在 128 师 386 旅的轮训班任政治教员。解放战争中又随部队转战大西北。1949 年，随王震将军到新疆工作，曾先后担任团政委、霍尔多斯旗政委、生产建设兵团师党委委员、《生产建设报》主编、农垦师十二团副团长等职。

在新疆工作期间，他一面工作，一面自学俄语、英语。1956 年，他已能通读《毛泽东选集》的俄文和英文版本。由于工作艰苦繁重，学习紧张，生活条件不好，他的健康受到很大影响。后来又得了肝炎，久治不愈，形成肝硬化。1961 年 6 月 7 日在祖国的西北边城——新疆新源县与世长辞，终年五十岁。

谢曼秋生活在一个大浪淘沙的历史大变革时期，22 岁那年，为个人生计，他到重庆考上国民党“党工人员训练班”。受训期满，分配回县，任国民党罗江县县党部主任委员。按照这个轨迹，他很大可能就在这条道上走下去。但谢曼秋追求进步，反抗暴政，在关键时刻，和妻子双双奔赴延安，投身革命，写下了自己人生的光辉篇章。

在解放家乡战斗中牺牲的谢明

金山这方土地多勇毅之士。

在阿坝州黑水县，有一座革命烈士陵，其中安葬的一位烈士就是 1952 年在黑水剿匪战役中牺牲的金山镇人赵福昌。

金山还有一位在解放家乡的战斗中牺牲的烈士——谢明。《星星》诗刊原主编白航是谢明当年的战友，他到罗江参加诗歌活动，听人说起谢明，便写了一篇回忆悼念谢明烈士的文章。罗江文史作家赖安海后来撰文，记述了发生在罗江解放前夕的这一段可歌可泣的烈士故事。

1949 年 12 月 21 日解放了绵阳城后，当日下午破庙子一战，很快打垮了埋伏在莫家沟两侧山梁上的敌人，但意外的是，在向罗江县城进军途中，走在尖兵连前面，从一野 18 军团派往 60 军先头部队 180 师 539 团 1 营 1 连的文工团创作员兼随军记者的谢明，刚踏上生他养他的罗江地界时，却遭到国民党军的伏击，猝然血洒故乡，不幸牺牲。

谢明，罗江金山人（一说是罗江万安镇人），1946 年谢明在绵阳国立六中分校读书时，因不满国民党的腐败统治，参加民主运动而被校方除名。他满腔义愤，和几位同学离开家乡北上，历经千难万险，经陕西、河南来到河北省南部晋冀鲁豫解放区，进入《黄河大合唱》歌词作者光未然任系主任的北方大学艺术系学习。毕业后，谢明和 15 位同学一起被分配到新组建的中国人民解放军华北野战军第一兵团（后改 18 兵团）文工团，与白航、燕征三人共同组建了文工团创作组。1948 年春，石家庄解放后，文工团曾去石家庄演出，他既创作节目，还在演出中主动担任角色，深受文工团领导、编导及演职人员的好评。在总攻太原前夕，华北三个兵团将在太原前线会师，文工团要创作一批剧目欢迎前敌委员会的成立，会后，谢明与白航合作创作了描写解放大军英勇作战，打得国民党军四散奔逃、溃不成军的活报剧《追！》，受到领导肯定，作为大会师文艺演出的重头戏。总攻太原开始后，谢明和文工团中的十几位同志深入最前方的战壕里，和战士们战斗生活在一起。他在体验生活、收集剧目创作素材的同时，还在兵团《子弟兵》发布了多篇反映指战员英勇杀敌、俘虏敌人的通讯报道。太原解放后，一野大军掉头南下。解放了西安、宝鸡之后，向四川进发。从宝鸡向四川进军途中，十八兵团文工团创作员谢明、白航和编导杜彬分别下到全兵团的尖兵师180师539团和540团的连队中，与战士们行军、战斗在一起。谢明同战士一样背着全部行李和干粮，一天行军一百多里，翻秦岭、破朝天关，解放广元，攻克剑门关，解放绵阳，一路行军，一路战斗，只不过战士们是用枪，谢明他们三人是用笔罢了。进军途中，1949年10月1日为庆祝中华人民共和国成立，解放军十八兵团政治部文工团编印了《人民子弟兵歌曲集》，分发部队演唱，《歌集》收有田汉作词、聂耳作曲的代国歌《义勇军进行曲》等7首，其中就有谢明与谢添共同作词，分别由田工、杨光、林翔作曲的《保卫国防（一）》《保卫国防（二）》《新中国光芒万丈》等歌曲三首，一路唱向四川。

1949年12月21日凌晨绵阳解放，10时左右，谢明因书写立功喜报在绵阳街上杂货铺购买红纸，忽然见到宝鸡出发后一起下到师先头部队的亲密战友白航。他高兴地对白航说：“我原在绵阳国立六中读书，1946年从这里到的北方大学。前面就是我的家乡罗江县，马上就要参加解放家乡的战斗了。”由于谢明所在营是全团的前卫，二人很快告别回到各自驻地。午后，白航所在的2营接到命令向罗江开拔，临近傍晚时分至距罗江县城10余千米的金山铺宿营。白航忽然接到通知叫他到营部接电话，电话是杜彬从540团打来的，杜彬是他们三人下到18师先头部队的组长，他告诉白航说：“谢明今天在和敌人的遭遇中牺牲了。”白航感到十分意外，上午在绵阳街头与谢明见面才过去了几小时，他怎么就把热血洒在故乡的边界了呢？当白航正为失去战友而悲痛时，团部政治处又打电话通知他去取谢明遗物。白航找到政治处的住地，政治处的同志交给他一个白色的小包裹，里面有两件洗得发白的军衣，一双布鞋，一个日记本。政治处的同志告诉他说：“谢明是今天午后在绵阳、罗江交界处的战斗中牺牲的，打扫战场时才发现了他的尸体……”白航的心里乱糟糟的。回到住地，白航看着谢明笔记本中剪贴着他从西安出发后在行军和战斗中为兵团《子弟兵》报所写的十几篇文笔流畅、简洁生动的通讯，不断流泪。天已经黑了，白航仍呆呆地坐着，不愿相信这是事实，直到同志们几次叫他吃晚饭才清醒过来。

多年后，白航从四川省作家协会《星星》诗刊主编岗位离休后，专门写了一首《一朵花凋谢了，在故乡》悼念他的亲密战友谢明同志：

有一朵花
凋谢在战火纷飞的路旁
那里，恰是他的故乡
我唱一首挽歌
在他墓前
歌声摇动着青草
伤悼他过早地夭亡
战斗，行军
行军，战斗
多少个日日夜夜
终于一步步
翻过巴山
走近罗江
脚和心跳动得同样有力
眼睛，闪耀着太阳的光
但是，一阵枪声之后
他便倒下去了
没有恐怖

没有痛苦，没有忧伤
但却有一点怅惘
因为
没有能来得及轻拍一声
那篱笆的门房
亲亲地喊上几声乡邻大嫂
告诉他们
谢家老二终于回来了
从那遥远的地方……
这里曾是他走熟了的土地
水田里，也许还留有他的
汗珠未凉
但，这一切发生得多么突然
（冷静一想又是多么自然）
一个军人最终把鲜血洒在
生他养他的故乡
安息吧！战友
永远陪伴着你的
有那流着绵长乡音
清澈而又亲切的罗江
和那长声吆吆的山歌
慰你饥渴的情肠

改革开放：金子总要闪光

远近扬名的金山打米行业

20 世纪 80 年代，罗江金山镇依托宝成铁路金山站和 108 国道川陕公路的运输优势，勤奋而有商业眼光的金山人发现了打米行业的商机，纷纷购买稻谷和打米机，直接将打磨出来的新鲜大米销往成都，因为参与的人多，规模逐渐扩大，到九十年代高峰期，金山镇的打米企业大大小小（包括家庭作坊）达到 110 余家，直接参与人数达到 1000 余人；日加工大米达到 3000 吨；金山大米成为成都大米供应的重要来源。当时成都流行一句话，“金山一周不打米，成都人饿饭半个月。”同时带动运输行业发展，100 余辆大型货车专门运输稻谷和大米。当时，金旺米业、金鑫米业、金发米业、正发米业、顺达米业、星星米业、大发粮贸有限公司、良虹粮食制品有限公司等一批成规模的大米加工企业远近有名。陈辉元、李兴龙、黄胜金、朱平、谢斌等是当时做得最大的行业老板，成为金山人改革开放以来最早的一批发家致富的带头人。

近年来，金山镇的粮食加工业虽没有当年鼎盛，但也有后来者继承了这一行业，成立于 2015 年 6 月 1 日的罗江县志达粮食加工厂，注册地位于金山镇工业园区，投资人为严邱，经营范围包括大米、砻糠、米糠、洗米糠、玉米粉加工及销售。随着互联网时代的到来，由罗江区金山镇海兰稻果香家庭农场打造的天府云商平台是一家有影响力的电商交易平台，主要经营范围：米、油、面等农产品。“百度爱采购”还设有罗江县金山镇大米加工厂热门商品专区。

2022 年 1 月 19 日，广州市花都区人民政府网站发布一篇文章《德阳罗江：“银税互动”助力米香飘万里》，文章中提到的四川金锐鑫粮油有限责任公司位于罗江金山工业园区，主要从事大米、油菜籽、大麦、小麦等农作物的收购、加工和销售。因受市场影响，加之公司自有资金筹备不足，满足一年的正常生产经营存在着很大困难。税务部门在了解到公司的困难和需求后，主动对接工业园区和农商银行，及时提供公司的纳税信用等级评定情况和涉税数据等有效信息，将纳税信用转化为融资信用，成功为公司申请到了 400 万元贷款，而且利率较普通商贷节约了近 8.8 万元。

“罗江税务部门真的是为我们公司‘贷’来了及时雨，这笔贷款不仅让我们‘活’过来了，而且还会‘活’得更好。”四川金锐鑫粮油有限责任公司法定代表人严勇喜悦之情溢于言表。

蓬勃兴旺的建筑业

20 世纪 90 年代到新世纪前十年，金山涌现出一批建筑包工头和企业老板，生意在省内外做得风生水起。八十年代末，金山工业公司成立金山建筑公司，陈东、范家斌、李兴顺等建筑老板成为建筑公司项目经理，金山镇内中大型建筑均由各项目经理负责建设。

2001 年 8 月 21 日成立的四川省罗江县金山建筑工程有限责任公司是一家有实力的建筑公司，经营范围包括建筑工程施工总承包贰级，市政公用工程施工总承包贰级等。

这批建筑企业老板带领金山建筑民工走南闯北，为当地建起一座座工厂、一幢幢居民楼房，促进了当地社会的发展，企业自身不断做强做大，跟随出去打工的金山民工也增加了收入，改善了生活。

欣欣向荣的城镇新貌

金山现在是罗江第一人口大镇，也是经济发展大镇。因为金山人勤奋，头脑灵活，商业意识和消费意识强，因此场镇建设起步早，发展快，加上金山镇成为罗江区国家级经济开发区的主要承载地，所以，金山镇的场镇面积，包括经开区在内现在已达到了 9.5 平方千米（其中场镇面积 2.5 平方千米，还在快速的扩张中），常住人口达到 2.4 万人；街道、水电气等生活基础设施不断完善配套提档升级，场镇环境持续优化。

同时，有一定规模、日接待能力达到 500 人以上的宾馆、酒店有三家，如四季园、金凯瑞、陶然居。金山场镇节假日酒店客满，一派繁荣景象。相应的公共文化娱乐配套设施也不断完善提升，文化活动和文化消费成为金山人业余休闲的重要选项。

金花梨功臣黄通礼

土地肥沃、物产丰富、气候宜人的金山，特色农业经济发展也很显著，堪称现代农业的典范。其中的金山梨已是罗江的著名水果品牌。

金秋时节，金山镇的秋月梨喜获丰收，村民们迎来了忙碌而幸福的时节。行走在梨树间，金灿灿的梨子挂满枝头，在阳光照耀下，闪着诱人的光泽，空气中弥漫着清甜的果香，果园里装满梨子的竹筐连成一片。大井村有 5000 余亩梨树，主要有秋月、翠冠、金花等品种，今年该村梨产值 2000 余吨，毛收入 5000 余万元。

提到金花梨，叶鹏说："有一个人值得好好写一写。他就是大井村四组生产队长黄通礼。"

在大井村金花梨产地旁的乡村集市广场上，我们和黄通礼坐在石凳上聊起了金山花梨的故事。

黄通礼，生于 1954 年，70 岁的人，身板还硬朗。皮肤黄中带黑，一个普通得不能再普通的农民。说到金花梨，黄通礼眼里透出一丝亮光。下面是他的自述：

我 10 岁开始读书，只读了两年书，1973 年开始劳动挣工分，

1978年当生产队副队长，1980年当队长，一直干到2023年。

1986年之前我们这里以种西瓜为主，大井的西瓜出名，很受市场欢迎。1986年，我们组织农民种葡萄和柑橘，葡萄结果后十分畅销。几年后我们又发现梨子市场好，就组织社员到罗江鄢家等地考察，1992年栽种树苗，1995年挂果。1997年卖两元多一斤，一挑要卖500多元，当时三挑谷子都不如一挑梨子卖的钱多。

1996年，我担任五星村村委会副主任，98年产业结构大调整，我们组织全村成片规划大力发展栽种梨树。其中金花梨以异花授粉，大量挂果，产量也上去了。我主要负责指导社员打窝、放线、栽种管理技术，包括病虫害防治、配药等技术指导，直到现在，罗江区农业局也叫我负责梨树的病虫害防治工作。

现在大井村有近2000亩梨产地，一年产梨一千多万斤。金山梨有几大优点：耐储存便于运输；止咳化痰，含糖量达13%～15%；香脆、化渣、骨小、肉质厚。优质梨有秋月梨、翠冠梨、金花梨和龙泉酥几大品种。金花梨最重能到三斤八两，一般是八两到一斤。

金花梨主要销到省内各大城市，会场上已是知名品牌。

陪同我们的叶鹏感慨着：“没有黄队长当年的辛勤付出，就没有金花梨现在的产业规模和影响。印象最深的是，每天早晨，黄队长走到每个村院口，大嗓门吼：‘今天该打窝了！今天该打药了！’村民们听到黄队长的吼声，自觉带上工具到地里劳动。村民都说：‘我们种梨，有黄队长，一点也不用操心，只管按照他说的去做就行了。’”

在大井村村道上，我们看到一个显眼的牌坊，上面写着“中国金花梨之乡”。在一大片梨树地，远远看见田地上高高立着十多个红色大字牌，连起来是“国家梨产业技术体系示范基地”，这里是几个生产队合起来的 3000 亩梨产地，整个金山镇一共有上万亩。

“明年春天，到金山来看梨花，那真是好看呢！”叶鹏对我们说。

是啊，从梨花到梨果，金山这片金土地，充满诱惑！

从老板到村书记的万晓华

“金山镇有没有哪个村的人，原来是老板，后来回到家乡当村干部，带领村民发家致富？”我们好奇地问。金山镇政府干部叶鹏立马说：“有啊！谭家坝村党委书记万晓华。”

金山场镇一个面积很大的群众文化广场上，有个区域一群老年人正在跳广场舞，音响开得很大，跳得很起劲。一棵大榕树下，几个中老年男子在轮换唱卡拉 OK，左音右调，声嘶力竭，听的人乐呵呵的。还有的老年人在广场边安静处打牌，下棋，各得其乐。

叶鹏带我们参观了广场的地下社区图书阅览室、电影放映室、文化活动室，地盘大，门类齐，还很规范。

在广场里边，我们见到了叶鹏说的谭家坝村党委书记万晓华。万书记正与几个年龄相仿的朋友围坐在一张摆放着茶具、水果瓜子的桌子边，一边喝茶一边聊天。几个朋友中有的是在外做生意回来看望家人，有的是在本镇做事，有的是工业园区内上班轮休的职工。看他们悠闲快意的神情，我们羡慕不已。

说明来意，万书记也是健谈之人。他说起自己在外经商多年后又回到村子，在老书记的劝说下当上村书记的经过，以及如何为村民办实事，带领村民致富的一些事。

万晓华是百宝村人。后来百宝村合并到谭家坝村。他 20 多岁开始从事餐饮，在谭家坝开过餐馆。后来走出去做生意，跑遍了西南三省。2006年，一个朋友在上海做生意请他去帮忙。干了两年，2008年，自己创业，做保健品推销。2010年回乡继续做了两年生意。当时老书记看到他人品好，肯做事，介绍他入党，培养他。2014年他成为正式党员。这一年老书记病逝。村里竞选书记，几十个党员投票选举万晓华。就这样，万晓华成为一名村书记，考察期三个月，开始是副书记。他说："我当时还想做生意，月收入有两万元。"2015年，他转正成为书记，村上事务越来越多，他下定决心放弃了生意，让妻子去料理。

"作为村书记，身上的担子重。老百姓都望着你呢。"万晓华沉思了一会儿说道。他想搞支柱产业规划，走访村民，拜访专家，组织党员干部到北川、眉山、成都金堂等地考察，最终决定根据谭家坝村地理和气候优势，选中"百宝柚"、大雅柑和爱媛三个品种在全村推广栽种。2016年结合脱贫攻坚计划，在罗江经开区帮扶下，免费把果树苗发给村民和贫困户栽种，还请金堂县果树专家前来进行技术指导。果树成熟后收成还不错，一亩田特早熟蜜橘可达到一万元纯收入，大雅柑和爱媛的收入可达到一亩7000～8000元。

"我的努力得到了镇政府的肯定和重视。"万晓华喝了一口茶，接着说，2019年，为扩大栽种规模，我们村争取到200万元买树苗的项目经费，发展果树3000多亩，现在谭家坝全村种植面积达到5000亩，总收入达到5000万以上。

"随着果树大量栽种，我们又向镇、区上级部门争取到水果分拣和保鲜业务，让脱贫户参与劳动，获取收益。村上尽力帮助村民扩宽销售渠道，增加收入。一是盘活闲置土地，二是土地出租。"万晓华的经商才能都用在壮大集体经济和帮助村民致富上。

我们问万书记这几年放弃做自己的生意而带领村民致富有何感想，万书记说得很简单："村书记是领头羊，多为老百姓做事，心里很踏实。”

在搜索引擎中，笔者敲下“万晓华”几个字，看见一则新闻《在新时代中体现代表担当——金山镇人大代表工作风采》，其中“乡村振兴”小标题下，是万晓华说的一句话：“扎实工作为群众，乡村振兴有代表。”新闻简述了万晓华作为谭家坝村党支部书记的事迹：带领群众“三个坚持”，助推乡村振兴。坚持开展结对帮扶，全面落实人大代表联系帮扶贫困户工作，确保其选区每名人大代表结对帮扶 2 户贫困户。坚持开展宣讲教育工作。深入村组院落，不定期召开坝坝会、座谈会，通过老百姓喜闻乐见的方式拉家常，激励群众感党恩、听党话，在乡村振兴战略中有所作为。坚持开展环境整治工作。成立清扫工作队伍，鼓励带动群众养成良好的生活习惯，督促引导群众形成爱护环境人人有责的良好风尚，用心打造美丽宜居新农村。

乡村振兴典范嘉禾庄园

金山镇水资源丰富，其中起到径流调节、蓄水防洪、灌溉养鱼等作用的大小水库有多座，如彭家坝水库、罗家湾水库、石庙子水库、张家湾等容量大、作用大的水库。

黄水河由安州区五郎沟入境，纳马驰井泉水至场镇西成径流，绕罗江省级经济开发区（A 区）过 108 国道倒石桥曲折南下到御营坝。场镇西北 6 千米有彭家坝水库。彭家坝水库修建于 20 世纪 60 年代，是罗江最大的水库，总库容为 310 万立方米，农业灌溉面积有 2 万多亩。

到了金山，有一处嘉禾庄园，听着这诗意的名字就让人神往。嘉禾，意为奇特美好的谷物。《汉书》卷五八《公孙弘传》：“甘露降，风雨时，嘉禾兴。”人们认为嘉禾是政治清明、天下太平的征兆。如《宋书·符瑞志》：“嘉禾，五谷之长，王者德盛，则二苗共秀。于周德，三苗共穗；于商德，同本异穟；於夏德，异本同秀。”

嘉禾庄园由德阳嘉禾产业发展有限公司打造经营。位于金山镇罗家湾水库，地处绵阳、德阳之间，规划设计面积约 3.2 平方千米，项目距成绵高速路口、成绵复线路口 10 分钟车程，庄园大门位于 108 国道旁，处于黄金九环旅游线上，经绵阳、平武、九寨沟到黄龙风景区，一路风景绝美。

嘉禾庄园分为酒店集群、商务服务、康养休闲、人才公寓，以及现代农业景观功能板块。

全景区域内有以柑橘为主的果树种植 7000 余株、100 余亩，基本形成由 3 个规模连片果林景观带组成的“果木田园”，是有高标准农旅示范区“稻香鱼美”的特色，成为一处规模宏大、品质高端，集滨水休闲、疗养度假、健身运动、婚庆会展、娱乐度假于一身的乡村综合体。

作为金山乡村振兴的典范，嘉禾庄园发挥的社会作用和经济效益十分明显：可提供就业岗位 300 ～ 500 个，助力村民增收；年入园参与文化旅游、休闲度假、养生养老的人数可达 100 万人次，创造旅游收入 2 亿元。这一高品质的现代农业园区和田园综合体，融合智慧农业、创意农业、休闲农业、会展农业等服务型农业新业态，将成为罗江振兴农村产业，推进三农现代化探索契合实际的可复制的范式和模板。

同时还可与白马关景区“文旅智谷”南北辉映，联动中部万安镇潺亭水城、魁星阁等文旅项目，共同构成罗江旅游新干线，为后续打造罗江全域旅游环线奠定基础，进一步丰富罗江“蜀道门厅、调元故里”形象内涵。

罗江有金山：蓄势正发，金色诱人

听说金山镇有街道一街跨两市的奇异现象，我们有些好奇。

一天，我们沿着老川陕公路，从金山场镇开车来到慧觉社区街道一探究竟。

这一街跨两市，原来一边是金山镇慧觉社区街道，属于德阳市境内罗江区，另一边是新皂镇金峰社区街道，属于绵阳市境内涪城区。

进入慧觉社区街道，只见街道右侧铺面前立有一块显眼的蓝色广告牌上，写着两行白色行楷字“中国科技城成渝副中心”，左上角是绵阳古建筑广泛而独具个性的叠篆字形方印回纹图案设计构成的城市标识，旁边写着“绵阳”两字。右下角是一排小字，开始以为是落款，走近一看，是绵阳涪城的广告词：“涪聚三江城纳四海。”在大大的蓝色广告牌旁边，不锈钢管上焊接了上下两个大小一致长方形蓝色指示牌，上面一个写着“绵阳界”，下面一个横排写着上下两行字“前方学校减速慢行”，左边画上一个相应的三角形图标。

我们在街道边停好车，看一楼一底的街面房屋，楼上住宿，下面是两道卷帘门的铺面，上面是大字招牌“心连心化肥”，下面是一个长长的横写店名“德阳市罗江区金山镇富荣村供销合作社一门市”。刚好有一位中年妇女站在门前，我们便上前与她攀谈起来。这妇女看我们外地人对一街连两市好奇的询问，热情地说自己姓米，1970 年生人，1993 年从绵阳的吴家镇嫁到罗江的慧觉镇，她爸说，嫁过来好，一天赶 20 次场天不得黑，是说她嫁在老街附近，赶场近。她现在这个带铺面的住房是 1995 年新修的（原来此地是垭口）。在自己房屋右边的四层楼，是后来涪城区金峰镇修建的文化站，后来文化站搬走了，现在挂的牌子是罗江区金山镇慧觉社区和涪城区新皂镇金峰社区联合成立的“金慧警务室”，负责两个社区的治安工作。

“我们这里的警察都很负责，治安也很好。”米姓妇女说，两地分界线就在她脚下，即她家的铺面和紧连着的“金慧警务室”就是分别属于两地管辖。她说自己嫁过来时，慧觉的“慧”还是“惠”这个字，不知后来怎么就变成了“慧”字。

笔者问：“原来最早老街的分界线在哪里呢？”她指着街道右边说：“往前走左边那个路口再往里走几百米，就是原来的老分界线。”

我们谢过这位直率大方的米姓妇女，再到老街分界线查看。原来罗江金山镇慧觉社区东街和对面的金皂镇金峰社区新街为一条相对的街道，街道不宽，有些老旧，服装、日用品百货店、小餐馆，铺面连接铺面。终于，在金皂镇金峰社区新街 82—16 号和慧觉社区东街 10 号之间的墙边，我找到一个不起眼的小牌子，写着“绵阳德阳分界线”字样。

守铺面的店家人和街道上往来的人，都悠然自得，各司其事。看见我们这第一次专程而来查访的外地人，别人都很诧异地看着我们。

位于成都平原北部边缘的罗江，全区属浅丘地貌，工业经济向来是区域经济的短板。21 世纪以来，在新的起跑线上，罗江九万里风鹏正举，以腾飞之势迅速崛起，不断刷新世人的目光。

金山镇是省级经济开发区——罗江经开区所在地，作为全区经济发达中心镇，始终坚持“产城一体、产镇相融”的发展理念，推进一二三产业融合发展，现已形成以先进材料为主，以装备制造、电子信息为辅的“一主两辅”工业产业格局，以金花梨、水产养殖、晚熟柑橘为重点的特色种养基地，以春花秋月、嘉禾庄园等为依托的农文旅融合产业。先后被评为“全国农业产业强镇”“全省百强中心镇”。当前，正以全国全域土地综合整治试点为契机，通过“3+1+N”规划体系引领，按照分散拆旧、集中建新的具体实施路径，全力建设“蓝绿搭配、职住平衡、三生融合”的新金山。

2022年数据显示，罗江区工业经济进入德阳全市第一方阵，全年规模以上工业增加值累计增长6.1%，排居全市第二位。

这一可喜的成绩单，绕不开罗江经济开发区，绕不开金山工业园。金山镇不仅是“金山”，还是财富汇聚之地，是罗江工业经济的聚宝盆。

罗江区政府经开区管委会党工委副书记常飞鹏给我们提供了一份材料：罗江经济开发区成立于2011年3月，由金山综合实验区和城南新区合并而成，2012年12月经省政府批准成为省级经开区。园区总规划面积为39.07平方千米（其中，金山工业园30平方千米，城南工业园9.07平方千米）。

工业园的主体为何落户金山？这得从金山镇独特的区位优势和交通优势说起。

金山镇位于成渝经济区（成德绵经济带核心区域），南距德阳市36千米、成都市98千米，北距绵阳市19千米。德阳是重装之都、中国装备科技城。绵阳是中国科技城，正全力打造成渝副中心，在2023中国城市科技创新竞争力50强排名中，绵阳市位列第17位，位列全国先进制造业百强市第66位。金山镇区位优势十分明显，所在的罗江区位于成德绵三市的关键节点，京昆高速及成什绵复线、成绵乐高铁、宝成铁路和国道108等交通干线穿境而过，具备承接成德绵科研成果转移的条件。

看到知网上一篇署名甘新越、陈建滨的论文《以工业园区为依托的特色小城镇“产镇融合”发展模式及策略研究——以德阳市罗江县金山镇总体规划为例》，论文的主要观点：以工业园区为依托的特色小城镇普遍存在推动产业升级，改善城镇空间，优化人居环境的发展需求，基于“产城融合”理论提出的“产镇融合”发展思路，对其发展具有指导作用。将“产镇融合”发展思路的宏观、中观和微观层面策略与特色小城镇产业、空间、文化、设施和政策的发展需求相结合，总结出“产业发展引领特色，城镇空间支撑特色，人居环境优化特色”的发展模式。

天时地利人和，金山终于显出深藏的黄金本色：古时人们在场镇东外营盘山一带挖洞淘金而得名金山，后来人们渴求“金山”寓意财富的地名能早日实现财富梦想。今天，金山正以金子的光辉闪耀在世人面前！

参考文献

1. [晋] 常璩：《华阳国志》，彭华译注，北京：中华书局，2023。

2. 陈世松、贾大泉主编《四川通史》，成都：四川人民出版社出版，2018。

3. 任乃强：《四川上古史新探》，成都：四川人民出版社，2018。

4. 顾颉刚：《论巴蜀与中原的关系》，成都：四川人民出版社，2018。

5. 蒙文通：《巴蜀古史论述》，成都：四川人民出版社，2018。

6. 邓少琴：《巴蜀史迹探索》，成都：四川人民出版社，2018。

7. 徐中舒：《论巴蜀文化》，成都：四川人民出版社，2018。

8. 童恩正：《古代的巴蜀》，重庆：重庆出版社，1998。

9. 黄炎培：《蜀道》，北京：中国文史出版社，2020。

10. 傅平骧等：《四川历代文化名人辞典》，成都：四川文艺出版社，1992。

11. 赖安海：《历代诗词联钞》，郑州：河南人民出版社，2011。

12. 赖安海：《桑梓笔谈》，郑州：河南人民出版社，2011。

13. 赖安海：《打捞罗江碎影》，北京：中国文史出版社，2016。

14. 赖安海：《罗江百景石钞》，北京：中国文史出版社，2017。

15. 赖安海：《呆木诗联》，北京：中国文史出版社，2017。

16. 吴显奎主编，四川省政协文化文史和学习委员会编《四川文化简史》，成都：四川人民出版社，2020。

17. 赵世圣主编《德阳古诗抄》，成都：巴蜀书社，2019。

18. 蓝幽主编《德阳历史名人》，成都：四川辞书出版社，2022。

19.《德阳古镇》编辑部编，冯发贵、王华蓉主编《德阳古镇》，成都：四川科学技术出版社，2017。

20.《德阳文化遗产》编辑部编《德阳文化遗产》，成都：电子科技大学出版社，2016。

21.《德阳掌故》（修订版）编辑部编《德阳掌故》，成都：电子科技大学出版社，2014。

22.《德阳风景名胜》编辑部编，罗文全、王华蓉主编《德阳风景名胜》，成都：四川科学技术出版社，2017。

23.《德阳名村名院》编委会编，罗文全、周鸿主编《德阳名村名院》，成都：四川科学技术出版社，2017。

24.《德阳古诗抄》编委会编，赵仕圣主编《德阳古诗抄》，成都：巴蜀书社，2019。

25. 罗江县文化体育广播影视新闻出版局、四川省民俗学会李调元研究委员会主编《李调元著作选》，成都：巴蜀书社，2013。

26. 罗江县地方志编纂委员会编《罗江县志（1912—2007）》，北京：方志出版社，2015。

27. 赖安海、曾家华、吴倩主编《罗江县非物质文化遗产集成》，北京：华文出版社，2010。

28. 蒋蓝：《黄虎张献忠》，成都：四川人民出版社出版，2019。

29. 尹帮斌：《巍巍鹿头南望蜀——神奇的白马关》，北京：华文出版社，2009。

30. 尹帮斌编《四李诗选》，成都：四川民族出版社，2023。

31. 王川：《李调元——百科全书式学者最接地气的邻家阿哥》，《巴蜀史志》2020年第5期“四川历史名人”专刊。

二、内刊及文章资料类：

1. 李鼎元：《使琉球记》，广汉市图书馆，2022年刊印）。

2. [清] 沈潜、阚昌言：《直隶绵州罗江县志》，罗江区委党史研究室、区地方志办公室点校重印，2021。

3. [清] 李桂林等：《罗江县志》，罗江县文化旅游体育局翻印，1998。

4. [清] 李调元：《梓里旧闻》（上、下册），德阳市地方志办公室校注重刊，2002。

5. 刘良国：《罗江历代人物传略》，政协罗江县委员会编，2003。

6. 尹帮斌：《桑梓漫谈》，中共德阳市罗江区委宣传部、德阳市罗江区文联、德阳市罗江区社科联，2022。

7. 尹帮斌：《图说调元文化》，德阳市社会科学界联合会、德阳市罗江区社会科学界联合会，2022。

8. 李懋雍主编《德阳回首录——四川省德阳市市中区文史资料集粹》，德阳市市中区政协文史资料委员会编印，1991。

9. 古明水主编《罗江宗教》，罗江县政协文史学习委、罗江县地方志办公室、罗江县民族宗教事务局编，2013。

10. 政协罗江区委员会办公室编《罗江知情》，2022年12月。

11. 金山乡镇志编纂委员会编《金山镇志　第二部（1985—1996）》《金山镇志　第三部（1997—2007）》。

12.《罗江范氏族谱》编委会编《罗江范氏族谱》，2019。

13. 德阳市罗江区政协文史学习委编《罗江文史资料》（第十五辑、第十六辑、第十七辑、第十九辑。

14. 刘军：《罗江“四李”光耀后世》《李调元故里景区》，载于微信公众号“方志四川·历史名人”。

15. 刘文传：《清代绵州李氏：一门四进士兄弟三翰林》，载于微信公众号“方志四川·历史名人”。

特向提供多部个人著作的罗江区文史学者赖安海、罗江区作协主席尹帮斌致谢！向提供多种资料的罗江区政协文史委主任周荣和罗江区地方志办公室易礼述老师致谢！